KB018580

내 아버지 박수근

내 아버지 박수근

2020년 4월 30일 초판 1쇄 펴냄

펴낸곳 도서출판 삼인

지은이 박인숙
펴낸이 신길순
자료정리 및 감수 엄선미
진행 및 원고정리 김수정

등록 1996.9.16 제25100-2012-000046호
주소 03716 서울시 서대문구 성산로 312 북산빌딩 1층

전화 (02) 322-1845
팩스 (02) 322-1846
전자우편 saminbooks@naver.com

디자인 디자인 지폴리
인쇄 수이북스
제책 은정제책

©2020, 박인숙
ISBN 978-89-6436-175-7 03810

값 16,500원

내 아버지 박수근

박인숙

삼인

차례

5장 전농동

6장 낯선 세상

"아프고 서러웠던 기억은 숨을 죽이고
아버지의 그림처럼 멈춰진 지붕과 사람들.
나무 사이를 오가는 단란하고 정겨운
이야깃거리만 남았습니다."

서문

아버지가 돌아가신 지 50년도 훨씬 지나서야 당신에 대한 애틋한 마음을 끄집어내어 이야기를 시작하려고 하니, 마음속에 나의 늦됨에 대한 자책이 먼저 이는 걸 어쩔 수 없다. 내 아버지 박수근. 지금은 '국민화가'로 큰 사랑을 받고 있지만, 그리고 상상해본 적도 없는 금액에 아버지의 작품이 거래되고 있지만, 아버지는 불행하게도 돌아가시기 전까지 고독과 가난과 병고에 시달려야 했다. 그 생각을 하면 지금도 마음이 아프다. 이렇게까지 많은 사람들로부터 사랑을 받고 있는 걸 하늘나라에서 보신다면 어떤 생각을 하실까.

아버지는 내가 막 성년이 되던 무렵 돌아가셨다. 현대 화단에서 '위대한 화가 박수근의 타계'라는 역사적인 기록으로 회자하는 1965년은, 나에게 있어 그저 가난하고 병든 내 아버지가 슬프게 숨을 거둔 해였다. 아버지는 살아생전 우리 가족을 포함한 소박한 이웃들과 마을을 사랑했던 분이셨다. 나는 아버지의 시선이 따스하게 머물던 그 어린 날들을 여전히 기억하고 있다. 가끔은 아버지도 그것을 기억하고 계실지 여쭤보고 싶다. 아버지가 그랬던 것처럼, 당신의 딸이 당신 그늘에 스무 해를 자라는 동안 조용히, 오래도록 그 자리에서 그림을 그리시던 아버지를 늘 눈에 담아왔던 것을 알고 계시냐고 말이다.

아버지가 남기고 간 작품들은 해가 거듭될수록 더욱더 값지게 빛났고, 정작 아버지가 받아야 할 영예는 산 자인 우리에게 돌아왔다. 집안의 가장이었던 아버지를 향한 평범한 존경은 시간이 흐르며 어느새 우리나라 미술계 거장에 대한 공경으로 바뀌어 있었다. 하지만 그럼에도 불구하고 화가이기 이전에 다정하고 따뜻한 내 아버지였다는 사실만큼은 변함이 없다. 내가 한때 아버지의 붓끝에서 소녀로 그려졌듯이, 이제는 화가의 딸인 내가 아버지 박수근을 나의 시선에서 그려보려 한다. 나 또한 아버지의 그림이었고 작품이었음을 잘 알고 있다. 기억 한켠에 새겨진 무채색의 장면들을, 이제는 하나하나 기록으로 남겨 세상에 전해주려 한다.

격변의 시대를 몸소 체험했지만 우리 역사가 지나온 파란의 정도에 비하면 기억은 한없이 아득하기만 하다. 아프고 서러웠던 기억은 숨을 죽이고, 아버지의 그림처럼 멈춰진 지붕과 사람들, 나무 사이를 오가는 단란하고 정겨운 이야깃거리만 남았다. 아버지와 어머니는 일생 4남 2녀를 두셨는데, 시대와 환경이 개인의 운명을 좌우하는 동안 어느새인가 하나둘 우리 곁을 떠났고, 현재 나와 동생 성남이를 포함해 아버지의 직계가족 두 남매와 일가친척들이 그림과 함께 남아 아버지의 뿌리를 잇고 있다. 대부분의 집안이 다 그렇듯이 친지들이 모이는 날, 누군가 그 시절을 요만큼이라도 풀어놓기 시작하면 이야기꽃이 꼬리에 꼬리를 물어 새카만 밤을 온통 꽃밭으로 뒤덮을 모양새다. 나는 수십 번 전해 들었던 이야기임에도 불구하고 그 시절 이야기만 나오면 낯선 듯 친근한 것이 묘한 기분이 들어 지금까지도 매번 흥미롭게 듣는다. 나의 유년은 곧 아버지의 젊은 시절이기도 하다. 내 아버지 박수근과 어머니 김복순, 두 분을 회고하기 위해서는 앞으로 이야기를 풀어나가며 그 시절을 증명한 사랑하는 친지들이 한 분, 한 분, 함께 등장할 것이다. 우리 가족을 둘러싼 모든 사람이 아버지의 정서와 그림의 일부이기 때문이다.

원고를 마치기까지 도움을 주신 분들이 참 많다. 먼저 자료를 정리해주고 기록과 사실을 감수해준 박수근 미술관의 엄선미 관장님께 감사의 말씀을 전하고 싶다. 그리고 파편처럼 부서진 내 기억 속의 이야기를 보완해준 작은어머니와 동생 성남이, 그리고 내가 구술한 녹취를 아름답고 정확한 문장으로 다듬어준 김수정 작가님께도 감사의 인사를 드린다. 아버지의 작품 파일을 기꺼이 협조해준 갤러리 현대와 박명자 회장님께도 감사 말씀을 올린다.

2020년 봄

박인숙 朴仁淑

1장

아버지와 어머니

밀레를 만난 소년

아버지는 독실한 기독교 집안이었던 강원도 양구 어느 부농가의 3남 3녀 중 장남으로 태어났다. 장남이었던 아버지 위로 세 명의 누님이 계셨고 아래로 두 남동생이 있었는데, 이 가계도만 보아도 아버지가 얼마나 집안에서 학수고대했던 맏아들이었는지 쉽게 짐작할 수 있다. 실제로 할머니는 딸만 줄줄이 낳은 3대 독자 집안의 며느리로서 납덩이 같은 시대의 부담감을 안고 아들을 낳기 위해 불철주야 기도를 올렸다고 하신다. 그리고 1914년 2월 21일,[1] 기도가 비로소 하늘에 닿았는지 아들을 보게 되는데 그 갓난아이가 바로 내 아버지 박수근이다. 아버지는 조용하고 낯가림도 없이 젖만 물리면 쌔근쌔근 잠드는, 요즘 말로 '손이 안 가는' 효자둥이였다고 한다. 그런 걸 보면 타고난 성품이란 무시할 수 없는 것이다. 내 기억 속 아버지도 기복이라곤 없이 말수가 적은 분이셨고, 나 또한 그런 성품을 물려받았다. 이런 착한 장손을 이미 주셨음에도 불구하고 하늘은 할머니 기도에 크게 응답해 아버지 출생 이후로 2년 터울

---

[1] 1914년 2월 21일로 생일 날짜가 구전되어 오고 있고 박수근 선생 자신도 이력서에 그렇게 명기했지만, 생전 생일을 음력 1월 28일에 지냈다. 1914년 2월 21일은 음력으로 1월 27일이었다. (편집자 주)

양구공립보통학교, 1926년

의 아들 둘을 줄줄이 집안에 안겨준다. 태어나시고 한 10여 년간 행복한 부잣집의 큰 도련님으로 풍족한 유년 시절을 보냈을까. 하지만 할아버지가 새롭게 시작한 광산사업이 실패하면서부터 가세가 급격히 기울었고, 성인이 되고 자손을 일궈 돌아가실 때까지 가족 모두가 경제적 여유라곤 없이 가난하고 위태로운 삶을 이어가게 된다.

먹구름이 서서히 집안을 드리워가던 시기, 아버지는 양구공립보통학교에 다니며 그림 실력으로 주변 어른들의 기대를 한 몸에 받고 있었다. 어머니 말에 따르면 셈 공부와 글 공부는 들쭉날쭉 바닥을 면해도 미술 과목만큼은 1등을 도맡았다고 하니 또래 중에서 단연 군계일학이었던 모양이다. 미술 성적만 삐죽 솟아 '갑상甲上'[2]을 기록한 성적표를 듬성듬성 이 빠진 미소처럼 어머니에게 자랑

---

2 '갑상甲上'은 오늘날의 '수秀'에 해당한다.

밀레 〈만종〉

해 보였을 아버지를 상상하자니 또 한 번 웃음이 난다.

하지만 그림에 대한 갈구가 비단 재능과 실력에만 기인했을까? 12세가 되던 어느 날, 아버지는 우연한 기회에 밀레의 〈만종〉을 눈으로 접하게 되는데, 그 이후부터 마치 홀린 사람처럼 밤낮으로 밀레 같은 훌륭한 화가가 되게 해달라 기도했다고 한다. 전쟁 이전 강원도 시골 깡촌에 서양화 원색도판이 들어온 것도 기막힌 우연이지만, 그것이 밀레의 그림이었던 것은 아버지에게 굉장히 특별한 자극이 되었다. 예술은 언제나 우리의 심장을 두드리고, 때로 인간의 운명을 통째로 좌우한다. 그때 아버지의 인생에 화가라는 큰 이정표가 들어섰다. 주어진 재능과 실력으로 당신 내부의 무언가를 세상에 전달해야만 한다는 사명감을 가진 것이다. 실제로 그 뒤부터 하루하루 닥쳐오는 눈앞의 어지러운 상황과 전쟁의 소용돌이 속에서도 붓만큼은 결코 꺾지 않으셨다.

할아버지의 사업이 본격적으로 무너지면서부터 아버지도 더 이상 학업을 이어갈 수 없었다. 전문적인 미술 수업은커녕 기본적인 교육도 받지 못하게 된 것이다. 지금도 그렇지만 그 당시에도 그림을 그린다는 것은 집안의 물질적 지원이 뒷받침되어야 하는 일이었다. 훌륭한 화가가 되게 해달라고 밤낮으로 기도했던 소년에게 날벼락이 떨어진 것이다. 전답도, 살림도 죄다 팔아치워야 하는 상황에 그림을 그리게 해달라는 소원은 어른들의 눈에 건방진 응석이자 불가능한 꿈으로 비췄을 것이다. 아버지의 울먹임에 할아버지는 글공부도 놓아야 하는 이 판국에 무슨 그림 타령이냐며 드잡이를 하셨다. 하지만 불호령을 내리는 매정한 아비라고 과연 그 마음이 편했겠는가. 안타까움은 비단 한 집안의 문제만은 아니었다. 아버지의 재능을 익히 알고 지지해주시던 모든 분이 함께 걱정해주셨고, 천만다행으로 아버지의 상황을 애석하게 여긴 보통학교의 담임이셨던 오득영 선생님과 일본인 교장 선생님이 졸업 후에도 꾸준히 아버지를 후원해 주시기로 한 것이다. 아버지가 막 사춘기에 접어들던 시기의 일이었다.

학교를 가지 않는 과묵한 사춘기 소년이 어디로 갔을지 상상하는 일은 어렵지 않다. 아버지는 화구를 품에 끼고 양구의 산과 들, 마을과 시내를 쏘다니며 온 하루를 눈과 종이에 새기는 데 다 보냈다. 정식 미술 공부를 받지 못하는 처지이므로 더욱 필사적으로 습작을 했다. 언젠가 보았던 밀레의 〈만종〉처럼, 풍경이 전해주는 빛과 색, 온도와 정서를 그대로 눈에 담고 손으로 옮겼을 것이다. 더구나 〈만종〉의 농부들은 공손히 손을 모으고 고개를 숙이고 감사 기도를 드리고 있지 않은가. 감사하는 마음은 누구라도 부자로 만드는 힘이 있다. 마을을 보듬던 커다란 나무들, 그 아래로 옹기종기 모인 둥근 초가지붕들, 풍경 속에 머물러 이야기를 만드는 정겨운 이웃들, 종이와 연필만 있으면, 소년은 세상을 다 가진 듯 감사 속에서 풍성한 하루를 보냈을 것이다. 지금도 아버지의 그림을 보노라면 그 고요한 상념의 시간들이 다 전해오는 듯하다. 어쩌면 화가 박수근의 섬세하고 따스한 감성도 그 시기에 완성되었을지 모른다. 그림에 대한 열정과 실력도 시간에 비례했겠지만, 나와 어머니, 가족과 이웃을 대하던 조용한 아버지의 눈빛과 말투, 어떠한 상황에서도 한결같이 안분지족하던 자세는 그 시련을 바탕으로 형성되었던 것이 아닐까?

습작의 나날이 끝없이 이어지던 18세의 어느 날, 아버지는 선전 (일제가 개최하던 조선미술전람회)에 수채화 〈봄이 오다〉라는 작품을 출품해 처음으로 입선을 하게 된다. 선전은 그 시절 작품을 객관적으로 평가받는 공인된 미술대회다. 가난한 조선인 신분으로 뚫기 어려운 관문이기도 했거니와, 아버지로서는 난생처음으로 자신의 실력을 세상으로부터 인정받는 사건이었기에 아버지의 선전 입선은 곧 마을의 경사가 되었다. 아버지를 지지하고 후원해 주시던 분들이 모두 환호하며 동네방네 호외를 외쳤을 상상을 하자니 내가 다 기분이 좋다. 별도 호사도 없이 어두운 집안이 단박에 마을의 축하를 받던 드문 순간이었다.

아버지는 이 일을 계기로 용기를 얻어 더욱 열심히 그림에 정진해 반드시 인정받는 화가가 되겠노라 마음을 굳혔다. 주변의 기대와 지지도 더욱 견고해짐은 물론이다. 그 후로도 계속해서 선전에 출품을 거듭했고, 탈락의 고배도 기꺼이 받아들이며 그림에 정진했다. 오직 할아버지만이 못 미더워 했을 뿐이다. 당시 할아버지는 사업에 실패하고 양잠을 하시다 기술을 배워 작은 시계포를 운영하셨는데, 가난에서 크게 벗어나지 못하여 교육에 힘을 쏟기는커녕 아들의 수입이라도 보태야 살림을 겨우 꾸려갈 수 있는 형편이었다. 그 때문에 기술을 배우라며 수시로 아버지를 회유하곤 했는데, 그럼에도 아들의 고집을 꺾지 못한 것을 보면 할아버지의 속내도 아들의 꿈이 이뤄지기를 마음깊이 바랐던 것이 아닌가 싶다. 아버지는 당시 일본이나 도회로 나가 정식으로 그림공부를 배울 계획을 품고 있었다. 주변의 기대와 후원, 정신적 지지를 기반으로 고학이든 뭐든 맨몸으로 부딪쳐 다양한 화법을 익히고 화가가 되기 위한 길을 가겠노라 작정을 하셨던 것이다. 이제 막 성년이 되던 무렵이었다. 세상으로 나아가기도 딱 좋은 나이였다. 하지만 아버지의 꿈은 시작도 하기 전에 좌절되고 만다. 그토록 믿음으로 의지했던 하늘이 아버지의 어머니이자 나의 할머니를 돌연 데려가 버린 것이다.

할머니는 언젠가부터 가슴이 퉁퉁 붓더니 시름시름 앓기 시작하였다. 춘천의 도립병원에서 진단한 결과 유방암이라는 판정이 나왔다. 요즘에야 흔한 병이라지만, 당시 의술로는 치료를 기대하기도 어려운데다 병세가 깊어질 대로 깊어진 뒤라 이미 손을 댈 수 없는 지경이었다고 한다. 가망 없는 앞날 속이지만 작은 기적이라도 붙들어 보고자 온 가족이 오랜 병원생활에 돌입했다. 병원비로 가계에 큰 구멍이 뚫렸고 모든 살림이 제대로 굴러가지 않음은 당연한 일이다. 아버지는 만사를 제쳐놓고 시계포를 지키는 할아버지를 대신해 집과 병원을 오가며 할머니를 간호했다. 아래로는 이제 막 사춘기에 접어든 두 남동생들이 있었고, 생전 해보지 않았던 음식 장만과 부엌일은 물론, 빨래터도 직접 드나들어야 했다. 누나들은 출가외인이었다. 맷돌을 갈고 밀가루 풀을 쑤어 아버지와 동생들이 먹을 수제비를 끓여내고 냇가에서 방망이질을 하는 나날이 계속되었다. 요즘 젊은이들이 생각하면 우스운 일이겠지만 당시만 해도 시집간 딸은 남의 집 사람이요, 집안 살림은 허드렛일이었다. 귀한 장손이 아낙들이 드나드는 부엌과 빨래터를 오간다는 것은 흔히 볼 수 없는 해괴한 광경이었다. 잠깐 그 시절을 떠올리자니 어릴 적 우리가 살던 툇마루가 아른거린다. 내게 있어 아버지가 살림하는 모습은 크게 낯설지 않은데, 후에 다시 말하겠지만 이미 어릴 적 아버지가 직접 맷돌을 갈아 얇게 빚어낸 야들야들한 수제비를 맛본 까닭이다. 그 애정의 배경에 아버지의 이런 암울한 시절이 있었다는 사실은 나를 마냥 추억에 웃음 짓지 못하게 한다.

날이 갈수록 할머니의 암세포는 걷잡을 수 없이 온몸으로 퍼져갔고, 병원에서도 더 이상 손을 쓸 수 없다며 두 손을 들었다. 아버지는 그 어떤 가망도 단념한 채 마지막을 예감하며 할머니를 병원에서 집으로 모시고 돌아온다. 그리고 1935년의 어느 날, 할머니는 늘 가꾸시던 집, 머물던 작은 방 안에서 온몸이 퉁퉁 부은 채로 싸늘하게 숨을 거두셨다. 아마도 편히 눈을 감지 못하셨을 것이다. 견딜 수 없는 통증과 희미해지는 의식 속에서 생전 뒷바라지 했던 지아비와 아직 앳되고 새파란 세 아들을 바라보며 할머니는 무슨 생각을 하셨을까. 돌아가시기 전 할머니는 할아버지의 허리끈을 손수 매어드리며 이런 당부를 남기셨다고 한다.

"부디 좋은 부인을 얻으세요. 그러실 수 있을 거예요."

할머니가 일생동안 짊어졌던 못다 한 책임감이, 그 애달픔이 시간을 달려서 일면식도 없는 손녀인 나에게까지 전해온다. 할머니가 부지런히 드나들던 뜨락에는 막연함과 삭막함이 대책도 없이 고여 있을 뿐이다. 온 식구가 슬픔에 잠겼다. 빚 투성이었던 집안의 가계상황도 끝을 모르고 곤두박질치기만 했다. 살림은 살림대로 엉망이 되어갔다. 아버지가 급한 대로 주변의 과부들을 수소문해 집안의 새어머니로 모셔왔지만 뜻대로 되지 않았다. 자식 셋 딸린 경제력 없는 홀아비의 가난한 살림을 맡아주겠노라 자처할 귀인을 만나기란 애시당초 어려운 일이었다. 새어머니들은 매번 할머니의 유품만 들고 달아날 뿐이었다. 집안 살림은 다시금 아버지의 몫이 되었다. 아버지는 그 때 '어머니'로 대변되는 여인의 일생과 희생이 얼마나 위대한지 깊이 깨달았던 것 같다. 누나가 많던 집안에서 자랐으니, 그 옛날 어린 자신을 엎고 어르던 어린 누이를 그리워했을지도 모를 일이다. 그 다정한 누이들은 다 어디로 갔을까. 어떤 생소한 가문의 어두운 부뚜막에서 식구들이 먹을 한 끼

밥을 짓고 있지 않을까. 실제로 아버지는 그 시절 텅 빈 부뚜막과 빨래터, 우물가를 오가며 할머니의 손길이 오갔던 찬기와 살림들을 매만지며 얼마나 울었는지 모른다 한다. 아버지의 그림들이 유난히 모성적 감수성을 강하게 내포하고 있는 것에는 그런 연유도 있을 것이다. 그 시대 여인의 삶이 얼마나 큰 온기를 집안에 불어넣는지, 그 부피가 얼마나 어마어마한 것인지 아버지는 이미 그 때 깨달은 것이다.

하지만 가난과 질병이 소중한 것들을 앗아가는 와중에도 아버지의 그림은 날마다 새롭게 그려졌다. 연필 살 돈이 없어 뽕나무가지를 꺾어다 태워 목탄을 만든 뒤 그림을 그렸다고 한다. 아버지가 가슴에 품은 그림에 대한 강한 의지도 존경할 만한 것이지만, 아버지의 고된 나날을 지탱해준 것도 그림이었다는 생각을 하면 아버지와 작품을 과연 떼어놓고서 생각할 수 있을지 의문이다. 이웃의 도움 없이 이어갈 수 없는 생활이었다. 마침 춘천에서 오약국을 운영하시던 보통학교 오득영 은사님과 어릴 때부터 꾸준히 후원해주시던 보통학교의 일본인 교장선생님이 딱한 사정을 알고서 때때로 방문해 안부를 물어주셨다. 하지만 아무리 사방으로 노력해도 할아버지 수완으로는 도저히 빚을 갚을 길이 없고, 아버지는 근근이 살림을 꾸려갈 뿐이었다.

1935년 당시는 일제의 검열이 지독하던 시기였다. 아버지 나이 21세, 내 작은아버지이자 두 남동생 동근과 원근이 물정 모르고 세상을 활보하던 때였다. 그런데 손재주 많던 작은아버지 동근이 건넌방에서 비행기를 만들다 난데없이 사상범으로 몰려 일본 경찰에 잡혀가는 사건이 벌어진다. 할머니를 잃은 슬픔이 채 가시기도 전이었다. 모친상을 치른 지 얼마 되었다고 동생까지 뺏길까, 아버지는 유치장을 수시로 들락거렸지만 발만 동동 구를 뿐이었다. 사상이 뭔지, 이념이 뭔지, 법 모르고 착하게 살던 형제들에겐 아마 철창이라는 것도 생전 처음 보는 것이었을 것이다. 차가운 감방에 동생이 오랫동안 갇혀 산송장처럼 중병치레를 한 몰골로 나온 것은 결혼 후에도 아버지가 어머니와 나누던 심각한 이야깃거리였는데, 꽤나 구체적으로 당시를 설명하셨던 걸 보면 아버지에게 있어 동생의 옥살이는 굉장히 충격적인 기억으로 남아 있었던 모양이다.

작은아버지 동근이 영문도 없이 형을 언도받아 서울형무소로 끌려가고, 상황이 어수선한 가운데 엎친 데 덮친 격으로 할아버지는 살던 집을 헐값에 떠 바치듯 빚쟁이들에게 홀렁 넘겨주고 만다. 그 대책 없는 무모함을 원망할 법도 하지만, 무시무시한 빚 독촉이 오죽했으면 살던 집을 포기했으랴. 할아버지는 집 판 돈과 시계 도구, 장성한 아버지와 한창 사춘기를 지나던 작은아버지 원근과 함께 거리로 나온다. 그리고 급한 대로 막내 원근을 시집보낸 딸네 집에 더부살이를 보내고, 당신은 금강산으로 들어가 일단 노상에서 시계점이라도 하며 살길을 찾아보겠노라 하시며 아버지에게 몇 푼의 돈을 쥐어주신다. 각자도생이 시작되었다. 시일 내에 꼭 다시 만나자, 기약하고는 온 가족이 뿔뿔이 흩어진 것이다.

화가를 꿈꾸는 방랑자

홀로 남은 아버지는 가까운 도회였던 춘천으로 떠났다. 적지만 할아버지가 주신 돈으로 우선 하숙집을 구하고 이제부터 어떻게 살 것인지 궁리를 하였다. 아버지가 선택하신 건 당연히 그림이다. 입에 풀칠하기도 힘든 와중에 어떻게 살 것인가보다 그림을 어떻게 독학할 것인가가 아버지에겐 가장 중요한 문제였던 것 같다. 아버지는 집을 떠나온 이후부터 혼인하기 전인 26세까지 약 5년간의 젊은 나날을 춘천과 포천, 서울, 경기 일대를 옮겨 다니며 홀몸 생계를 잇는 가난한 그림쟁이로 사신다. 같은 화가의 길을 걷는 남들과는 달리 아버지는 일평생 기본적인 미술교육도, 금전적 여유도 가진 적이 없다. 오직 스스로 세운 독창성과 재능, 창작과 그림에 품은 열정이라는 아버지만의 차별화된 자산이 있었을 뿐이다. 아버지는 대부분의 시간을 고정된 노동 없이 미술 공부를 하는 것으로 보냈는데, 그림 판 돈으로 의식주를 해결하고 화구까지 장만하려면 극도로 빈곤한 생활을 했을 것으로 추측된다. 문득 지금처럼 화구와 물감을 화방 어디서든 손쉽게 구하고, 세계적인 화가들의 대규모 전시가 연중행사로 이어지는 이 시대에 태어나셨다면 아버지의 삶이 어땠을까 궁금해진다. 당시 춘천에서 아버지와 1년을 호형호제했던 전국버스조합 정태화 부장님의 말씀에 따르면 아버지가 한겨울 차디찬 냉골에서 몸 상하는 줄도 모르고 굶주린 배를 잡고 얼어붙은 몸으로 그림을 그리고 있기에 얼른 데리고 나가 구운 호떡으로나마 급한 끼니를 채워준 적이 있다고 한다. 아버지에겐 밤새 구룩구룩 울부짖는 허기보다 그림에 대한 갈증을 해소하는 게 더 시급했던 모양이다. 잔뜩 밀려 있던 하숙비를 어떻게 감당하셨는지, 강원도 칼바람이 살을 도려내던 그 겨울은 어떻게 매년 무사히 났었는지 나로서는 궁금할 따름이다.

하지만 홀로라는 것은 얼마나 홀가분한 단어인가! 물론 가난이 사

박수근(좌)과 정태화(우), 1930년대 춘천시절

람의 정신을 갉아먹는 삶의 속박이기는 하나, 예술가에게 있어 '홀로'란 부차적인 얽매임 없이 집중하여 창작활동을 하고 실력을 키울 수 있는 소중한 시간이다. 실제로 아버지는 1936년부터 〈일하는 여인〉, 〈봄〉, 〈농가의 여인〉, 〈여일〉 등의 작품을 매년 차례로 선전에 출품해 입선하여 실력을 입증받는다. 〈농가의 여인〉은 아버지가 처음으로 입선한 유채 작품으로, 늘 수채화만 그리던 아버지가 이 시기부터 유화를 습작했음을 확인할 수 있다. 성분도, 성질도, 채색법도 다른 유화를 궁핍한 환경에서 독학으로 시작해 단기간에 입선까지 했으니 그 실력과 집념은 진정 인정하지 않을 수 없다. 상징처럼 굳어진 화가 박수근 특유의 텍스처도 유화를 시작하면서 서서히 만들어졌다.

이듬해 입상한 〈여일〉은 아버지가 어릴 적 그렸던 〈봄이 오다〉

〈농가의 여인〉, 유채, 1938년.
제17회 조선미술전람회 입선

를 유채로 다시 그린 것인데, 어린 날의 입선작을 다시 유화로 채색한 연유를 곰곰이 살펴보게 된다. 새로운 기법에 대한 도전정신으로, 한편으로는 유년의 향수에 코를 묻고 과거를 즐거이 채색했을 아버지가 눈에 선하다. 행복한 예술가에게 있어 발가락과 겨드랑이 사이를 시리게 파고들던 가난이 대체 무슨 대수랴.

그나마 다행인 것이, 당시 아버지 곁에 늘 몇몇의 교우들이 든든하게 형성되어 있었다는 것이다. 집처럼 들락거리던 사창고개 화방 주인도 아버지의 가능성을 알아보고 물심양면으로 지지해주었고, 특히 일본인이었던 춘천도청 사회과 미요시 과장이 아버지를 굉장히 좋아하여 많은 도움을 주었던 것으로 알려진다. 이 분은 훗날 아버지에게 잠깐이지만 번듯한 봉급제 일자리를 소개해주신 분이기도 하다. 나는 특히 미요시 과장과 아버지 두 분이 나눈 우정을 떠올릴 때면 아주 매혹적인 시대극에 빠져들곤 한다. 세계정세 속에 떠밀려가는 시대의 젊은이들이 그림을 매개로 얼마나 속 깊은 이야기를 나누었을까! 미요시 과장이 아버지를 좋아한 것인지, 아버지의 그림을 좋아했던 것인지는 확인할 수 없지만, 두 분이 나누었던 일화들을 보면 미요시 과장이 아버지 인생에 몇 안되는 고마운 분이었음을 인정하지 않을 수 없다. 미요시 과장은 아버지의 그림을 직접 구입해 소장하다 못해 도청 고위 관직자들에게 아버지의 그림을 소개해 팔아주기도 하고 심지어는 손수 전시회를 기획해 아버지의 작품들을 모아 개인전을 열어주기도 했다. 나는 18살 무렵 아버지가 살아계실 때 딱 한 번 처음이자 마지막으로 아버지의 개인전을 관람한 적

〈봄이 오다〉, 종이에 수채, 1932
제11회 조선미술전람회 입선

〈노상〉, 메소나이트에 유채, 20.2×36.3cm, 1960년대

이 있다. 공식적으로는 그 전시[3]가 화가 박수근의 이름으로 개최된 생애 첫 개인전으로 기록되어 있지만, 오래전 아버지의 추억 어딘가 희미한 영광으로 남아있을 기록되지 않은 첫 전시의 기쁨을 떠올려 보노라면 나조차도 덩달아 흐뭇해지는 것을 어찌할 수 없다.

아버지의 삶을 두고 화가로서 성공하겠다는 불굴의 의지가 가난을 딛고 독자적인 화풍을 만들어 사후에라도 결국 이뤄낸 것이 아니냐 하는 평가가 많다. 하지만 나는 한편으로 이런 생각을 해본다. 아버지가 세속적인 성공에는 애초부터 그다지 욕심이 없는 소박한 분은 아니었나 싶은 것이다. 아버지 맘속으로는 가난하든 말든 평생 그림만 그리다 죽어도 좋겠다며 그 추위와 곤궁함 속에서 이미 행복한 시절을 보내고 계셨던 것이 아닐까 하는 것이다. 말 그대로 그림이 전부이자 최고의 가치인 사람. 비록 가장이 되고부터 가족을 부양하며 현실적인 문제들에 맞서야 했지만, 내가 아는 아버지라면 충분히 가능한 이야기이다. 아버지는 가난을 서러워하고 벗어나고자 하기보다는, 돈은 먹고 살 정도로만 있으면 충분하고, 가난이 오면 오는 대로 받아들이는 분이지 이겨내려 발버둥치는 분은 아니었기 때문이다. 나는 그렇게 믿고 있다. 여인과 노인, 초가와 고목 등 아버지의 그림을 두고 노동이니 가난이니 서민이니 민중이니 다양한 해석이 많지만, 나는 아버지의 그림을 보노라면 그러한 단어는 간데없고 그저 아늑한 어느 시절의 정겨움만 살아 다가올 뿐이다.

---

3 1962년, 오산에 있던 주한미공군사령부 도서관에서 개최된 〈박수근특별초대전〉이 생애 첫 개인전. 이후 박수근 선생은 1953년부터 작고하기 전까지 꾸준히 국전, 단체전 등을 통해 전시 활동을 지속했다.

사랑을 찾아나선 부잣집 소녀

다시 할아버지 얘기로 돌아가 보자. 같은 기간, 부인과 사별 후 집을 잃고 자식들과 헤어진 뒤 금강산으로 들어갔던 할아버지는 얼마 되지 않아 재혼하게 되신다. 홀로 노상에서 시계 수리를 하다가 자식도 없이 사별한 애처로운 과부와 연분을 맺은 것이다. 할아버지는 재산을 다시 모으는 데 갖은 애를 쓰셨고, 어느 정도 재기하신 후 1936년 금성(현재 이북지역)의 어느 마을에서 허름한 초가집을 사 거처를 옮긴 뒤 '명신당'이라는 이름을 걸어 시계포를 운영하게 된다. 그리고 딸네 집에 더부살이 보냈던 막내, 작은아버지 원근을 불러들여 새 할머니와 다시금 가정을 돌보셨는데, 아버지는 금성에 들어와 살지는 않고 도회지에 독립해 있으면서 이따금 본가를 방문하곤 하였다고 한다.

다가오는 운명은 한 치 앞도 가늠할 수 없는데, 돌아보는 운명이란 이토록 정교하게 설계될 수 있을까, 그 '명신당'과 바로 이웃한 부잣집이 나의 외가, 내 어머니 김복순의 집이었다.

내 외갓집은 굉장히 부유한 집이었다. 어머니에게 전해들은 바로 외할아버지는 단호하고 화통한 성격으로, 고향 포천에서 조실

부모하고 혈혈단신으로 금성으로 와 자수성가한 분이셨다. 동네에서는 이름만 대도 알아주는 자산가였는데, 계절이 바뀔 때마다 전국 방방곡곡에서 생선이며 과일이며 제철특산물을 구해다 드실 정도로 수완이 좋았다고 한다. 그런 풍족한 집안에서도 하늘이 해결해 주지 않고서는 풀지 못할 고민이 있었으니 외할머니가 33세가 되도록 수태의 기미가 없다는 것이었다. 혼인이나 출산 적령기가 늦춰진 지금도 33세면 이른 나이가 아닌데, 그 시절 삼대독자 집안에서 후사가 없다는 것은 외할머니에게 어마어마한 부담이었을 것이다. 하지만 1922년 8월, 밤낮없이 바쳐지는 외할머니의 간절한 불공 끝에 마침내 어머니가 태어난다. 산모가 해산에 지쳐 몸을 푸는 동안 외할아버지는 울음소리가 퍼지자마자 아기의 생김만 대충 보고 헐레벌떡 강원도 풍습대로 아들 출생을 알리는 잣나무 새끼를 대문밖에 엮어다 걸고 동네방네 마을사람들과 환호하였다고 한다. 외할아버지나 외할머니나 첫 출산을 경험하다 보니 이 작은 핏덩이가 아들인지 딸인지 제대로 살피는 절차도 없이 믿고 싶은 대로 믿어버린 것이다. 딸이었다는 사실을 알게 된 건 무려 3일이나 지난 후라고 하니 웃지 않을 수 없다. 두 분의 황당한 낙심도 낙심이지만, 누군들 오랜 기다림 끝에 찾아온 어여쁜 아가를 사랑하지 않을 수 있을까. 말할 것 없이 어머니는 두 분의 많은 사랑을 받고 자랐다. 단지 외할머니가 연달아 수태를 하는 바람에 젖이 말라 모유대신 죽을 먹고 자랐는데, 그렇게 태어난 장손은 안타깝게 돌도 되기 전에 앓다 죽었다고 한다. 그 후에 태어난 아이가 바로 외가의 장손, 나의 외삼촌 김영근이다. 외할아버지와 외할머니는 귀하게 얻은 자녀를 애지중지 키웠고, 남매는 부잣집 자녀들인 만큼 남부럽지 않은 유년을 누렸다. 그 시절 드물다는 유치원 교육도 받았고 외삼촌의 경우 비싼 인삼을 너무 많이 먹이는 바람에 열병으로 병원신세를 졌을 정도로 귀한 대접을 받았다. 하지만 어머니의 타고난 복이 거기까지였는지, 어머니가 고작 일곱 살 되던 무렵 외할머니가 유산과 동시에 세상을 등지는 비극이 일어난다.

어머니는 아주 어릴 시절임에도 불구하고 그 일을 아주 자세하게 기억하고 계셨다. 마흔둘의 외할아버지가 상여를 따라 나가며 펑펑 우시던 모습, 흐느낌 속에서 "나더러 어찌 하라고 우리를 이리 두고 간단 말이오," 하고 입으로 뱉으셨던 단어 하나하나까지 마음에 새기고 계셨다. 외할아버지는 그날 이후로도 오랫동안 주체할 수 없는 슬픔에 잠겨 지내셨는데, 뒤꼍에 숨어 남몰래 울던 외할아버지를, 어머니는 시간이 지나도 가슴 아프게 기억하고 계셨다.

모든 사람이 자신에게 닥쳐온 불행들을 슬기롭게 헤쳐 나가면 좋으련만, 안타깝게도 외할아버지는 그 길로 술독에 빠져 가족은 물론 온 동네사람들의 근심이 되고 말았다. 집은 대궐같이 큰데 안주인이 없으니 집안 곳곳 황량함이 그지없고 살림도 나날이 엉망으로 치달았다. 외할아버지는 밤낮으로 술을 마시며 집안을 돌보지 않으셨고, 내일이 없는 한량처럼 매일을 사셨다. 이를 안타깝게 여기던 친척 중 한 분이 서둘러 혼처를 구해 외할아버지의 새장가를 주선해 주었는데, 공교롭게도 새로 온 외할머니라는 분은 내 어머니와 열 살밖에 차이 나지 않는 17세 아가씨였다. 외할아버지에 겐 스물다섯 살이나 어린 신부였다. 나이가 어리다 보니 시집을 오면서 그 분의 어머니도 함께 들어오셨다. 외할아버지는 새롭게 맞이한 어린 신부와 슬하에 두 자녀를 두게 되는데 그 분들이 바로 어머니의 이복동생, 내 외삼촌 김영일, 김춘근이다.

집안 살림은 다시 구색을 갖추어 굴러가는 듯 했으나 외할아버지는 그 이후로 많이 변해버렸다. 어머니에게 있어 새 외할머니는 너무 어려 결코 속 깊은 모성의 보살핌을 줄 수 없는 분이었고, 외할아버지에게도 조강지처의 따스함을 채워줄 수 있는 분은 아니었던 것으로 보인다. 외할아버지는 재혼을 하신 후로도 첩을 계속해서 들이셨다. 그 바람에 어머니는 집안에 첩으로 들인 작은 할머니를 셋이나 모셨다고 한다. 날이 갈수록 조숙한 소녀로 자라나는 어머니에겐 끔찍한 환경이었다. 읍내 기방이었던 금성관 기녀들이 모두 외갓집 대문간을 드나들었다. 외할아버지는 기녀를 끼고 노름판을 벌였고 노상 술에 취해 계셨다. 어머니는 그러한 환경에서 외할아버지를 원망하며 보름달이 뜨는 밤마다 외할머니를 그리워하며 우셨다. 모든 것이 돈이 많은 탓으로 여겨졌고 처지가 한스러울 뿐이었다. 12살의 어느 밤에는, 어떤 환멸이 어머니를 일으켰는지 한밤중에 벌떡 깨어서는 무릎을 꿇고 하느님께 이렇게 기도했다고 한다.

"하느님 아버지, 이 다음에 커서 제가 시집을 갈 때에는 우리처럼 부잣집으로 시집보내지 마시고, 하루 세끼 조 죽을 끓여먹어도 좋으니 예수님 믿고 깨끗하게 사는 집으로 시집가게 해주세요."

어머니는 어릴 때부터 돈보다 소중한 것이 무엇인지 일찌감치 깨달았던 셈이다. 눈물겨운 기도의 시간이 속절없이 흐르는 사이, 어머니는 금성공립보통학교를 졸업하고 지금의 춘천여고로 진학해 어느덧 17세 아리따운 숙녀가 된다. 어머니는 보통학교를 우등생으로 졸업했는데, 졸업식 당일 외할아버지는 명민하고 바르게 자라준 어머니를 붙들고 새삼 10년 전 세상을 떠난 외할머니를 부르짖으며 펑펑 울었다고 한다. 그 말을 전해 듣자니 그동안 어머니의 설움에만 젖어 외할아버지를 함께 원망하던 나도 슬그머니 외할아버지의 가엾고 딱한 마음을 헤아리게 되었다. 채워도 채워지지 않는 배우자를 잃은 상실감과 아무리 재산이 넘쳐도 없는 모정까지 자식에게 사서 줄 수는 없다는 한계가 얼마나 외할아버지를 좌절하게 했을까 말이다.

당시 어머니가 다니던 춘천여고는 중학교 3년 과정과 고등학교 3년 과정으로 구성된 6년제 학교였다. 어머니가 중등교육을 받던 3년 간, 아버지는 할머니를 여의고 곳곳을 떠돌며 그림 독학에 몰두하고 있었고, 어머니는 그런 아버지와 연이 닿아 18세 되던 해, 고교과정에 접어들 무렵 혼인을 한다. 학업을 중단한 것이다. 내가 어릴 때만 해도 고등학교만 졸업하면 배운 사람이라 대접을 했기에 부모님은 가난한 살림을 쪼개서라도 우리를 교육시켰다. 늘 현명하고 생각이 깊었던 어머니가 꾸준히 진학을 했으면 어땠을까도 상상해본다. 외할아버지와 어머니의 시대적 통찰력이 조금만 더 깊었더라면, 어머니는 학업을 쌓고 동경유학까지 마친 후 그 시절 드물었던 신여성으로 남다른 삶을 살지는 않으셨을까? 하지만 그 후 전개된 외할아버지의 선택과 과정을 보면 두 분 다 그런 생각은 못했던 것 같다. 시대의 분위기와 관습이 어떻게 어머니를 순종적이고 보수적인 현모양처로 만들었는지 미루어 짐작할 수 있을 뿐이다. 그러고 보면 그 희생을 반석 삼아 자란 자녀로서 나는 늘 죄송한 마음만 든다.

대신 외할아버지는 그 시절 누구라도 부러워할 딸의 혼사를 치르기 위해 공을 들였다. 지역 여러 가문에서 어머니를 눈여겨 혼담을 보내왔다. 하지만 외할아버지에겐 어릴 적부터 금이야 옥이야 애지중지 길렀던 귀한 딸을 아무 곳에나 보낼 수는 없는 노릇, 어머니의 혼사는 외할아버지의 가장 중요한 책무가 되었다. 그런데 어찌하여 배움이 짧고 가난한 아버지가 부잣집 고명딸 어머니와 부부로서 백년가약을 맺게 되었을까? 돌아볼 때마다 흥미진진하지 않을 수 없다.

당신은 누구시길래 이렇게

　나 때만 해도 남녀 사이의 일이란 철저히 분리되어 겉으로 드러낼 수 없는 것이었는데, 아버지 적 시절은 오죽했으랴. 아버지와 어머니의 연분이 궁금해 아무리 여쭈어도 혼인이 성사되기까지 두 분의 만남이라는 것이 빨래터와 담벼락 사이 몰래 훔쳐본 눈빛이 전부라 하니, 내 머릿속에는 장밋빛 상상화만 벌써 수십 장이다. 사랑의 조건이 다양해진 솔직한 요즘사람들로선 쉽게 이해가 되지 않을 법도 하다.

　할아버지가 금성에 안착하면서부터 타지에 있던 아버지도 계절이 바뀔 때면 수시로 금성 본가를 드나들었다. 그런데 할아버지는 아버지가 방문할 때마다 조급하고 답답했던 모양이다. 허우대도 멀쩡하고 인물도 훤칠한 아들이지만, 혼기가 다가오는데도 농사를 짓나, 기술이 있나, 직업도 없이 화구만 끼고 도는 것이 늘 불안했던 것이다. 재산을 모아 가장 구실하기를 막연히 기다리다가는 평생 일가 한 번 못 이루는 건 아닌가 걱정이 된 할아버지는 손수 아버지의 혼처를 알아보기 시작했는데, 특별한 기준이 있었는지는 모르겠으나 꼭 며느리로 맞고 싶다며 점한 그 처자가 바로 윗집의 장녀, 나의 어머니였다. 새 할머니가 늘 이웃하여 드나드는 집이기도

했고, 이름난 부잣집인데다 매일같이 눈으로 직접 마주치며 인사를 나누다 보니 두 분 눈에 들지 않을 수가 없는 것이다. 그때부터 할아버지가 상대 집안의 사정은 아랑곳없이 아버지가 본가에 올 때마다 달달 볶으며 혼인에는 뜻이 없느냐, 윗집 처자는 어떠냐 떠보았다고 한다. 20대면 한창 이성에 호기심을 가질법한 시기이기도 한데, 아버지는 정말 그림밖에 몰랐던 것인지, 염치 때문이었는지 그때마다 답답하게도 두 분 앞에 이런 대답만 툭 던져 놓았다.

"아직 저는 결혼할 생각도 없고, 그럴 주제도 안 됩니다. 더 성공하고 탄탄하게 자리 잡아서 안정된 결혼을 해야 사내 된 도리이지요."

하지만 닦달을 이리 겪고 보니 그 윗집 처자가 대체 누구이기에 부모님이 이리 성화이신지, 호기심이 본능처럼 솟는 것이다. 본가에 머무를 때면 저절로 윗집을 돌아보는 눈길을 막을 수가 없었다. 게다가 뒤꼍 야트막한 담벼락 너머로 소녀들의 재잘거리는 웃음소리가 매일같이 넘어오니 당최 살펴보지 않을 수가 있나, 반질반질한 윗집 툇마루가 까치발만 들면 보란 듯이 훤히 들여다보이니 두근대는 가슴은 다룰 방법도 없이 자꾸만 어머니를 향하게 되는 것이다. 그때부터 아버지의 짝사랑이 시작되었다. 당시 아버지의 동생이었던 작은아버지 원근과 어머니의 동생, 외삼촌 영근이 또래로 늘상 몰려다녔는데, 아버지는 틈날 때마다 작은아버지에게 어머니의 성격이 어떠냐, 무엇을 좋아하느냐, 오늘은 무엇을 했느냐 꼬치꼬치 물었다고 한다. 어머니의 소식이라면 외삼촌뿐만 아니라

새 할머니, 동리 이웃들 가릴 것 없이 끼어 들어서 귀를 기울였고, 혹시나 어머니가 앞을 지나지는 않을까, 일도 없이 온종일 마을을 서성였다는 것이다. 타박타박 오가는 어머니를 발견할 때면 마음에 없는 척 곁을 지나던 아버지의 한껏 부푼 마음이 오죽 설레었을까! 내 기억 속 부모님은 늘 안정적인 부부관계를 유지하며 우리가 보는 앞에서 과한 애정표현을 드러낸 적이 없다. 하지만 어른이 되기 전에는 알 수 없었던, 우리가 몰랐던 달콤한 시절이 부모님에게도 있다는 사실은 내 볼도 붉게 만든다. 지금 짚어보면 혼담이 본격적으로 오간 게 스물다섯의 가을이니, 금성에서 어머니를 처음 알고서 애정이 무르익던 시간까지를 대략 가늠해보면 아버지가 얼마나 긴 시간 홀로 흠모하며 가슴앓이를 했는지 생각만 해도 내 일처럼 애가 탄다.

아버지가 한창 짝사랑을 하던 시기 어머니는 순진하고 호기심 많은 여중생으로, 집안에서는 주로 외할아버지의 세 번째 첩이었던 작은할머니와 친하게 지냈다. 어머니가 열여섯, 작은할머니가 열여덟이라 또래 자매처럼 지냈던 것이다. 밖에서 보면 누가 봐도 친구나 자매로 볼 것이나, 족보상 모녀라 하니 요즘 젊은이들이 듣기엔 기가 막힌 그 시대의 현실이다. 아버지가 담 너머로 들었던 소녀들의 재잘거림은 아마 이 두 모녀간의 대화였을 것이다. 어머니가 아버지를 의식하기 시작했던 것도 이 무렵이다. 어머니는 아버지를 처음 만났던 그 날, 그 눈빛을 똑똑히 기억하고 계셨다. 하긴, 두 남녀가 첫 눈맞춤을 하던 사건이었으니 잊을 수가 있을까.

외할아버지가 강릉에 가시느라 집을 비우고, 관계는 모녀지만 친구나 다름없던 두 소녀가 여느 때처럼 일상을 보내던 어느 날이었다. 작은할머니가 어디에 있나, 집안 곳곳을 둘러보던 어머니는 감궤짝 앞에서 누가 볼세라 야금야금 감을 집어먹던 작은할머니를 발견하게 되는데, 장난 끼 발동한 어머니가 벌컥 방문을 열어젖히고서 왁! 하고 작은할머니를 놀래킨 것이다. 놀라 나자빠진 작은할머니가 약이 올라 어머니를 쫓아 나오고, 깔깔거리며 툇마루에서 뛰어내린 어머니가 붕, 허공에 뜬 순간 마주친 것이 눈을 휘둥그레 뜬 아랫집 총각, 아버지였다. 얕은 담을 사이에 두고 몸 숨길 곳 없이 처녀총각이 한동안 서로를 바라보고 섰으니, 그 얼마나 야릇한 일면식인가. 후닥닥 몸을 숨기긴 했지만 한없이 붉어지는 뺨과 쉼 없이 고동치던 심장을 오래오래 잠재우느라 정말 고생했노라, 어머니는 두고두고 말씀하셨다. 그 이후로 담벼락 하나를 사이에 두고 말 못 할 두 분의 스침이 지속되었다. 입맞춤보다 짜릿한 눈맞춤이 수시로 오갔다. 차라리 요즘사람들처럼 손이라도 대뜸 잡지, 그 시절 감히 말은 걸어볼 생각도 못하고 시종 곁눈질만 하며 바쁘게 사라지기를 거듭했으니 남녀 간에 그만한 도화선이 또 있을까 싶다. 어머니는 아버지를 이목구비가 또렷하고 키가 큰 청년으로 기억했는데, 내가 기억하기에도 아버진 눈에 띄는 미남이었다. 딸의 시선에도 그러한데, 어머니가 보았던 건 20대의 아버지이니 상상일지라도 금세 나를 설레게 한다. 딸 눈에 당연히 그런 것 아니냐, 되물을 수도 있겠지만, 돈 한 푼 없던 아버지 곁을 맴돌던 여인들이 이후에도 제법 있었던 걸 보면 아버지는 결코 어머니나 딸 눈에만 멋져 보이는 건 아닐 것이다.

외갓집에는 어머니가 14세 되던 해부터 며느릿감으로 눈독 들여 기별을 보내오는 집안이 많았다. 외할아버지는 응당 하나뿐인 귀한 딸을 좋은 집안에 시집보내기 위해 사돈될 집안을 까다롭게 점하셨는데, 이 무렵 마침 두 군데 혼처가 들어와 잘나가던 사업체였던 철원 무진공사 직원과 춘천 의사 집안의 장남이었던 수의사를 사윗감으로 이리저리 재어보던 중이었다. 모두 고등교육을 받고 남부러울 것 없던 집안의 자제들이었다. 물론 외할아버지의 결정이 절대적이긴 하겠지만 혼담이 들어왔으니 분명 어머니 귀에도 들어갔을 법한데, 어머니는 딱히 상대가 어떤 사람인지, 어떤 조건인지 관심도 없었던 것 같다. 물질적 조건은 성인남녀의 혼인에 있어 당연히 고려될 사항이겠으나 어머니는 영락없이 철없는 10대 소녀였던 것이다.

가을은 빠르게 깊어 앙상한 잎만 떨구는데, 남녀가 유별한지라 아버지는 어머니에게 말 한마디 못하고, 어머니는 어머니대로 서로를 의식하며 삐쩍 말라만 갈 뿐이었다. 벙어리 사랑이 더하면 더했지 못하기야 할까, 아버지는 비로소 어머니와 결혼하겠노라 작심을 했다. 이에 할머니는 두 팔 걷어붙이고 적극적으로 아버지와 어머니를 이어주고자 아버지의 혼인 의사를 슬며시 윗집에 전달한다. 과연 그 결과가 어떻게 됐을까. 뭔가 억울하면서도 그럼 그렇지, 왠지 당연한 결과인 듯, 윗집과 아랫집 사이에는 순식간에 나

뭇가지를 엮은 촘촘하고 높디높은 담만 쌓이고 말았다. 불같은 외할아버지가 노발대발하심도 물론이다. 외할아버지는 담을 더 높게 쌓으면서 아랫집에다 대고 어디 상대도 안 되는 집안에서 남의 집 귀한 딸을 탐내냐며 비아냥과 조롱 섞인 헛웃음을 뱉으며 다시는 아랫집 시계방 여인네를 집으로 들이지 말라, 마을이 떠나갈 듯 호령을 내렸다. 어머니는 어린 마음에 할아버지 말이 세상 이치인 줄로만 믿고 그저 일이 이렇게 되려나 보다, 잠자코 숨어 두려움에 떨 뿐이었다 한다.

꾹꾹 눌러담은 사랑의 편지

하지만 새 할머니만큼은 자존심이 대단하신건지, 아니면 아버지의 혼사를 성사시키고자 작심을 하신건지 호령도, 체면도 아랑곳 않고 늘 하던 대로 외갓집을 드나들었는데, 그것이 마지막 한 수라고 여겼던 아버지가 할머니 편으로 한통의 편지를 어머니에게 보낸다. 집안끼리는 결코 받아들여지지 않을 혼사이니 연인에게 정식으로 사랑을 고백하고 청혼을 한 것이다. 아버지의 그런 뜻을 반겼던 할머니는 허리춤에 편지를 숨겨 윗집을 방문한 뒤, 배웅 나온 어머니에게 조심스레 편지를 권했다. 어머니는 일전에 아랫집 총각의 청혼 일로 큰 사달이 난 바를 잘 알기에 편지를 보자마자 질겁하며 손사래를 쳤다. 어머니가 몇 번을 거절함에도 불구하고 할머니는 권하다 못해 부탁하듯 제발 한 번만 받아 달라 애원을 하였는데, 두 사람이 곤란한 실랑이를 하는 가운데 같이 있던 작은할머니가 호기심이 발동해 편지를 쏙 가로채서는 방안으로 들어가 버렸다. 순진한 어머니는 놀래서 작은할머니를 쫓아 들어갔는데, 뒷일이 과연 어찌될지, 임무를 완수한 할머니만 부푼 기대를 안고서 가벼운 발걸음으로 집에 돌아오셨다. 사실 어머니가 수줍은 당신의 마음을 우리들에게 솔직히 털어놓지 않아 그렇지, 내가 보기에 두 분을 이어주고자 노력하는 주변의 행동을 미루어 아랫집 윗집 간 말 못 할 두 남녀의 연정은 당사자들끼리나 비밀이지 마을에서는 공공연한 사실이었던 듯하다. 손바닥도 합이 맞아야 소리가 난다지 않는가.

이 일을 외할아버지가 알게 되면 죽을지도 모른다며 안절부절 초조해하는 어머니와는 달리, 작은할머니는 자리에 앉자마자 편지를 펼쳐들고 빼곡한 글씨를 들여다보았다. 어머니는 한사코 읽지 않겠노라 눈을 꾹 감고 있는데, 작은할머니는 어머니를 쿡쿡 찌르며 읽어달라고 생떼를 부렸다. 편지가 일본어로 쓰여 있었던 것이다. 세상에 이렇게 떨치기 어려운 유혹이 또 있을까. 망설이던 어머니도 결국은 편지를 손에 들고 말았다. 아버지가 처음으로 어머니에게 보낸 편지이자 사랑고백이었다.

실례인 줄 알면서도 이 편지를 보내오니 용서하시고 끝까지 읽어주시면 고맙겠습니다. 나는 양구군 양구면 정림리 부농가집 장남으로 태어났습니다. 어려서는 고운 옷에 갓신만 신고 자랐습니다. 그런데 내가 일곱 살 되던 해부터 아버지의 광산사업이 실패하고 물에 전답이 떠내려가서 우리 집은 그만 가난하게 되었습니다. 다섯 살 때 서당에 다녔고 일곱 살 때 보통학교에 입학해서 나는 보통학교 밖에 나오지 못했습니다. 게다가 어머니께서 유방암으로 오래 병원에 계시다 돌아가셔서 동생들과 아버지를 어머니 대신 돌보아야 했기에 고학이라도 해서 미술학교를 다니려던 꿈은 그만 깨어져버렸습니다. 나는 춘천과 서울로 다니면서 그림 공부를 독학했습니다. 지금까지 네 번 선전에 입선했습니다. 선전에 처음 입선한 것은 내가 열여덟 살 때였습니다. 지금까지 춘천에서 그림 공부를 하다 부모님이 계신 집에 오니 부모님께서 윗집 처녀에게 장가들라고 권하셨습니다. 나는 여러 번 거절했습니다. 내가 더 성공해서 결혼할 생각이었으나 부모님께서 하도 권하셔서 나는 당신에 대해 내 동생 원근이와 동네 사람들에게 알아보았습니다. 일전에 당신이 우리 어머니와 빨래하러 같이 가셨을 때 어머니 점심을 가져간다는 핑계로 빨래터에 가서 당신을 자세히 보고 아내로 맞아들이기로 마음으로 결정했습니다. 나는 그림 그리는 사람입니다. 재산이라곤 붓과 팔레트 밖에 없습니다. 당신이 만일 승낙하셔서 나와 결혼해 주신다면 물질적으로는 고생이 되겠으나 정신적으로는 당신을 누구보다도 행복하게 해드릴 자신이 있습니다. 나는 훌륭한 화가가 되고 당신은 훌륭한 화가의 아내가 되어주시지 않겠습니까? 귀여운 당신을 내 아내로 맞이한다면 그보다 더한 행복은 없겠습니다. 내가 이제까지 꿈꾸어오던 내 아내에 대한 여성상은 당신과 같이 소박하고 순진하고 고전미를 지닌 여성이었는데, 당신을 꼭 나의 배필로 하나님께서 정해주신 것으로 믿고 싶습니다.

나는 나 혼자 당신을 모델로 그림을 그려보기도 합니다. 나의 이 숨김없는 고백을 들으시고 당신도 당신의 감정을 솔직히 적어 보내주시면 감사하겠습니다. 답장을 기다리겠습니다.

이 편지를 나중에 한글로 읽게 되었을 때 나는 마치 내가 이 사랑 고백의 대상이라도 된 것처럼 설레고 흥분되었다. 확실히 사랑을 믿는 사람들에게 연애편지는 모두를 소년소녀로 둔갑시키는 마법이 있나 보다. 이러한 진실되고 애정 어린 아버지의 진심에 흔들리지 않을 사람이 어디 있을까! 하지만 문제는, 이 고백을 알게 된 것이 어머니만이 아니었다는 데 있다. 어머니가 수줍게 번역해 읽어 내려간 문장들은 작은할머니는 물론 바로 아랫방에 조용히 누워있던 안방 어르신, 10년 전 내 외할머니가 돌아가신 후 부잣집 마님 자리를 꿰찬 어린 계모의 어머니였던 내 외증조할머니의 귀에도 소리 없이 들어가고 있었다.

옆방에서 일어난 소동을 처음부터 끝까지 모른 척 듣고 있었던 내 외증조할머니는, 어머니의 의견은 들어볼 필요도 없다는 듯 외할아버지가 돌아오자마자 이 일을 즉각 일러바쳤다. 온화하던 외할아버지의 표정이 일순간 무섭게 일그러지고, 그 특유의 성정이 부글부글 들끓기 시작했다. 어디 거렁뱅이 화가가 분수도 모르고 우리 귀한 딸에게 수작을 걸며 혼삿길을 망치려 드느냐, 역정을 내며 소리치셨다. 외할아버지는 아랫집이 지금 우리를 우습게 보는 것이라며 네 집 내 집 할 것 없이 다 때려 부술 기세로 날뛰셨다. 외증조할머니가 대체 외할아버지께 무슨 말을 전한 것인지, 외할아버지는 돌연 어머니를 두고 너는 오늘 죽을 줄 알아라, 노려보시며 문을 세차게 닫아버리셨다. 어머니는 공포에 온몸을 와들와들 떨 뿐이었다. 외할아버지는 어머니를 안방으로 불러들인 뒤 편지

〈빨래터〉, 캔버스에 유채, 50.5×111.5cm, 1950년대 후반

를 내놓으라 단호하고 무섭게 명령하셨다. 생전 야단 한 번 안 맞고 귀하게 자라다가 이토록 저 때문에 역정을 내시니, 어머니로서는 그저 내가 천벌 받을 짓을 했구나, 엎드려 빌 뿐이었다. 외할아버지는 편지를 단숨에 읽고서는 어머니를 당신 앞에 세우시고 종아리를 걷으라 명령하신 뒤, 미리 준비해둔 회초리를 들어 생전 없던 매질을 시작했다. 그리고 너도 마음이 있으니 편지를 받은 것이다, 하시며 허연 살갗이 벌겋게 피가 맺히도록 때리는 것이다. 시간이 지나도 매질은 멈출 줄 몰랐다. 종아리만 때리는 게 아니었다. 어찌나 화가 나셨는지 온몸을 두들겨 패시고 어머니는 껙껙 소리만 내시며 울었다. 온 집안사람들이 발을 동동 구르며 마치 같이 매질을 당하는 듯 주먹만 쥐고 서 있고, 이러다 사람 잡겠다 싶은 마음에 작은할머니가 외할아버지 앞에 뛰어들어서는 그만하시라며 말렸는데, 외할아버지는 그런 작은 할머니까지 너도 같이 죽어라, 하시며 함께 매질을 했다는 거다. 인정사정없이 회초리를 휘두르던 외할아버지가 이쯤이면 죽지 않을 정도로 때렸구나, 정신이 드셨는지 이제는 안방 문을 왈칵 열어젖히고는 이성 잃은 사람처럼 아랫집 담벼락에 대고 듣기에도 험악한 욕을 쏟아내었다. 사정없이 씩씩 뿜어 나오는 외할아버지의 욕설과 콧김, 입김은 눈 쌓인 추운 겨울밤 돌진하는 야생멧돼지처럼 온 동네를 모조리 다 부숴버릴 기세였다.

한편 외할아버지가 담벼락에 퍼부은 분노는 높디높은 담벼락을 넘어 나의 친가, 명신당 식구들의 귀에 그대로 흘러가고 있었다.

온 식구가 담벼락 아래 모여서는 윗집에서 일어나는 처참한 사정을 처음부터 끝까지 실시간으로 파악하던 중이었다. 보이는 것은 없는데 사람 잡는 소리만이 담을 넘어 무참하게 흘러오니, 편지를 썼던 아버지를 비롯해 그것을 전달한 할머니, 인연이 닿기를 응원했던 할아버지와 작은아버지들까지 나란히 서서 공연히 우리 때문에 멀쩡한 처자 하나를 죽이는구나, 몸이 얼어가는 줄도 모르고 눈 속에 발을 파묻고 서 있었다는 것이다.

누구보다 참담한 건 아버지였을 것이다. 행복하게 해주겠다는 사랑의 전언이 되려 매질로 돌아가 연인을 아프게 했으니 자신의 가난한 신분과 처지가 얼마나 원망스럽고 처량할 것인가? 하지만 일평생 그랬듯 사랑하는 내 아버지는 체념하는 현실주의자가 아닌 낭만적인 이상주의자였다. 연인의 아픔을 모르는 척 묻어두며 이대로 사랑을 끝내버릴 수는 없지 않은가. 아버지는 그토록 기다렸던 회신이 처참한 결과로 돌아오자 최후의 수단으로 직접 윗집 어른을 만나 호소하기로 한다. 아랫집 총각이라 하면 마주치기만 해도 때려잡을 기세니, 집으로 찾아뵙거나 약속을 잡는 일은 엄두도 못 하고, 외할아버지가 늘 다니시던 길목에서 출타하시기를 기다려 불시에 패기 있는 사내의 모습을 보여드리기로 했던 것이다. 하지만 현실은 조금 달랐던 것 같다. 길을 가로막는 아버지를 보자마자 낯빛이 변한 외할아버지는 무시무시한 화를 표출하는 대신, 아버지를 없는 사람마냥 무시로 일관하시며 가던 길을 가셨다. 네놈이 뭐라 하든 말든, 어디 한번 마음껏 떠들어보아라, 귓등으로 들으시며 빠른 걸음으로 앞질러 가는 것이다. 아버지는 그런 외할아버지를 바짝 따라붙으며 얼마나 간청했는지 모른다 한다. 지금은 이렇게 볼품없어도 언젠가는 대성할 날이 옵니다, 반드시 따님을 행복하게 해주겠습니다, 차마 어르신의 옷자락을 붙잡아 세우진 못하고 거의 울상이 되어 그 상태로 몇 리 길을 따라갔다는 것이다. 하지만 매섭고 단호한 외할아버지의 비웃음만 멀어질 뿐 아버지는 맥없는 얼굴로 혼자 울며 되돌아와야 했다. 그렇게 낭패만 겪기를 수십 번, 아버지는 이제 장인어른과 대적하는 대신 하늘과 싸우기로 했다. 그날부터 식음을 전폐하고 앓아 누워버린 것이다. 마음의 병이 물리적인 증상으로 드러났다. 몇 날 며칠을 열병에 시달렸다. 지금 생각건대 하늘이 먼저 백기를 들지 않았다면, 아버지는 정말 못 일어나셨을지도 모르겠다.

어머니는 매를 맞은 이후 상황이 어찌 돌아가는지 전혀 알지 못한 채, 그저 한없이 억울한 죄인이 되어 스스로 방에 틀어박혀 지내고, 외할아버지는 전부터 고민하던 혼처를 확정하고서 바쁜 나날을 보냈다. 춘천의 의사 집으로 어머니를 시집보내기로 한 것이다. 집안끼리 결혼을 언약하고 좋은 날을 점해 택일함은 물론, 날마다 집안에 들어오는 값비싼 예물에 맞춰 그에 버금가는 혼수를 장만해 보냈다. 대문간은 매일같이 번쩍번쩍 큰 재물이 오갔다. 예비 사돈 간의 친분도 더욱 공고해지고 있었다. 하지만 어린 시절부터 돈보다 소중한 가치를 이미 알았던 어머니가 그 많은 재물에 눈길이라도 한 번 줬을까. 그 동안 대문에 들어온 것 중 가장 어머니의 마음을 뺏은 건 정갈히 써내려간 아버지의 솔직한 고백뿐이었다. 새신부의 아무런 관심도, 감흥도 없는 결혼 준비를 외할아버지 홀로 신바람 나게 진행했다. 그때는 어머니도 자포자기하여 새신랑이 누구인지, 어디로 시집살이를 가는 건지도 모른 채 그저 모든 걸 외할아버지 의견에 맡길 뿐이었다 한다. 약혼까지 했으니 혼인은 기정사실이다.

만약 실제로 이 때 이변이 일어나지 않았다면 나를 비롯해 나의 형제들, 현재 일가를 이룬 친지들은 지금 없는 운명일 것이다. 아버지의 화풍도 달라졌을지 모른다. 대신 어머니는 안락한 미래를 보장받지 않았을까? 이리저리 상상해 보지만 내 삶과 부모님을 사랑하는 입장에서 다음에 일어날 이변과 외할아버지의 선택은 내게 있어 굉장히 반가운 것이다.

모든 것이 예정된 수순으로 흐를 것 같던 어느 날, 또 한 번 외갓집 마당이 한바탕 떠들썩해지는 사건이 일어났다. 이번에 역정을 내며 마당을 호령한 사람은 다름 아닌 내 친할아버지였다. 화가 잔뜩 난 할아버지가 마당에 들어서자마자 큰 소리로 나오시오, 외할아버지를 불러내서는 내 아들을 살려내라며 눈을 부라리며 호통을 친 것이다. 할아버지는 당신네 집안이 잘나면 얼마나 잘났기에 사람을 이리 비참하게 무시하고 짓밟는 것이냐, 외할아버지를 매섭게 몰아세웠다. 내 아들이 병신이면 나도 병신이냐, 험한 말도 서슴지 않았다. 할아버지의 말씀인즉슨, 정분이 있어야 남녀 간 인연도 있는 것이고, 돈이야 있다가도 없는 것이지, 분수와 주제만 구색 맞게 붙여놓으면 그 팔자가 행복하기만 하겠느냐는 것이다. 이에 건넌방에 있던 작은할머니와 어머니가 화들짝 놀라 뛰쳐나와 그 광경을 지켜보게 되었다. 외할아버지는 오밤중에 홍두깨 들이댄 마냥 놀라 툇마루에 서계시고, 할아버지는 고래고래 소리를 지르다 급기야 우리 집 장남이 지금 죽게 생겼다며 울먹이기 시작하셨다. 남녀간 분복은 저들이 만드는 것이지 우리가 관여할 게 아니오, 꺼이꺼이 우시며 당신 딸을 매질할 때 우리 아들도 같이 멍들어 지금 물 한 모금 못 마시고 말라 죽게 생겼다 하시는 거다. 그러니 당장 우리 아들을 살려내라며, 우리 아들이 아니면 당신 딸을 이렇게 진심으로 사랑해 줄 사람이 있을 것 같으냐 으름을 놓고서 대짜로 그 자리에 누워버리셨다. 그리고 힘들게 자수성가 했다더니 어렵던 시절 다 잊은 모양이오, 내가 사람 잘못 봤소, 외할아버지의 자부심까지 잊지 않고 따갑게 충고하며 아들을 살려내라 행패를 부렸다. 외할아버지의 눈치를 살핀 머슴들이 부리나케 달려들어 발버둥치는 할아버지의 팔다리를 붙잡고는 대문 밖으로 끌어냈다. 온 마당이 한바탕 난장이 된 가운데 외할아버지도 어머니도, 작은할머니도, 집안사람들이 모두 놀라 시간이 멈춘 것처럼 눈만 휘둥그레 뜨고 있었다 한다. 어머니는 훗날 이 광경을 두고 모두가 경황이 없었던 건 사실이지만 나는 아버지의 마음을 확인하고서 가슴이 쿵쿵 뛰고 다시금 설레는 것이 얼마나 기뻤는지 몰랐다, 소녀처럼 말씀하신다. 그러고 보면 할아버지가 외갓집 마당에 부려놓은 것은 행패가 아니라 일전에 새 할머니가 전한 편지에 이어 두 번째로 어머니에게 사랑 고백을 전한 것이나 다름없다. 이렇게 아버지와 어머니의 사랑은 내 조부모님의 웃지못할 자랑스러운 합작에 의해 성사된 것이다.

사실 지난 시절을 통해 돈보다 소중한 것이 있다는 걸 깨달은 건 어머니뿐만이 아니었을 것이다. 부모 없이 자라 성공했지만 어떤 풍요로움 속에도 허한 마음을 달랠 수 없던 건 외할아버지도 마찬가지였던 것이다. 게다가 떼를 쓰는 법 한번 없이, 발목에 줄이 묶인 염소처럼 세상천지 모르고 맥없이 당신 처분만 기다리고 있는 딸애의 그 신세가 얼마나 딱한가. 그 일이 있고 난 후 외할아버지는 여러 날을 고민하시다가 어머니를 안방으로 불러들이신 뒤 딸의 운명을 결정짓는 일생일대의 결정을 통보하신다. 어머니를 아랫집 장남, 우리 아버지에게 시집보내기로 하셨다는 것이다. 할아버지는 그 말을 하는 와중에도 딸의 확신 없는 앞날에 마음이 불편했던지, 담뱃대만 계속 물고 한참을 말없이 계셨다고 한다.

외할아버지는 당신의 귀한 첫 딸이 7살이라는 이른 나이에 어머니를 여의고 부족한 정을 채워주지 못했다는 자책을 평생 갖고 계셨다. 그래서 시집만큼은 반드시 풍족하고 유복한 집으로 보내 평생을 사랑받게 하려고 했는데, 이번 일을 겪고 보니 먼저 떠나보낸 부인도 생각나고 외할아버지 보기에도 앓아 누운 아랫집 총각이라면 딸을 행복하게 해줄 수 있겠다 싶었던 모양이다. 돈이야 이미 처가에 풍족하니 되었고, 그 절절한 고백을 외할아버지가 직접 두 눈으로 읽어본 데다 앞뒤 사정없이 딸을 후려 패기만 했으니 괜히 못 할 짓을 한 것 같아 후회하신 것이다. 게다가 불쑥 윗집을 찾아가 난동을 부린 내 할아버지 말도 그다지 틀린 말이 아니어서, 몇 날 며칠을 홀로 고민하시다 결정을 내린 것이다. 하지만 아랫집으로 시집을 보내려 결심을 하고 보니 시모 될 분이 서모인 데다 가난한 집안에 사위 될 사람이 고정된 수입도 없이 그림만 그린다고 하니 결코 마음이 편할 수 없는 것이다. 외할아버지는 무릎을 다소곳이 꿇고 당신 앞에 앉아 있는 예쁜 딸을 오래 바라보시는가 싶더니, 금세 눈물을 머금고는 슬피 울고 마신다. 아무리 철이 없다 해도 부녀가 함께 세월을 보내왔는데 조금이나마 통하는 게 없을까. 어머니도 그때는 눈시울을 적시며 부녀의 정을 원 없이 뭉클하게 나눴다고 한다. 외할아버지는 결심을 굳히고서 염려되는 부분은 언제든 처가로서 지원해 줄 테니 걱정하지 말고 시집갈 준비를 하여라, 이르시며 어머니를 토닥여 주셨다. 자식이 감히 이런 하해 같은 부모 마음을 헤아릴 수 있을까. 하지만 이 말은 돌려 말하자면 결국 자식 마음은 부모 마음과 같을 수가 없는 것이다. 어머니는 눈물을 떨구는 중에도 속으로 가난은 안중 없이 예수님 믿고 깨끗하고 바르게 사는 집으로 시집가게 해 달라던 오랜 소원이 이루어진 참이라 기분이 날아갈 듯 좋았다고 한다. 어머니는 신이 났다. 이제야 새신부로서 행복한 혼인 준비를 하게 된 것이다.

하늘에 닿은 기도

외할아버지의 결혼 승낙이 떨어지자 내 친가, 명신당에도 새로운 바람이 불었다. 할아버지는 몇 날 며칠을 주린 몰골로 세상과 불화하며 골방에 누워있는 아버지를 일으켜 이 소식을 전한다. 아마 처음엔 반신반의했을 것이다. 제발 뭐라도 좀 먹으렴, 하는 말 대신 얼른 일어나서 장가가거라, 하시니 그 말이 우리말처럼 들리긴 했을까? 몇 번을 되물은 끝에 이윽고 퍼뜩 정신을 차린 아버지는 새신랑이 이 모양으로 있어서는 안 되겠다 싶었는지 다급하게 몸을 추슬렀다. 몸을 단정히 하고 그동안 거른 끼니도 다시 채우기 시작했다. 확고한 기대에 부푼 아버지의 모습이 내 머릿속에서 반갑게 떠오른다. 워낙에 말수가 적고 감정 기복이 없던 분이셨는데 냉탕과 온탕처럼 급변한 상황에 어찌 대처하셨을까? 그토록 기쁜 소식에도 방방 뛰거나 소리를 지르는 일은 없었을 테고, 어쩌면 우셨거나 뛰는 심장 가운데 당장 무엇부터 해야 할지 진지하게 우선순위부터 정하셨을 것이다. 집안에 좋은 일이 있을 때면 우리가 몇 번이나 마주했던 모습, 이 얼마나 그리운 내 아버지의 모습인가.

정신을 차린 아버지는 가족들의 응원 속에 보신을 하고자 제일 먼저 몸에 좋은 음식을 챙겨 드셨다고 한다. 그런데 우습게도 워낙 오래 비어있던 위장에 생전 먹지 않던 음식이 덜컥 들어오니 몸이 놀라 또 한 번 배탈로 앓아 눕게 되었다. 아마 감당 못 할 심리적 행복감도 작용했을 것이다. 그런데 이 단순한 급체가 '명신당 젊은 총각이 밥을 먹다 돌연 쓰러졌다'라는 말로 희한하게 변조되어 온 동네에 그 집 새신랑 될 사람이 허약하다, 얼마 못산다, 별별 흉흉한 소문으로 퍼지기 시작했다. 이런 헛소문이 돌 정도면 어머니와 아버지의 혼사가 얼마나 마을의 큰 관심거리였는지 짐작이 간다. 소식을 전해들은 어머니는 직접 찾아가 보지도 못하고 진짜 그런 건 아닌가, 발만 구르며 심각한 걱정을 했다는 거다. 전말을 파악하고 보니 흔한 배탈이라 하니 얼마나 어이가 없던지, 그동안의 걱정이 도루묵이라 그이가 배탈을 앓을 때 나는 허탈이 심했노라, 어머니는 오래된 옛이야기임에도 말씀하실 때마다 당장 어제 겪은 사람처럼 기막혀 웃으신다.

한편, 먼저 약혼을 했었던 춘천의 의사 집에서 이런 법이 세상 천지 어디 있냐며 노발대발 찾아와 외가 마당은 또 한 번 난리가 난다. 딸 하나를 두고 두 집안에 결혼 승낙을 하는 법이 어디 있냐며, 중매를 서줬던 분이 외할아버지와 격한 실랑이를 벌인 것이다. 하긴 지금 이치로도 결혼을 코앞에 두고 파혼하는 경우란 흔치 않은 일인데, 그 시대에도 무리했던 결정임은 틀림없다. 그렇게 해서라도 아버지와 어머니를 맺어준 외할아버지의 결단을 가만 생각해보면 그 속에 우리가 미처 헤아리지 못한 큰 뜻이 있을지도 모르겠다. 확실히 확인할 수 있는 것은 우리 외할아버지도 보통의 낭만주의자는 아니라는 사실이다. 외할아버지는 거듭 읍소하며 상대 집안을 진정시켰지만, 어느 집이든 혼사라는 게 가문의 중대사다 보니 쉽게 해결되지는 않았고, 외할아버지의 지인과 친구분들을 다 동원해 설득해서야 겨우 파혼을 할 수 있었다고 한다. 그동안 그쪽 집안에서 준비한 혼인 준비 비용을 완전히 배상해 준 것도 물론이다.

아버지와 어머니는 이런 극적인 고비를 여러 번 거쳐 비로소 결혼을 약속하게 된다. 하지만 약혼을 했다고 해서 두 분이 자유로운 연애를 할 수 있었던 건 아니었다. 환경으로 치자면 담 하나를 두고 이름만 외쳐도 얼굴을 볼 수 있는 연애하기 더할 나위 없는 조건인데, 이상하게도 어른들은 결혼식 이전까지 두 사람의 만남을 결코 허락하지 않았다. 빨래터나 집 앞에서 혹여 마주치더라도 그 흔한 인사말도 못 나누고 못 본 척 고개를 돌려야만 하는 것이다. 하긴 동네 떠나가라 사건을 만들고 그토록 요란한 약혼을 했으니 어른들 앞에 떡하니 붙어 다닐 수도 없는 노릇이다. 또한 일전에 파혼을 한 번 치렀으므로 어른들에겐 결혼식의 의미가 남달리 중요한 기준이 되었다. 어쨌든 시간은 흘러가고, 어머니가 조신하게 결혼식을 기다리는 동안 아버지는 없는 형편에도 나름 소박하게나마 어머니의 결혼반지와 구두, 저고릿감을 짜기 위해 바쁘게 서울을 오갔다. 자유롭게 만날 수 없는 대신 아버지는 때마다 어머니에게 편지를 보내는 것을 잊지 않았다. 아버지는 편지로 그 간의 웃지못할 사건들과 그로 인해 고충을 겪은 어머니의 마음을 위로하고 당신의 마음을 마음껏 표현했다. 그때 아버지가 어머니에게 편지를 남기고, 그 편지를 일평생 간직해온 어머니가 없었더라면 지금의 내가 아득한 부모의 시절 속으로 이토록 깊숙이 들어갈 수 있을까?

그동안 내가 얼마나 애를 태웠는지 당신은 모를 것입니다. 어머니 편에 편지를 보내고 답장을 애타게 기다렸지만 답장이 오지 않아 이제나 저제나 하고 기다렸습니다. 그러던 중 일전에 큰소리가 나서 귀를 기울여보니 내가 보낸 편지 때문에 당신이 아버지에게 매를 맞는 소리였습니다. 우리 가족은 눈 속에 발을 파묻고 잠잠해지도록 울타리 밑에서 추운 줄도 모르고 서 있었습니다.

참으로 미안합니다. 나로 인해 아버지의 매를 맞는 당신에게 내가 무슨 말로 사과를 드려야 할까요? 그러나 당신 못지않게 나의 마음도 몹시 아팠습니다. 소설에서나 영화에서 실연을 당하고 자살을 한다든가 병이 난다든가 하는 것을 보았을 때 나는 못난 사람이라고 흉을 보았습니다. 그러던 내가 당하고 보니 내 마음은 걷잡을 수 없었습니다. 당신이 춘천으로 약혼이 되었다는 소식을 듣고 나는 참으로 모든 것이 무너져 내리는 듯 했습니다. 나는 스스로 의지가 강하다고 자부했었는데 이처럼 약한 줄이야 미처 깨닫지 못했습니다.

나는 하나님께 얼마나 많은 기도를 했는지요? 그 사람과 약혼을 한 당신이 내 아내가 되어줄 수 없는 것은 당연한 줄 알면서도 나는 하나님께 수없이 기도를 했습니다. 당신을 내게 돌려보내주신 하나님께 감사드립니다.

나는 당신을 모델로 해서 좋은 그림을 그리고 싶습니다. 이번에 서울 가서 당신에게 줄 불란서 자수 수실을 사가지고 와서 보내니 고운 수를 놓아가지고 오십시오. 지면에 다 이야기할 수가 없어서 이만 씁니다. 결혼하면 두고두고 옛이야기 삼아 하고 삽시다.

몸조심하십시오. 안녕히.

결혼 준비에 얼마나 바쁘시오.

조심해서 잘하지 어쩌다 손을 그렇게 많이 다쳤소. 나는 당신이 돌아가신 어머니 제사를 차리려고 고기를 썰다 손을 뭉청 베었다는 소식을 듣고 얼마나 마음이 아픈지 모르겠소. 돌아가신 어머니를 생각하다 칼날이 당신 손을 스치는 것도 모르고… 아버지가 엄하지 않으면 당장이라도 뛰어가 내 손으로 당신 손에 약을 발라드리고 싶지만 가지 못하는 내 마음은 괴롭기만 합니다. 여기 약을 사서 보내니 잘 처매시오.

속히 낫기를 바라면서.

곁에 두고도 만날 수 없는 아버지의 애달픈 마음이 당사자를 넘어 모든 사람의 애를 태운다. 편지에는 생전 아버지의 섬세하고 다정한 성격까지 그대로 담겨있다. 만날 도리도 없이 꾹꾹 눌러쓴 글씨에 함께 억눌러놓은 간절한 마음도 훤히 들여다보이고, 편지 너머로 있을법한 오만가지 상상이 구름처럼 피어 우리를 행복하게 만든다. 다음 편지를 읽어보면 도대체 무슨 일인지 묻지 않을 수가 없다.

결혼 날짜만 마냥 기다리던 아버지가 어느 날은 그리움이 치밀었는지 무작정 예고도 없이 어머니를 찾아간다. 허락 없이는 감히 들어가 볼 수도 없는 엄하디 엄한 예비 처갓집인데, 아버지도 무모하다 싶지만 어찌 된 일인지 그런 사정을 잘 알고 있는 작은할머니도 대뜸 아버지를 어머니가 있는 안방으로 안내한다. 눈치 빠른 작은할머니로서는 외할아버지, 큰할머니가 없는 지금이 두 사람의 갈등을 잠깐이나마 해소해 줄 절호의 기회다 싶었던 모양이다. 이로써 드디어 두 분이 작은 방에 처음으로 함께 마주 보고 앉는데, 희한하게도 그토록 바라던 만남이건만 서로 바라만 볼 뿐 말 한마디 제대로 못 했다고 한다. 시간은 촉박하게 흘러가고 설렘 속으로 서서히 불안감이 몰려오지만, 아버지는 빨리 나가야 한다는 강박 속에서도 마음과 달리 일어서지를 못했다. 방문 앞을 지키고 선 작은할머니라고 다르지 않았을 것이다. 모두가 금단의 선을 넘은 듯 불안한 가운데 방안의 두 사람만 덩그러니 서로를 바라보며 이 감당할 수 없는 감정이 버텨주길 바라고 있는 것이다. 그런데 가는 날이 장날이라고 하필이면 그 모습을 큰할머니에게 덜컥 들켜버렸으니, 하늘도 무심하다. 일을 모의한 두 사람은 신만 챙겨든 채 부랴부랴 흩어지고, 또 한 번 애꿎은 어머님만 꾸중을 들었다 하니 이렇게 애통할 수가 없다.

어제 저녁에는 실례가 많았습니다.

왠지 저녁에 가고픈 생각이 나서 갔더니 마침 장인도 안 계시고 큰장모님도 안 계셔서 그냥 돌아오려고 했는데 작은 장모님께서 당신이 편도선이 부어 앓아 누워 있으니 안방에 들어가 보고 가라고 하시기는 하나 그러다 장인께서 들어오시면 또 당신을 괴롭힐 것 같아 망설였지만 그냥 발길이 안 돌아서서 당신이 누워있는 안방에 작은 장모님 안내로 들어갔었습니다. 물론 예고 없이 들어가기는 했지만 당신이 그토록 당황하고 불안에 떨 줄은 몰랐습니다. 짧은 시간이지만 말 한마디 없이 조용한 가운데도 나는 많은 것을 느꼈습니다. 일어나려고 했지만 나도 모르게 앉아 있었습니다. 큰 장모님이 들어오셔서서 누가 이 안방에 들어오게 했느냐며 불쾌하게 말씀하셔서 나는 진작 일어서지 않은 것을 후회했습니다. 집으로 돌아오면서도 몹시 불안했습니다. 혹시나 또 당신이 부모님에게 구지람이나 받지 않을까 해서 말입니다. 괴로움을 받으시더라도 조금만 참아주세요. 이제 결혼 날짜가 얼마 남지 않았으니까요.

참 편도선 부은 건 어떤지요?

나는 아침에 당신의 건강을 위해 기도드렸습니다.

너무 무리하지 마시고 몸조심하십시오.

이만 실례하겠습니다.

한 편의 콩트처럼 그날 오후가 지나간다. 편지들을 읽다 보니 나도 모를 기쁨이 벅차오른다. 편지라는 것은 추억의 실물이다. 한낱 편지들이 어떤 유산보다 귀한 보물처럼 느껴지는 것이다. 두 분이 일생을 함께하는 동안 틈틈이 이 편지들을 꺼내 보면서 그림처럼 다시 돌아오는 기억 속 그날들에 얼마나 다정한 미소를 지었을까? 혹은 현실이 야속했던 어느 밤, 낡은 서랍 깊숙한 곳에서 아득한 옛 시절을 홀로 꺼내어 추억에나마 고단한 몸을 기대었을 어머니에게 이 편지들은 얼마나 큰 힘이 되었을까. 가만히 내버려 뒀으면 희미하게 흩어졌을 형체 없는 시간을, 깨알 같은 글자들은 붙잡을 수 있다는 사실을 어머니는 진즉에 알고 계셨던 모양이다. 이토록 소중히 간직해 우리에게 유산으로 남겨주신 걸 보면 말이다. 글자들을 조용히 쓰다듬으며 스며있을 두 분의 체온에 내 손의 온기도 얹어본다. 기록은 기억보다 훨씬 선명하고 또렷한 형태로 우리에게 남는다. 내가 이 이야기를 시작했던 이유도 바로 거기에 있다. 그 수많은 날들을 회고했던 어머니처럼, 화가 박수근이라는 이름을 달고 세계 각지에 흩어져 있는 그림들이 사연을 가질 수 있도록 증거하는 일 말이다.

편지는 당시 안부나 사정을 전할 유일한 통신수단이었다. 일상이었던 것이다. 직접 회고하시기도 서로가 떨어져 있는 동안엔 셀 수도 없는 서신을 주고받았다고 한다. 그 수많은 이야기들은 다 어디로 사라졌을까? 그 조각의 행방이 너무나 궁금하고 아쉽다. 하지만 전쟁의 포화 속, 어린 우리의 손을 꼭 붙잡고 땅을 구르고 강을 건너면서도 아버지와 주고받은 첫 편지들을 분신마냥 몸에 지니고 다니셨던 어머니를 떠올리면 과연 우리가 불평할 자격이나 있는지 입을 꾹 다물게 된다. 아무리 감사를 드려도 부족할 따름이다. 마치 아버지의 그림처럼.

2장

가족의 탄생

잘 살겠습니다,
아버지의 영원한 뮤즈

어머니와 아버지는 이듬해인 1940년 2월 10일 금성감리교회에서 양가 어른들과 친지들을 모시고 비로소 결혼식을 올린다. 주례는 한사연 목사님, 아버지 나이 26세, 어머니 18세, 음력으로는 새해가 막 시작되던 무렵이었다. 유교 사상이 지배적이던 시대, 우리의 생활문화는 아주 천천히 우리만의 방식으로 서양 문물을 받아들이고 있었다. 어머니는 하얀 치마저고리에 꽃으로 장식한 면사포를 쓰고 마을의 작은 감리교회에서 서양 정장을 차려입은 든든한 아버지의 팔짱을 끼고서 그토록 꿈꾸던 결혼을 했다. 꽃바구니를 든 화동들이 새롭게 태어난 부부의 앞날을 꽃길로 꾸며 주었고, 두 사람은 죽는 날까지 아름다운 성가정을 지켜가겠노라 성혼을 선언했다. 그간의 우여곡절을 훤히 꿰고 있는 하객들에겐 막혔던 가슴이 뻥 뚫리는 결말이었다. 누가 봐도 아름다운 선남선녀가 만인의 축복 속에서 다시는 없을 신혼여행을 떠났다. 여행이라고는 하나 볼거리, 먹을거리, 즐길 거리는 크게 중요치 않고, 오로지 서로에게 집중한 여행이었다. 어머니가 묘사하는 두 분의 신혼여행이 '아버지가 부는 하모니카 소리'로 요약되는 것만 봐도 그렇다. 그 어떤 타인의 개입 없이 오롯이 서로만 가득한 시간, 인생을 통틀어 가장 아름다운 시절로 기억되는 내금강에서의 사흘이었다. 내 기억과 짐작을 미루어 보건대 이 사흘만큼 행복했던 시기가 이후에 두 분에게 다시 있었을까. 빛나는 젊음과 풋풋한 사랑과 미래에 대한 설렘으로만 가득 찼을 그 사흘의 신혼여행, 하지만 그 아름다운 시간은 닥쳐올 숱한 시련과 고통을 예비하는 시간이기도 했다.

어머니는 신혼여행을 마치고 돌아와 오랫동안 지내오던 대궐집 울타리를 건너 할아버지의 명신당으로 거처를 옮기게 된다. 이 초라한 초가집으로 오기 위해 그토록 많은 사랑의 질곡을 넘었다니, 어머니도 그 순간 피식, 웃었을지 모르겠다. 친정집과는 비교도 되지 않는 작은 규모이지만 이곳저곳 살피며 호기심 가득한 얼굴로 소꿉놀이하듯 시집살이를 시작한 어린 새색시를 상상하면 아무리 내 어머니라도 그 귀여운 소녀에게 미소 짓지 않을 수 없다. 뒤따르는 걱정과 한숨만 없었다면 좋았을 것을, 딸을 떠나보내는 외할아버지가 이런 심정이었을까? 나는 현재를 살면서 그 시대의 어머니를 걱정한다. 사정이 이런 줄도 모르고 어머니는 마냥 재미있는 신혼을 시작하는 중이었다. 늘 집을 드나들던 아랫집 시계포 아주머니와 아저씨가 시부모님이 되었다. 아버지와 꼭 닮은 건장한 동생들은 이제 도련님이 되어 형수님, 형수님, 하며 따르고, 밤마다 아른거리던 아버지는 손만 뻗어도 만질 수 있는 바로 곁에 서 있다. 새로운 가족이라고는 하나 늘 익숙했던 얼굴들, 다정하고 사려 깊은 아버지가 늘 따뜻하게 안아주니 마음속에는 한 톨의 불만이나 고뇌도 들어설 틈이 없다. 본가의 장남으로서 비로소 떳떳한 가장이

된 아버지도 행복하긴 마찬가지. 죽을 각오로 틀어박혀 있던 그 방은 이제 신혼 방이 되었다. 아버지는 화구와 그림이 가지런히 들어찬 작은 방에 누울 자리를 마련한 뒤 어머니가 가져온 비단 침구 위에서 서로 꼭 끌어안은 채 매일의 아침을 맞았다. 그 방에는 아버지가 사랑하는 모든 것이 있었다. 흔들리는 호롱불이 작은 방을 가득 채우면, 어머니는 아버지가 들여놓은 세상 풍경에 둘러싸여 화가의 이야기를 들으며 행복한 잠자리에 들었다. 어떤 부자가 이런 침실을 선물할 수 있을 것인가! 나 역시 내가 한 번도 본 적이 없는 그 방을 사랑한다. 내가 어머니였다 해도, 그 방이 아니면 아무 데도 가고 싶지 않았을 것이다.

박수근과 김복순 결혼식, 1940. 2. 10. 강원도 금성감리교회

그림을 그릴 때 아버지의 모습은 마치 정물처럼 고요하고 아름답다. 나는 날 때부터 그런 아버지의 모습을 자연스럽게 보고 자랐다. 그때는 일상이었던 것들이, 모든 것들이 사라진 지금에야 얼마나 특별하고 소중했던 것인지 깨닫는다. 부드러운 눈빛이 날카롭게 대상을 포착하면, 멈춘 듯 미세하게 움직이는 능숙한 손이 서걱거리며 선을 만든다. 백지 위로 깊숙이 몰입하는 아버지의 진지함은 빠져드는 속도만큼이나 순식간에 주변의 시간과 시선을 동시에 흡수했다. 어머니가 그 매력에 빠졌음은 두말할 필요도 없다. 그리고 몰입 이후의 공간은 마치 일정 속도를 유지하는 고속열차의 내부처럼 평화로운 풍경이 된다. 화가와 함께 생활하는 시공간이란 상대적으로 다른 사람들이 느끼는 것보다 훨씬 넓고 깊다. 아버지의 하루는 대부분 그림을 그리는 데 바쳐지는데, 집안 한켠에 바위처럼 앉아 온종일 캔버스를 응시하던 아버지가 잠시나마 기지개라도 켤라치면 우리는 그 대수롭지 않은 몸짓에서 어마어마한 존재감을 느끼곤 했다. 오랫동안 침잠하던 심해의 고래가 호흡을 위해 수면 위로 모습을 드러냈을 때 그 존재를 새삼 깨닫는 것처럼, 늘 그 자리에 계셨기 때문에 그곳이 아닌 다른 곳, 가령 건넌방에서, 부뚜막에서, 대문을 열다가, 골목에서 우연히 마주칠 때, 돌연한 아버지의 출현에 그때마다 반가워 놀라고는 했던 것이다. 침묵과 정적을 깨는 아버지의 낮고 깊은 목소리도 마찬가지다. 그리운 목소리는 수면을 가르기 무섭게 빠르게 잠기는 작은 돌멩이처럼 작은 너울만 남기고 사라졌다. 목소리가 있던 자리에 어느새 아득한 정적이 들어차는 것이다. 지나친 비약인지는 모르지만, 아버지는 살아생전 백 마디 말씀도 안 하셨다. 그만큼 이 말없는 거인의 돌발적인 음성과 서서히 사라지는 너울이란 너무나 매혹적이어서, 나는 몇 번이고 아버지가 내 이름을 불러주길 바랐다. 무엇을 보셨는지 아버지가 큰 소리로 웃기라도 하면, 우리는 모두 그렇게 행복할 수가 없는 것이다. 왜 웃으시는지도 모른 채 그저 한없이 행복해지곤 했다. 나는 이런 환경 속에서 자랐다. 어머니의 신혼도 다르지 않았을 것이다.

"당신을 그리고 싶소. 내 모델이 되어주시겠소."

귀하고 어렵게 말을 꺼낸 진지한 청년 화가에게 어린 소녀가 어찌 반하지 않을 수 있을까. 내 생각에 아버지의 매력은 요즘 사람들에게도 분명히 유효하지 싶다. 부잣집에서 마님 소리 들으며 화려한 옷장을 뒤적이는 생활은 절대 이 행복과 비교 대상이 될 수 없는 것이다.

어머니가 새살림을 익히고 적응하던 무렵, 할머니 할아버지는 온 식구를 모아 가족회의를 하셨다. 분가를 계획한 것이다. 집안 살림을 맡아 줄 어머니도 있고, 둘째 아들 작은아버지 동근이 시계를 다루는 데도 능숙하니 명신당을 맡기는 데에도 무리가 없었다. 두 분은 내금강으로 돌아가 작은 시계포를 꾸려 단출한 살림을 꾸리기로 하였다. 할머니 할아버지가 내금강으로 떠난 뒤, 그때부터 어머니는 장난기 많은 두 도련님과 듬직한 아버지, 세 남자 사이에서 꽃처럼 웃음을 피우며 사셨다. 무언가 필요할 때면 귀여운 작은 도둑처럼 살금살금 친정을 드나들었다. 막 봄이었다. 네 식구가 사는 집에는 때로 나의 외삼촌, 친정 동생들도 드나들곤 하였다. 식사 때마다 어머니가 지어 올린 봄내음이 식구들의 배를 향긋하게 채웠다. 아버지는 어머니에게 보낸 첫 편지에서 호언하신 대로 어머니를 그렸고, 그림을 그리지 않을 때는 하모니카를 불었다. 행복한 나날이 끝나지 않을 것처럼 이어졌다. 엄한 아버지와 계모들 속에서 자신에게 의지해야만 했던 어머니의 외로운 시절은 이렇게 치유되고 또 새롭게 채워졌다.

아버지는 어머니의 일하는 모습을 그렸다. 그 무렵 그려진 그림으로는 〈맷돌질하는 여인〉이 있다. 그림 속 어머니는 맷돌을 향해 허리를 비스듬히 굽히고 있는데, 연출이라고는 하나 엄연히 맷돌질하는 모습이라 보기에도 고되어 보인다. 나중에 어머니가 말씀하시길, 난생처음 모델 일이라 신나서 시작했다가 포즈는 힘들지, 조금이라도 움직일라치면 그때마다 자세를 고치라 요구를 하시니 얼마나 힘들었는지 모른다고 하셨다. 꼼짝 않고 앉아 있기가 어디 쉽나, 삐쭉 삐죽 투정이라도 하면 아버지는 얄밉게도 "가만있기 힘들면 그냥 콩을 가져다 맷돌질을 하면 되겠네요."라며 농을 던졌다 한다. 티격태격 정담이 오가는 동안 그림도 완성되어갔다. 어머니가 투정을 부리면 아버지는 반드시 이 그림으로 선전에 입상하겠노라 포부를 보이셨고, 어머니는 그때마다 각오를 다지고서 맷돌을 쥐었다. 그러니 이 작품은 아버지의 그림이기도 하지만 어머니의 첫 출품작이기도 한 셈이다.

그 작품의 원본은 현재 행방을 찾을 수 없다. 그림을 찍어둔 사진만이 남아 있을 뿐이다. 아버지는 왜 이렇게 어머니를 고생시켜가며 맷돌을 잡으라 했을까. 꽃을 들고 편하게 기대앉은 어머니를 그렸어도 될 일인데 말이다. 또 한 번 일상과 삶을 사랑했던 아버지의 고집스러운 신념과 의지를 생각하게 된다. 어머니도 당시엔 분명히 같은 질문을 했을 것이다. 아버지는 뭐라고 대답했을까? 화가를 처음 만나는 사람이면 누구라도 던질 질문이지만 나는 날 때부터 너무 자연스럽게 아버지의 그림들을 보면서 자라 질문도 답변도 없는 어린 시절을 보냈다. 그것은 내게 있어 왜 손가락이 다섯 개입니까, 하는 것만큼이나 어색한 질문이다. 아버지는 그림마다 다양한 명사들을 제목으로 달아두었지만, 나는 그것을 수식하는 생략된 형용사를 그림에서 읽어내곤 한다. 형용으로 절대 충분치 않은 어떤 감정이 그림 속에 있다. 나는 그런 기분으로 아버지의 그림을 대한다. 그리고 그것이 얼마나 훌륭한 대답인지 깨닫는 것이다. 해석의 강요가 없었던 내 어린 날들은 얼마나 다행한 일이었나, 나는 아버지의 작품을 보는 모든 사람들이 제목 앞에 자신만의 형용을 달아 한없이 확장된 감상 속에서 아버지가 그린 세상 속으로 마음껏 들어갔으면 좋겠다.

〈맷돌질 하는 여인〉, 유채, 37×58cm, 1940년, 제19회
조선미술전람회 입선

〈맷돌질 하는 여인〉, 하드보드에 유채, 21.5×27.0cm,
1950년대 초반

행복 중에 날아든 비보

새로운 구성원을 맞은 명신당 식구들은 날이 갈수록 웃음꽃을 피웠지만, 딸을 떠나보낸 외갓집은 그렇지 못했다. 외할아버지가 돌연 쓰러지신 것이다. 그동안 즐기셨던 술이 문제였는지, 작은 통증이 어느 순간 중병으로 발전해 몇 주간을 누워 지내시더니 무어라 안부도 주고받을 새 없이 서울 세브란스 병원으로 이송되어서는 숨을 거두셨다. 위암이었다. 52세, 막 지천명을 넘기신 무렵 급작스레 세상을 떠나신 것이다. 어머니는 말할 수 없는 충격에 휩싸였다. 잘 살겠습니다, 인사하고 집을 떠나온 지 고작 석 달밖에 지나지 않은 시점이었다. 지난 시절의 원망은 죄책감이 되어 돌아왔다. 철없이 미워했던 감정도 고스란히 그리움이 되어 박혔다. 사위인 아버지도 마찬가지였다. 반드시 따님을 행복하게 해주겠다던 다짐은 아직도 그저 다짐일 뿐인데, 선보일 겨를도 없이 허무하게 장인어른이 돌아가셨다. 이름난 부잣집 주인어른의 부고는 삽시간에 마을 전체에 그늘을 드리웠다. 어머니는 이렇다 할 정신없이 마냥 울고 있었다지만 누군가는 예식과 절차를 거쳐 외할아버지를 저승으로 편히 모시는 작업을 하였다. 유교 문화가 짙었던 당시에는 지금처럼 초상이 하루 이틀로 끝나지 않았다. 친정 모든 식구가 투박한 상복을 입고 띠를 두른 채로, 끝나지 않을 것만 같은 슬픈 나날들을 이어갔다고 한다. 결혼과 장례, 불과 두어 달 상관으로 온도 차가 큰 경조사가 연달아 일어나니 어머니로서는 혼란스러울 뿐이었다. 외할아버지의 장례가 마치 결혼의 연장이 아닌가 싶을 정도였다. 이런 줄도 모르고 우리만 행복한 신혼을 보냈구나, 어머니는 그런 생각에 시달리며 자신을 탓하셨다. 외할아버지는 돌아가시기 직전까지 당신의 사위가 조금이라도 안정된 직장을 가졌으면 하고 늘 바라셨다. 떨칠 수 없는 죄책감 속에 어머니는 혹여 당신이 너무 빨리 시집을 온 것은 아닌가, 석 달만 더 머물렀으면 집안의 큰딸로서 곁에서 아버지의 임종을 지킬 수 있지 않았을까, 안타까운 미련을 거두지 못했다. 하지만 나는 예기치 못한 죽음 앞에서 손수 딸의 배필을 이어주고 딸 내외의 흐뭇한 나날을 지켜보았던 외할아버지의 마지막 행보야말로 안식을 위한 최적의 수순이 아니었을까 생각한다. 혼인과 장례가 뒤바뀌었다면 어머니와 아버지의 운명이 또 어찌 되었을까 말이다. 아마도 외할아버지는 홀로된 어머니 생각에 편히 눈을 감지 못하셨을 것이다.

침통한 나날이 점차 회복되어가는 가운데 희소식이 찾아들었다. 외할아버지가 돌아가신 지 스무날이 막 지나던 무렵이었다. 아버지가 평양도청의 사회과 서기로 취직이 된 것이다. 이 반가운 소식은 아버지가 앞서 춘천에서 홀로 그림 공부를 하실 적 물심양면으로 도와준 미요시 사회과 과장의 배려 덕분이었다. 미요시 과장이 멀리 평양으로 전근 가며 아버지에게 꼭 일자리를 구해줄 테니 기다리고 있으라 했던 약속을 지킨 것이다. 춘천에서 맺은 우정이 금성을 거쳐 평양으로 이어지는 과정을 지도 위의 선으로 그려본다. 국적이 다른 두 사람이 어떻게 이런 우정을 나눌 수 있나, 동시대에 살았다면 직접 찾아뵙고 감사를 드리고픈 마음이 굴뚝같다. 사실 아버지의 평양행은 시대적으로 그리 좋은 선택은 아니었다. 미리 얘기하지만, 어머니 아버지가 약 4년간 머물렀던 평양 시절을 살펴보면 생활이라기보다는 단지 고된 피난 여정의 일부라고 보아도 무리가 없을 것 같다. 하지만 한 치 앞도 내다볼 수 없는 당시의 현실을 고려했을 때 미요시 과장의 선의는 의심의 여지없이 감사해야 할 은혜인 것도 사실이다.

하루빨리 평양으로 오라는 전갈에 어머니는 상중의 슬픔 속에서도 뛸 듯이 기뻐하며 아버지의 짐을 꾸렸다. 외할아버지가 그토록 바라던 안정되고 고정적인 일자리가 아니던가, 아버지도 앞뒤 고려할 것 없이 떠날 채비를 했다. 화구도 잊지 않고 한 짐 챙기셨다. 아, 이런 모습을 외할아버지가 보았다면 정말 기뻐하셨을 텐데! 두 분도 분명히 나와 같은 생각을 하셨을 것이다. 아버지는 급한 대로 내금강에 있는 할아버지 할머니에게 전보를 치고 집을 떠난다. 이때만 해도 어머니는 그저 아버지의 평양행에 한껏 부풀어 있었다. 앞으로 얼마나 긴 시간 홀로 가슴앓이를 해야 할지도 모른 채 말이다. 그 설렘은 배웅이 끝나던 즉시 쓸쓸함으로 돌변했다. 금성에는 이제 외할아버지도 안 계시고 아버지도 없다. 긴 일생의 아주 짧은 시기에 결혼과 신혼생활, 외할아버지의 장례와 이별이 회오리처럼 몰려와서는 일순간 사라져버렸다. 홀로 된 것이다. 그 헛헛한 마음을 모르실 리가 있나, 아버지는 평양으로 향하는 기차에 오르자마자 어머니에게 편지를 썼다. 그리고 날이 바뀔 때마다 잊지 않고 편지를 써서 보냈다. 그 편지를 시작으로 어머니와 아버지는 이듬해까지 1년 반 가까이 오직 편지로써 소통한다. 어머니가 기댈 곳이라곤 아버지의 편지밖에 없었다.

한편, 평양에 도착한 아버지는 미요시 과장과의 반가운 재회 후 도청 인근에 방을 얻어 짐을 풀었다. 아버지 인생에 있어 처음으로 겪어보는 봉급자 생활이었다. 낯선 평양 땅에서 익숙한 것이라곤 미요시 과장과 방 한 켠의 화구뿐이다. 아침이면 도청으로 출근하고 집에 오면 그림을 그렸다. 춘천에서 그림 공부를 할 때와 비슷한 생활이나, 그림 그리는 시간은 절대적으로 줄어들었다. 하지만 적어도 그때처럼 배를 곯거나 추위와 싸울 일은 없으니 훨씬 쾌적하고 여유 있는 생활이었던 셈이다. 아버지는 이 모든 일과를 편지에 썼다. 평양이 어떤 곳인지, 함께 일하는 사람들은 어떤지, 일이 고되지는 않은지, 잠자리는 편안한지, 무엇을 먹었는지, 그렸는지, 마치 곁에 있듯 낱낱이 어머니에게 적어 보냈던 것이다. 어머니 보시기엔 아버지의 하숙 생활이 영 어설프게만 보였다고 하신다. 옆에서 하나하나 챙기고 내조를 하고 싶은 마음이 얼마나 컸을까. 하지만 이 모든 걸 차치하고 가장 답답한 마음은 보고 싶고, 만지고 싶은 사무치는 그리움이었다. 그 괴로움을 어찌 달래셨나 여쭈어도 어머니는 멀리 떨어져 있던 이 기간을 아주 행복하게 기억하신다. 신기한 일이다. 피치 못할 기러기 사랑조차도 두 분에겐 남다른 의미였던 것이다. 종이에 새긴 그리움은 일주일이 지나면 기도의 응답처럼 편지가 되어 돌아왔다. 그때마다 두 분은 다시 만났다. 그 신비한 법칙을 깨우친 후에는 전보다 더 많은 표현을 종이에 담아 마음을 보냈다. 그럴수록 많은 사랑이 돌아왔다. 두 분은 늘 그렇게 멀리서도 서로의 보살핌을 받고 있었다. 아버지의 평양 생활은 이렇게 편지에 빼곡히 기록되었다가 어머니의 기억 속에 영원히 아름답게 남았다.

평양, 그곳은 어떤가요?

할아버지 할머니가 내금강에서 다시 짐을 싸 들고 금성 명신당으로 돌아오시고, 이로써 명신당의 안주인으로서 늘 사랑받던 어머니의 신혼생활도 이렇게 두 달 만에 막을 내렸다. 하모니카 불며 도란도란 이야기를 나누던 시간이 고작 60일 남짓이라니 허무할 따름이다. 더군다나 급작스레 아버지의 누님, 나의 고모까지 과부가 되어 시조카들을 데리고 명신당으로 들어왔으니, 갑자기 불어난 시댁 식구들 틈에서 어린 신부가 적응하기가 과연 쉬웠을까? 담 너머 윗집이 바로 친정이건만 외할아버지가 떠난 옛집엔 새어머니들만 남아 예전처럼 편히 돌아갈 수도 없게 되었다. 아버지의 편지만이 외롭고 고립된 소녀의 강력한 위로가 되어주었다. 유독 그 시기를 꼽아 아버지의 사랑을 많이 받았다고 기억하시는 연유도 이런 환경에서 비롯된 게 아닌가 싶다.

당시 어머니와 함께 있었던 나의 고모, 아버지의 누나는 갈 곳을 잃어 거처가 정해질 때까지 친정 명신당에 머물렀는데, 어머니는 그때 그분을 처음 뵈었다. 출가한 딸자식은 외인이라 하여 가족으로 인정해 주지도 않던 시절, 친정에 얹혀 기약 없는 앞날을 걱정하는 여인의 모습에 자신의 처지를 비춰본 어머니는 어린 나이에 왠지 모를 강한 동질감을 느껴 더욱 정을 주고받았다 한다. 고모는 아버지와 성품이 똑 닮아 말수가 적고 조용한 분이었는데 훗날 신의주 어떤 양반댁의 참모가 되어 자식도 떼어두고 떠난다. 아버지의 누님을 보면서 어머니는 무슨 생각을 했을까. 그래도 반겨주는 곳은 친정이요, 친정도 여의치 않으면 내가 묻힐 곳은 이곳 시댁밖에 없겠구나, 막막하고도 뼈저린 현실을 체감했을 것이다. 그러니 어머니는 더더욱 아버지의 편지를 기다리는 수밖에 없었다. 깨알같이 박힌 아버지의 애정 어린 안부에 위로받으며, 이토록 나를 살뜰히 보살펴 주실 분이 그 분 말고는 또 없노라, 그 시절의 사랑을 일생의 신념처럼 간직하신 것이다.

물론 좋은 소식도 있었다. 경사였다. 몇 달 전 아버지가 출품한 〈맷돌질하는 여인〉이 선전에 입선한 것이다. 아버지의 그림이지만 어머니를 모델 삼아 그린 것이니 두 분이 함께 이뤄낸 쾌거가 아닌가. 이 기쁜 소식은 평양과 금성을 하루가 멀다고 날아다녔다. 매일의 편지엔 입상의 감격과 보람, 축하와 감사가 줄줄이 표현되었다. 가난한 화가인 자신을 배우자로 선택해준 아내에게 아버지가 줄 수 있는 가장 큰 선물이었으며, 화가의 아내만이 거머쥘 수 있는 최고의 희열이었다. 그래서인지 나도 〈맷돌질하는 여인〉이라는 그림을 유난히 좋아한다. 그 벅찬 시간 속 금성과 평양을 오갔던 두 분의 이야기가 그림 밖으로 고스란히 전해오는 까닭이다.

이런 경사를 비롯해 달며 쓰고 크고 작은 일상들이 얼마나 오갔는지 나중에는 집배원 아저씨가 이 정도면 그만 좀 하소! 하며 혀를 내두를 정도였다고 한다. 물론 농담이었겠지만 과유불급이라고, 고소한 참기름도 한 방울에 향긋한 것이지, 온 천지 진한 냄새를 풍기니 남들 보기에 아니꼬울 수밖에. 두 사람의 열렬한 장거리 연애를 지켜보던 할머니는 그것이 못마땅했는지 우푯값 아까우니 횟수를 줄이라며 몇 번이고 따갑게 참견하셨다. 그런데도 편지는 계속되었다. 이런 사정을 어머니께 전해들은 아버지는 할머니에게 우표 걱정은 염려 마시라! 따로 정중히 전갈하고, 어머니에겐 우표를 잔뜩 동봉해 보냈다. 그래도 도리상 대놓고 부치지는 못하고, 동네 아이들을 시켜 몰래 편지를 부쳤다 한다. 작당한 연인들처럼 집배원과 시어머니를 원망하며 대책을 모의했을 두 분의 편지 내용을 상상하니 미소짓지 않을 수 없다. 요즘 시대에 빗대어 보자면 편지라는 고전적인 수단을 실시간 메신저처럼 이용한 셈이 아닌가.

편지의 사연 중에는 제법 심각한 내용도 있었는데, 그것은 어머니의 친정, 아버지의 처가 이야기를 다룰 때였다. 당시 어머니는 친정 일로 골머리를 앓고 있었다. 다름 아닌 재산 문제였는데, 외할아버지가 돌아가신 후 아버지의 첩이었던 작은할머니들이 새살림을 찾아 나서면서 서로 자신의 몫을 챙기기 위해 다툼을 벌인 것이다. 하지만 어머니의 근심은 막대한 재산에 있던 것이 아니라 그 난장판 속 혈연 없이 홀로 머물고 있는 어머니의 동복, 외삼촌의 처지에 관한 것이었다. 이제 막 사춘기를 지나던 외삼촌은 보호자 없는 상속자로서 어른들의 돈 욕심 속에 눈엣가시처럼 끼어있었다. 마치 요즘 드라마 속에 흔히 등장하는 문제적 인물처럼 도드라져 있던 것이다. 그런데 친정 일에 관여하기엔 사실 어머니도 어리긴 마찬가지여서, 어머니가 이 복잡한 사정을 토로할 곳이라곤 아버지밖에 없었다. 아버지는 당장 이렇다 할 대책을 내놓지는 못하셨지만, 그때마다 직접 지으신 몇 구절의 기도문과 함께 어떻게든 방법을 찾아보자며 어머니를 달래주곤 하였다. 멀리 떨어져 있으나 어머니의 불안하고 어지러진 마음은 두 분이 함께 바치는 기도로 어느새 평화를 찾고는 했다.

여름과 가을이 가는 동안 끊임없이 편지가 오갔고 이윽고 겨울이 왔다. 서로의 힘든 사정을 서슴없이 털어놓는 과정에서 지극한 위로를 받는 건 아버지도 마찬가지였다. 아버지는 상상도 못 할 영하 20도의 추위를 어머니에게 호소하곤 했다. 우리가 아는 강원도의 겨울도 이렇게 추운데 저 먼 북쪽 평양의 겨울은 과연 어떨까? 어머니는 일전에 손수 챙겨 넣은 아버지의 낡은 동 저고리를 떠올리고는 턱도 없다 싶었는지 당신 목에 둘러멘 목도리의 털실을 죄다 풀어서 몇 날 며칠 밤 조끼를 짜 아버지에게 부쳤다. 어머니의 목도리는 곧 아버지가 빨간 털조끼를 입고 만족스러운 표정으로 찍은 사진이 되어 돌아왔는데, 보시고서 어쩌나 뿌듯했는지 그 겨울은 하나도 추위를 못 느꼈노라 흐뭇해하셨다. 요즘 시대에 새로 생긴 단어로 빗대면 '인증샷'이라 할 수 있겠다.

아버지의 부재중에 명신당에는 크고 작은 일들이 일어났는데, 이즈음 굵직한 사건 중 하나는 할아버지 대신 시계포를 운영하던 작은아버지 동근이 젊은 나이에 병환으로 그만 세상을 떠난 일이다. 상중에 상이 겹치고, 누군가 오고, 또 누군가 떠난다. 요즘 사람들은 이해하기 어렵겠지만 그 시절은 맺고 끊어지는 일이 수시로 일어났다. 혈연이든 지연이든 조금이라도 연이 닿으면 식구가 되었고, 그렇지 않으면 돌연 남이 되었다. 자의든 타의든 멀어지고 떠나는 일이 이승과 저승을 가리지 않고 비일비재했다. 자식도 부모도 순서 없이 떠났다. 요즘 사람들이 문자로 깨우치는 회자정리의 이치는 그 시절 사람들에겐 생활에 녹아 있는 당연한 상례였던 것이다.

새해가 돌아왔고, 어머니는 열아홉, 아버지는 스물일곱이 되었다. 그리고 아버지가 금성에 돌아오셨다. 5일간의 휴가를 얻어 내려온 것이다. 친지들이 한자리에 모여 즐겁게 안부와 덕담을 나누는 것이 명절의 정석이라지만, 명신당에는 서글픔과 기대가 섞인 묘한 적막이 흘렀다. 작은아버지 동근의 상중이었기 때문이다. 평양에서 오는 손님을 맞기 위해 아침부터 조용한 움직임이 분주했다. 그리고 명신당의 장남이 비로소 그 순서 없는 장례를 뒤늦게 찾았다. 먼 타지에서 엄연한 사회인으로 생활하셨던 아버지의 등장에는 어딘지 예전과 다른 낯선 위엄이 있었다. 소속 없이 자유롭던 화가의 모습도 아니고, 앳된 청년의 모습도 사라지고 있었다. 동생의 위패 앞에 조문하고 부모님과 집안 식구들에게 차례로 인사를 드리는 근엄한 모습은 그 행위 자체로 장남의 지위와 무게까지 실감케 했다. 이렇다 보니 모두 반가움을 드러내기 무섭게 미소를 감춰야만 했다. 어머니는 한달음에 안기고 싶었지만 웃지도 울지도 못하고 그 광경을 바라보았다. 하지만 충분한 애도의 시간이 지나고, 말 없는 아버지가 귀한 감정을 아낌없이 터뜨릴 때, 그제야 어머니는 울먹이며 한없이 농담을 주고받을 수 있었다고 한다. 아버지는 처가에 들러 안부를 전하는 것은 물론, 어머니에게도 깊고 묵직한 애정을 표했던가, 인내가 크면 열매도 달다 했던가, 명신당의 명절은 그리움과 반가움의 정도가 남다른 두 분의 재회로 인해 다시금 밝아졌다. 긴긴밤 편지들은 서로의 방에 이미 도착해 있으니 뒤늦게 만난 두 분이 만나서 할 말은 하나밖에 없다. 그리운 얼굴을 바라보며 나지막이 "다 압니다, 고생했어요." 그렇게 공감하는 것. 그 넓은 품으로 그렇게 안아주었을 두 분을 생각할 때마다 나도 몰래 어느새 눈물이 고여 흐른다.

어머니와 아버지의 애틋한 신혼 시절을 들여다보면 바쁘고 복잡한 요즘 사람들의 관계 속에도 어느 정도 적당한 기다림과 기대, 막연함과 간절함이 있었으면 좋겠다고 생각하게 된다. 서로의 모습도 목소리도 없이 깜깜한 세월을 마음으로 애타게 그리워하기만 하지 않았나. 우리가 흔히 쓰는 '그립다'라는 말은 이렇게 탄생했나 보다. 그리는 행위를 숙명으로 삼은 화가들은 그렇게 누군가를 그리워하는 애틋함을 일생토록 간직한 사람들일지도 모른다.

가는 날은 왜 이리도 빨리 돌아오는지, 겨울의 스산한 기차역에 하얀 상복을 입은 여인이 섰다. 어쩔 수 없는 시기라 해도 이것은 너무 가혹한 장면이 아닌가. 기차는 연기를 내뿜으며 동력을 끌어

〈청색 고무신〉. 종이에 수채, 20.5×30.5cm, 1962년

모은다. 기차에 올라탄 아버지가 차창 너머 어머니를 바라보고, 어머니는 나부끼는 치마를 두 손으로 다소곳이 부여잡고 연신 허리를 굽혀 인사한다. "잘 가세요. 우리 또 만나야지요. 꼭 그렇게 해야지요." 그렇게 기차가 멀어져 조그맣게 사라질 때까지 어머니는 남의 시선도 아랑곳없이 이마가 땅에 닿도록 몇 번이고 절을 했다고 한다. 이토록 가엾고 진심 어린 환송이 또 있을까. 떠나고 나니 허무하기만 한 빈자리에서, 어머니는 아버지가 평양으로 불러주실 날 만을 손꼽아 기다리는 것밖에 달리 도리가 없다.

평양과 금성의 일상은 이후에도 여전히 편지에 새겨져 바쁘게 날아다녔다. 어머니의 친정, 외갓집은 더욱 분열되어 갈등이 깊어졌다. 결국 이리저리 쪼개진 재산의 일부를 겨우 할당받고 홀로된 외삼촌 영근은 명신당으로 들어오게 된다. 이 모든 과정과 결정이 어머니와 아버지의 편지로 진행되었음은 물론이다. 명신당에 새로운 식구가 생긴 것이다. 문제는 해결된 것 같지만 어머니 마음은 꼭 그렇지도 않았다. 안 그래도 아비 없는 시집살이에 친동생까지 데리고 들어왔으니 송구하고 난처했을 것이다. 하지만 아버지로부터 받는 끊임없는 위안과 식구들의 배려가 어머니의 근심을 물리쳐주었는데, 내 일 같은 마음에 다행이지 않을 수 없다.

아버지는 바쁘게 근무하는 와중에도 어떤 노력을 하셨는지, 여름 무렵 다시 한 번 명신당에 밝은 기운을 보내주셨다. 내용인즉슨, 작은아버지 원근과 외삼촌 영근의 일자리를 동시에 구했으니 얼른 짐을 싸 둘 다 평양으로 올라오라는 것이었다. 당시 어머니도 그랬겠지만, 이 대목에서는 나도 의외의 감탄을 금치 못한다. 그토록 내향적인 분이었지만 밖에서는 든든한 버팀목으로서 가족들의 안위를 늘 굳건하게 지키고 계셨던 것이다. 나는 내 조용한 아버지가 어딘가에서 사적으로 처지를 호소하거나 염치를 굽히는 일을 나는 상상할 수 없다. 그림만 그리고 사셨던 분이 이런 사회적 기지까지 발휘하시다니, 아버지에 대한 자부심과 존경심이 막 살아 일어나는 느낌이다. 이번에도 미요시 과장이 손을 써주신 것인데, 아무리 아버지의 가까운 인맥이었다고는 하나 이미 수없이 도움을 받은 입장에서 일면식도 없는 동생과 처남의 일자리까지 부탁하기란 쉽지 않았을 것이다. 어쩌면 몇 점의 그림을 선물했을 수도 있겠다. 어머니로서도 다행한 일이 아닐 수 없다. 어려운 시기에 대책을 척척 내어놓는 남편이라니, 이때는 고마움보다 든든한 남편을 둔 아내로서 자부심이 더 컸을 것 같다. 어려서부터 친했던 작은 아버지와 외삼촌은 기대에 부풀어 명신당을 떠났고, 덕분에 집안의 일 없던 두 장정이 번듯한 일자리를 얻게 되었다. 금성의 사람들이 하나둘 평양으로 떠나니 집안 식구들은 왠지 무언가 일이 잘 풀리는 것만 같은 느낌을 받았다. 머지않아 명신당을 떠날 것 같은 어머니의 기분 좋은 직감이 지금의 나에게까지 스친다. 그리고 9월, 그토록 바라던 아버지의 전갈이 왔다. 어머니를 평양으로 불러들인 것이다.

여보, 어서 평양으로 오시오

당시 아버지는 홀로 지내던 방에 무리하게 동생들을 불러들여 옹색하고 비좁은 생활을 하고 있었는데, 남자 셋이 사는 몰골이 말이 아니었다고 한다. 아버지는 정식으로 결혼 생활도 하고 동생들도 건사할 겸 도청 근처에 네 식구가 살기 적당한 방을 구한 뒤 곧바로 어머니를 불러들였다. 어머니는 기다렸다는 듯 평양으로 달려갔다. 언젠가 상복을 입고 하염없이 울며 절을 했던 기차를, 이번엔 직접 타고서 가는 것이다. 이번에 만나면 다시는 헤어질 일은 없으리라. 어머니의 다부진 모습을 떠올려보니 괜히 울컥하다. 비록 그 믿음은 바람과 달리 한반도 정세에 휩말려 더 먼 길을 돌아서야 이뤄졌지만, 평양행 열차 안에서만큼은 어머니의 소망에 내 기도를 보태어 본다.

그러고 보면 어머니는 굉장히 모험심이 강한 분이었다. 나는 아무래도 내향적인 아버지를 닮아 적극성보다는 조심성이 많은 편인데, 어머니는 어떤 상황에서도 돌파할 방법을 찾고 새로운 환경에 재빨리 적응하는 강인한 생활력을 갖고 있었다. 그것은 거친 시절을 살아냈던 우리 가족에게는 축복과도 같은 것이다. 어머니는 도처에 산적한 힘든 조건들을 조심스레 가늠하는 일보다는 그 조건들 사이에서 가장 빠르고 편리한 길을 발견해 내는 데 더욱 능숙한 분이었다. 평양에서도 마찬가지였다. 낯선 곳에서 의지할 사람이라곤 아버지 밖에 없을 텐데도, 구슬픈 눈물의 상봉은 벌어지지 않았다. 오히려 양손에 짐 꾸러미를 가득 들고 어서 가자고 씩씩하게 먼저 재촉하셨다. 도통 말 없는 아버지에게 그간의 일들을 먼저 조곤조곤 풀어놓은 것도 어머니다. 그러곤 편지로만 전해 듣던 낯선 평양 시내와 마을을 호기심 가득한 모험가의 눈으로 구석구석 관찰하기 시작했다. 하지만 냉철함과 그리움은 구분되어야 한다. 어머니가 아버지를 따라 방으로 안내되어 한쪽 구석에 가지런히 정리되어 있던 아버지의 화구를 대면했을 때는, 어쩔 수 없는 그리움들이 어머니의 가냘픈 감정을 건드려 그만 울음을 터뜨리셨다고 한다. 아릿한 물감 냄새와 아버지의 내음, 명신당의 그것처럼 일정한 규칙대로 정리되어 있는 화구들, 새롭게 그려져 자신을 둘러싼 아버지의 그림들과 낯익은 소지품들이 마치 왜 이제야 왔냐는 듯 어머니를 환영해 주고 있었다. 아련한 추억과의 해후를 더 즐길 법도 하지만, 어머니는 핑 도는 눈물을 거두곤 언제 그랬냐는 듯 곧바로 능숙한 살림꾼으로 돌아가 짐을 풀었다. 이미 계획된 마냥 손빠르게 움직여 어질러진 가재도구를 정리하고 부부가 누울 공간을 이리저리 재어보았다. 부부 옆으로 외삼촌과 작은아버지가 차례로 누웠다. 어머니가 도착한 첫날 밤은, 어머니가 재잘재잘 쏟아내는 이야기로 네 사람이 밤 가는 줄 모르고 웃었다고 한다. 누이와 아내와 형수가 있는 따뜻한 풍경, 아마 사내들의 피로한 근무시간조차도 따사로이 행복했을 것이다. 명신당의 안주인으로서 하모니카 소리를 들으며 살림하던 그 날들이 다시 시작된 것이다.

가을 무렵 시작된 평양 생활은 해를 넘겨 이어졌다. 시대는 태평양전쟁의 한가운데로 돌진하고 있었지만, 소시민들의 시간은 그저 평온하기만 하다. 편지에서 익히 알던 것처럼, 아버지의 생활은 변함없이 일정했다. 낮이면 일을 하고 집에서는 그림을 그리셨다. 주말이면 무릎이 아프도록 그림만 그렸다고 하신다. 달라진 것이라곤 어머니가 있다는 것, 그래서 아내의 내조를 받을 수 있고 그런 어머니를 그릴 수 있다는 것이었다. 하지만 그리운 이들이 한데 모였다고 해서 경제적인 형편까지 여유로워진 것은 결코 아니다. 아버지의 봉급 32원과 동생들이 쪼개어 낸 일정한 금액에서 집세와 생활비를 제하고 나면 적자를 보거나 겨우 면하는 판국이었다. 모두가 최대한 적게 쓰고 어머니도 돈벌이에 팔을 걷어붙여야 네 식구가 그나마 생활할 정도였다고 한다. 당시 작은아버지는 항공기 군수품 관련된 일을 했는데, 어머니는 작은아버지가 일터에서 떼어다 주는 일감을 받아 살림을 겸하며 부업을 하셨다. 비행기 조종사가 쓰는 비행모를 뜨는 일이었다. 아침부터 밤까지 꼬박 망부석처럼 뜨개질해 한 계절을 일하면 20원을 모을 수 있었다. 단순하지만 고된 일이었다. 하지만 꾸준히 모은 그 돈은 반찬이나 생활용품, 때로는 아버지가 필요한 물감이나 화구를 사는 데 유용하게 쓰였다. 명신당에서 처음 아버지와 함께 이룬 선전 입선은 어머니의 인생에서 굉장히 값진 성취였기에 그 이후부터 선전 출품은 더 이상 아버지만의 꿈이 아니었다. 물론 아버지에게 번듯한 직장이 있었지만, 어머니는 아버지가 영원한 화가이기를 바랐다. 마치 꿈을 이식받은 사람처럼 완전한 화가 박수근의 아내가 되어버린 것이다. 없는 형편 속에 화구가 닳거나 물감이 부족할 때, 마법처럼 그것을 구해오는 어머니는 아버지에게 있어 얼마나 사랑스러웠을까! 주말이면 기꺼이 모델이 되었고 화가를 위한 식탁을 차렸다. 그러한 정성은 작은아버지와 외삼촌의 몫으로도 돌아갔다. 세 분은 늘 어머니가 싸주는 도시락을 들고 일터로 갔고, 퇴근 후에는 함께 둘러앉아 식사를 하고 한자리에 누웠다.

경제적으로는 고되어도 마음은 평안한 날들이었다. 일정하고 규칙적인 나날들이 평화롭고 안정된 일상을 만들어주는 것이지, 노동하는 삶 자체는 그다지 원망스러운 것이 아니다. 하지만 언제나 사건은 이렇게 바쁘고 고요할 때 찾아온다. 어느 날 금성에서 사람이 온 것이다. 함께 지냈던 고모의 남겨진 두 아들, 아버지의 조카들이 올라온 것이다. 할아버지는 당신의 외손주들을 평양의 아들네로 보냈다. 지금은 찾아보기 어려운 정서이지만, 그 시절엔 어느 집에나 더부살이하는 군식구들이 여럿 있었다. 조카들이 네 사람 곁에 누우니 작은 방이 더 빼곡해졌다. 그런데 희한하게도 죄다 남자다. 어머니가 이 모두를 뒷바라지하게 된 것이다. 하지만 군식구들과 콩 한 쪽 쪼개 먹기도 전에 또 한 번 계보를 알 수 없는 낯선 조카들이 할머니의 부탁으로 평양에 온다. 할머니의 시조카라니, '사돈의 팔촌'이라는 말은 이런 상황에서 유래했을 것이다. 아버지조차 처음 보는 먼 친지가 가족이 되었다. 이제 이 작은 방에는 여덟이 누웠다. 어른들은 벽에 머리를 붙여 눕고, 조카들은 발밑에서 서로 엉켜 잤다. 데워놓은 온기가 아까워 창문 한 번 열 수도 없고, 자주 씻을만한 환경도 되지 않으니 방 안엔 특유의 퀴퀴한 사람 냄새가 가득했다. 여기저기 속닥이고 잠결에 방귀를 뀌는 소리도 들린다. 아침이면 모두들 일과를 시작하느라 왁자지껄 난리가 났다. 어머니는 분주히 도시락을 싸서 내보내고, 매일같이 옷가지를 빨고 널고 다리며 오늘 먹은 찬거리를 헤아리고 내일 차릴 식단을 궁리했다. 그런 와중에도 시간이 날 때마다 방 안에서 털모자를 떴다. 나로서는 상상조차 할 수 없는 일이다. 내가 청소년기를 보내고 결혼을 했던 전후 1960~70년대도 결코 풍요로운 시대라고 말할 수 없지만, 여자 한 몸으로 이토록 많은 식솔을 건사하고 봉양한다는 것은 도저히 상상할 수 없는 것이다. 머릿수만 세면 그렇게 살 수도 있겠거니 싶다가도, 주부의 일과를 아는 사람이라면 이 정도 규모의 가사 노동에 탄식을 내뱉지 않을 수 없을 것이다. 나도 두 아이를 양육했지만, 어머니의 그 헌신 앞에서는 계속 머리가 조아려지기만 한다. 중압감을 느끼기는 아버지라고 다르지 않았다. 봉급은 정해져 있고 지출은 늘었다. 하루하루 줄이고 포기하며 살아내는 일이 끝없이 이어졌다. 식구들도 마찬가지다. 추운 날씨에도 웬만해선 집에 머무르지 않았다. 온종일 각각의 이유로 쏘다니다가 해가 떨어져서야 집으로들 꾸역꾸역 몰려드는 것이다. 그런데도 두 분의 긍정은 끝이 없었다. 어머니는 이렇게 회고

하신 적이 있다.

"그래도 오순도순 콩나물처럼 붙어 있으니 그 지독한 평양추위도 견딜수 있었지, 그 와중에도 네 아버지는 그림을 그렸단다."

하지만 마음가짐과 현실이 같을 수가 있나. 불편은 모두를 지치게 한다. 하지만 더 나은 삶을 향한 동력은 언제나 불만에서 비롯되는 법, 결국 그 집에서의 공동생활은 그리 오래가지 않아 끝났고, 좋은 환경을 찾아 떠나게 된다.

남북을 아우르는 매력남

평양에서 이사를 다니던 무렵 재미있는 일화가 하나 더 있다. 더이상 이 비좁은 쪽방에서 여덟이 등을 맞대고 살 순 없다고 판단한 아버지는 한동안 틈날 때마다 밖에서 집을 알아보러 다니셨다. 그런데 어찌 된 일인지 그 당시 아버지의 수입으로는 도저히 살수 없는 굉장히 좋은 조건의 집을 구해 오셔서는, 온 식솔들을 데리고 이사를 한 것이다. 마루도 넓고 방도 두 개나 있었다. 주인아주머니도 얼마나 친절한지 어떻게든 우리 식구를 도와주려고 애썼다. 때로는 자처해서 방값을 깎아주곤 하였다. 이쯤 되면 주인의 의도를 의심해 볼 법도 한데, 어머니는 그저 어려운 형편에 친절을 베풀어준 주인의 선의에 감사하며 친하게 지냈다고만 한다. 하지만 어느 날 집 안에 싸우는 소리가 들려 들어가 보니 외삼촌 영근이 주인집 아주머니와 대판 싸우고 있는 것이다. 영문을 들어보니 주인아주머니가 아버지를 남몰래 흠모하여 어떻게든 연을 만들어보고자 수작을 부린 것이다. 마침 야릇하게 안방으로 아버지를 끌어들이는 아주머니를 우연히 현장에서 목격한 외삼촌이 노발대발하며 온 집안을 들쑤셔놓은 것이다. 외할아버지를 닮아 성정이 불같고 화가 많은 외삼촌은, 잴 것 없이 지금 당장 살림을 다 빼서 이

집에서 나가야 한다며 고래고래 소리를 질렀고, 외삼촌의 말에 설복당한 아버지도 결국 부랴부랴 급히 다른 집을 구해서 한시바삐 나왔다고 한다. 딸린 가족만 일곱, 쥐꼬리만 한 월급에 먹고 살기도 바쁜데, 그래도 여자들이 아버지를 따랐던 걸 보면 능력이나 재력으로 대체될 수 없는 아버지의 매력이 대단하긴 했던 것 같다.

이와 관련해서는 소설가 박완서 선생의 인상적인 술회가 있다. 뒤에서 또 자세히 기술하겠지만 박완서 선생은 6·25 전쟁 과정에서 아버지가 미군 PX 안에서 미군들의 초상화를 그리는 직을 가지고 있었을 때, 그곳에서 사무와 홍보를 맡았던 인연으로 아버지

px시절의 박수근, 1952

와 1년여 친분을 갖게 된다. 그런데, 박완서 선생은 처음에는 초상화 그리는 화가들을 편견으로 대하면서 좀 깔보았단다. 자존심 때문에 일부러 야박하게 굴고 심드렁하게 대하기도 했다는 것이다. 아무튼 박 선생은 당신의 수필에서 내 아버지 박수근을 "남보다 몸집은 크지만 무진 착해 보여서 소 같은 인상이었다. 착하고 말수가 적은 사람이 자칫하면 어리석어 보이기가 십상인데 그는 그렇지가 않았다."고 묘사한다. 이어서 "나의 수모를 말없이 감내하던 그의 선량함이 비로소 의연함으로 비쳐지기 시작했다. (중략) 그가 즐겨 그린 나목 때문일까. 그가 그린 나목을 볼 때마다 그해 겨울, 내 눈엔 마냥 살벌하게만 보이던 겨울나무가 그의 눈에 어찌 그리 늠름하고도 숨 쉬듯이 정겹게 비쳐졌을까, 가슴이 저리게 신기해지곤 한다."라고까지 고백한다.

내가 아버지에 대한 박완서 선생의 묘사를 이렇게 인용한 이유는, 내가 아버지를 보면서 느꼈던 어떤 은근하고 수더분한 매력을 다른 분들도 똑같이 느꼈다는 것을 박 선생의 글에서 확인했기 때문이다. 아마도 그 값싼 월세를 주면서까지 아버지와 친교하길 원했던 주인아주머니 역시 그런 아버지의 매력과 품성을 단박에 알아차렸으리라.

훈풍과 순풍에 실려온 행복, 첫 아기

어머니가 첫아들을 품게 되신 것은 그 무렵이었다. 앞에서 언급 했지만, 아버지는 슬하에 4남 2녀를 두셨다. 장녀인 내 위로 어린 나이에 죽은 오빠가 하나 있었다. 장남이 태어난 것은 그해 여름 이었다. 계산해 보면 평양으로 올라오시고 얼마 되지 않아서 아이 가 들어섰던 모양이다. 그런데 어머니는 그런 줄도 모르고 그 겨 울이 다 지나도록 자기 몸 돌볼 새 없이 식구들만 챙기셨던 것이 다. 지금 생각하면 그 방대한 가사노동에 산모와 아기의 건강이 상하지 않은 것이 얼마나 다행인지 모른다. 임신과 출산이 여자의 인생에서 얼마나 급격한 신체적 정신적 변화를 가져다주는지 나 도 잘 안다. 아마 겨울이 끝날 즈음엔 입덧과 함께 배가 불러오고 피로도 극심했을 것이다. 그런 상황에서 온종일 여덟 식구의 뒷바 라지를 했을 것을 생각하니 내 속이 상하지 않을 수 없다. 임신 전 부터 최우선적인 배려를 받으며 이것저것 건강관리를 하는 요즘 사람들이 들으면 기함할 일이다. 하지만 그 시절엔 모두가 그렇게 들 자기 몸 챙길 겨를 없이 아이를 낳았다는 말 앞에서, 편리한 시 절을 살아온 내 요란이 무색할 뿐이다. 그저 늦게라도 어머니가 홑몸이 아니란 걸 모두가 알게 된 것을 다행으로 여긴다. 온 식구들이 아내, 누이, 형수님의 임신 소식에 기뻐했다. 안 그래도 아버지가 곧 서른을 채울 무렵이라 금성 본가에서도 늘 걱정하던 참이었다고 했다. 이 소식은 금성과 평양 사이에 훈풍을 불어넣었다. 온 가족은 물론, 금성에서도 모두가 매일같이 아기가 태어날 날만을 기다렸다.

새로 옮겨간 집에는 방이 두 칸이어서 비교적 편한 생활을 할 수 있었는데, 두 칸짜리 방으로 넓혀 갔다기보다는, 딱한 살림을 보다 못한 집주인이 싼값에 다락방을 하나 더 내어준 것뿐이라 한다. 전보다는 환경이 나아졌다고는 하나 어머니에게 있어 살림의 양이나 강도는 나아진 게 없었다. 어머니는 오빠 성소를 낳을 때까지 불러오는 배를 끌어안고 바지런히 식구들을 돌봤다. 지금 아무리 생각해도 기가 막힌 것은 그 와중에도 아버지가 이런 고된 어머니를 모델로 삼아 그림을 그리셨다는 거다. 주말이면 늘 두 분은 이리 앉아보라, 저리 서보라 하며 그림을 그리셨단다. 아마 어머니는 생색을 내면서도 흔쾌히 무거운 몸을 옮기며 아버지 요구대로 능숙하게 포즈를 취했을 것이다. 한 번 자리를 잡으면 그 길로 반나절이라는 시간이 훌쩍 지난다. 이쯤 되면 어머니는 프로 모델이라 해도 손색없을 정도로 능숙하지 않으셨을까. 회고하시길 어찌나 힘든지 말도 못 한다 하셨지만, 그 말씀과 억양으로 볼 때 그 빠듯한 생활 중 유일하게 공유했던 두 분의 오붓한 시간이 바로 그 시간이었다는 것을 나는 안다. 우리는 누구나 자신을 향한 상대방의 진지한 시선을 통해 존중감을 느끼고 그것으로 소통하며 자존감을 높인다. 어머니가 당신을 스케치하는 아버지의 따스한 시선에서 무한한 애정과 신뢰를 확인했음은 당연한 것이다. 정수리 끝에서부터 양쪽으로 떨어지는 어깨, 팔꿈치와 손끝, 허리와 무릎, 버선 끝까지 이어지는 어머니의 고운 선을 아버지는 오래오래, 또 소중하게 쓸어 보셨다. 그 사랑스러운 시선을 생각해보라. 아무리 생각해도 어머니가 말했던 '힘든 모델 일'은 수줍음의 반어적 표현이 아니었나 싶다.

산고 끝에 오빠 성소가 태어났다. 어머니 나이 스물, 아버지 스물여덟 되던 해의 일이다. 임신이나 출산에 대해 이렇다 알려줄 어른 한 분 없이 홀로 감당한 첫 출산은 얼마나 두려웠을까. 아이를 낳다가 산모나 아이가 죽는 일은 그 시절 흔한 일이었다. 소문은

〈농가의 여인〉, 유채, 1938년.
제17회 조선미술전람회 입선

〈절구질 하는 여인〉, 캔버스에 유채,
130×97cm, 1950년대

무성하기만 한데 여자 없는 집에서 혼자 알음알음 출산을 준비했을 어머니를 생각하면 도대체 어떻게 그 두려움을 버텨왔나 싶다. 다시 생각해도 어머니는 참 당찬 분이시다. 당시는 잘 발달한 의료적 처치보다는 산모 본인의 건강 상태와 능숙한 산파의 요령이 건강한 출산을 좌우하던 시절이었다. 가장 필요한 것은 이 순간을 의지할 가장 든든한 우군이다. 여자의 마음은 여자가 잘 안다고, 이때 만큼은 씩씩한 어머니도 어려서 돌아가신 외할머니를 떠올리지 않을 수 없었을 것이다. 두려움 가운데 초조한 것은 아버지도 마찬가지였는데, 이런 과정에 대해 조언해 줄 어른이 평양에는 아무도 없는 데다 모든 걸 대신 짊어진대도 산모의 고통만큼은 덜어줄 수 없다는 무력함 때문이었다. 세상의 모든 아버지는 자식을 얻을 때 아내의 강인함 밖에 달리 기댈 곳이 없다. 그저 발을 구르며 어머니가 무사하기만을 기도할 뿐이었다. 이윽고 아버지의 간절한 기도 속에 아기는 건강하게 태어났고 어머니도 탈 없이 온몸으로 첫아들을 안았다. 집안에 경사가 났다. 금성에서 할머니 할아버지가 집안의 첫 손주를 보기 위해 부랴부랴 기저귀와 포대기를 떼어 올라오셨고, 아버지는 최대한 따뜻하고 몸에 좋은 산모식을 직접 차려 내었다. 해산 후 짧은 요양에 들어가면서 한동안 살림이 주춤하긴 했지만, 노련한 아버지는 살림마저 대신 자처하며 어머니가 마음껏 휴식을 취할 수 있도록 배려해주었다.

아기가 뱉는 숨은 어떤 가난하고 허름한 공간에도 따스하고 포근한 정서를 불어넣는다. 평화로웠다. 어머니가 어느 정도 몸을 풀고 다시 살림을 하게 되면서, 일상도 원래대로 자리 잡았다. 바뀐 것이 있다면 작고 귀여운 식구가 하나 더 늘었다는 것. 벌써부터 돌려 말하기 아쉽지만, 그것은 이제부터 어머니가 기존 식구들의 뒷바라지는 물론 어린 핏덩이를 업고 살림에 육아까지 병행해야 한다는 뜻이기도 하다. 어머니는 출산 전 늘 해왔던 대로 식구들이 먹을 식단을 맞추려 점심을 거르셨는데, 아기가 시도 때도 없이 젖을 빨아대는 바람에 어머니의 몸은 체력적으로 남아나질 않았다. 그러다 보니 아기도 그만큼의 젖밖에 못 먹고 자랐다. 못 사는 시절에는 첫아기, 장남이라는 이름은 별 소용이 없었다. 아이 어른 할 것 없이 고생은 똑같이 나눠야 했다. 어떻게든 버티고 하루하루를 넘기는 것이 매일매일 주어지는 과제였다. 어머니는 그런 환경에서도 무럭무럭 잘 자라준 오빠를 늘 고마워했고 또 미안해하셨다. 첫 아이니 애정도 남달랐을 것이다. 배냇짓을 하고 눈을 맞추고, 고개를 들고 몸을 뒤집으며 작은 입에서 터져 나오는 귀여운 옹알이를 매일같이 들었다. 하루가 다르게 커가는 아이를 지켜보는 일은 두 분의 가장 큰 행복이었다. 아버지는 아기와 눈을 맞추는 것과 더불어 피로한 아내가 아이의 몸짓에 반응하며 속정을 주는 모습을 지긋이 즐겨보셨다. 이것은 아마 모든 아버지에게 해당하는 일인지도 모르겠다. 한때는 한 사람이었던 자신의 두 사람, 혹은 어머니가 된 자신의 아내, 고된 일상 끝에 매일 저녁 축복처럼 전해 받는 모성의 힘과 어린 생명의 신비를 어떻게 말로 표현할 수 있을까. 이 모자의 모습이 화폭에 담기게 되는 것은 이미 오래

〈모자〉, 캔버스에 유채, 45.5×38cm, 1960년대

전 그 때부터 예견되어 있던 일일지도 모른다.

아버지는 이제 어머니와 오빠를 그렸다. 어머니는 힘차게 버둥거리는 오빠를 안고서 흔쾌히 포즈를 취했다. 하루 온종일을 같은 자세로 있으려니 호소가 절로 흐르고 아기는 벗어나려 손발을 휘젓는다. 아버지는 그럴 때마다 이 그림은 반드시 선전에 입선되노라 호언을 하셨다. 실제로 이 그림은 그해 선전에 출품되어 입선이라는 성과를 거둔다. 지난번 〈맷돌질하는 여인〉이 아버지와 어머니, 두 분의 출품작이었다면 〈모자〉는 아버지와 어머니, 나의 오빠가 함께 만든 작품인 셈이었다. 이날의 기쁨은 오빠가 태어나던 날의 기쁨과도 비견될 수 있을 것이다. 늘 화가로서 아버지를 지원해주던 도청의 미요시 과장도 내 일처럼 달려와 축하해 주었다. 아버지가 경제적으로 자리를 잡고 가정을 일구며 화가로서 성장하는데에는 그분의 진심 어린 기원이 반드시 작용했을 것이다. 물론 아버지가 이룬 성과이지만 비단 한 사람의 보람만은 아니었다. 미요시 과장은 〈모자〉의 입선을 축하하기 위해 어머니, 아버지 두 분을 댁으로 초청해 멋진 음식을 대접해 주었다. 이날의 저녁 만찬은 어머니, 아버지뿐만 아니라 입선의 기쁨을 함께 누렸던 미요시 과장에게도 인상적인 만찬으로 기억되지 않았을까?

사랑과 함께 피어난 남매

똑같은 일상이 무심하게 되풀이되고 있는데 아기만 저 혼자 흐르는 시간을 고스란히 즐기고 있다. 언제 이렇게 컸나, 돌아볼 즈음엔 이미 돌을 지나 걸음마를 하고 있었다. 키도 부쩍 컸다. 어머니는 그런 오빠를 업고 빨래를 하고 물을 긷고 맷돌을 돌리고 밥을 짓고 실을 뽑았다. 아버지는 이런 어머니를 그림 속에 차곡차곡 담았다. 두 분이 결혼하고부터는 매년 한 차례씩 선전에서 입선을 했는데 그 해도 마찬가지였다. 오빠가 두 살 되던 해, 어머니가 모델이 되었던 〈실을 뽑는 여인〉이 선전에 입선했다. 화가로서의 앞날은 탄탄히 닦여가는 것 같다. 하지만 어머니의 딸로서 그날들을 돌아보면 도청에서 서기로 근무하는 아버지보다는 극심한 가사노동에 시달리는 어머니가 더욱더 안쓰럽고 힘들어 보이는 게 사실이다. 물론 아버지도 관료 생활에 시달리며 적성에 맞지 않는 일을 하는 것이 고되기는 했겠지만, 적어도 어머니처럼 매일매일 피할 수 없는 노동에 몸을 쓰지는 않았으니 말이다. 형편상 아버지가 입선한다고 해서 매번 어머니에게 좋은 것, 맛난 것을 사다 주며 함께 자축 하는 것도 아니었다. 하지만 다음의 일화를 보면 내가 느낀 이런 안타까운 시선을 아버지도 오랫동안 마음의 빚처럼 가져왔던 것임을 확인할 수 있다.

하루는 아버지가 일제 고급 양산을 가져와서는 어머니께 내밀었다. 어머니는 깜짝 놀랐다. 전쟁으로 어렵던 시기라 도청기관은 직원들에게 봉급 대신 약간의 곡식을 배급할 뿐이었다. 시내에는 돈이 돌지 않았다. 배급받은 곡물마저도 식구들이 배를 불리기엔 턱없이 모자랐다. 모두가 배를 곯던 시기였다. 그런데 무슨 돈으로 귀족들이나 쓰는 양산을 구해오셨을까? 어머니는 선물을 반기기는커녕 깐깐한 얼굴로 어디서 난 물건이냐 따져 물었다. 집으로 들어오기 전까지 어머니가 얼마나 좋아할까, 내심 기대에 부풀었던 아버지는 이런 반응은 상상도 하지 못했다는 듯 말문이 막혀서는 묵묵부답으로 일관하다가, 어머니가 자꾸만 추궁하니 그제야 실토하신다. 상점에서 훔쳐 왔단다. 어머니가 그 즉시 노발대발하심은 물론이다. 어머니의 성정상 화라고 해봤자 단호한 타박 정도였겠지만, 등짝을 때리며 따갑게 쪼아대는 어머니의 잔소리에 참다못한 아버지는 생전 없던 감정을 실어 이렇게 어머니를 반박하셨다.

"뙤약볕에 성소를 업고 마을을 오가는 게 안쓰럽고 마음이 아파 얼굴 보기가 미안해 죽겠소." 그러니 이거라도 쓰고 다니자 한다. 무심한 듯 그림만 그렸던 아버지도 사실은 늘 시선을 어머니에게 두고 있었던 것이다. 그 말을 들은 어머니의 머릿속도 하얘진다. 오빠를 업고 빨래를 하던 일, 벌건 얼굴로 땀을 훔치며 돌아오던 뜨겁고 먼 길들이 떠오르는 것이다. 아버지는 그것을 다 보고 계셨다. 어머니는 순간 멍해져서는 그날들을 떠올리다가 어느

새 눈물이 차 주저앉고 말았다. 무릎에 얼굴을 파묻고 웅얼거리며 울고 있자니 아버지는 곁에 같이 쪼그리고 앉아 피차 이렇게 된 거 그냥 쓰고 다니자, 다시금 어머니를 달랜다. 그런데 하필이면 덧붙이는 말이 '일본 놈들 상점에서 훔친 거니 괜찮다'는 것이었다. 잠시나마 감동에 휩쓸리던 어머니의 마음에 찬물을 끼얹은 것이다. 발끈한 어머니는 고개를 번쩍 들며 일본 것이든 우리 것이든 훔친 것은 안 쓸 터이니 그리 아시라며 획 돌아서 버렸다. 아버지는 결국 양산을 상점에 다시 돌려주고 와야 했다. 그 과정은 또 얼마나 애달프고 낯 뜨거웠을까. 어머니는 오랜 시간이 지나도 이 날을 회고하며 몇 번이나 당황해 하셨다. 하지만 아버지의 표정에서 양산보다도 더 값진 마음을 읽었노라 자부하고 계심을 나는 안다. 그리고 또다시 뙤약볕 아래 아이를 업고 물을 긷고, 빨래를 하는 날들이 반복되었을 터.

하늘 여기저기 폭탄이 날아다니고, 각각의 개인들은 치열한 하루를 살아내느라 괴롭기만 한데, 멀리서 보는 평양의 거리는 평화롭게만 보인다. 머지않아 이곳에 폭탄이 떨어지고 아수라장이 될 것이다. 나는 그 전쟁의 한 가운데 태어났다. 1944년, 아버지가 서른이 되던 해, 장녀이자 둘째로 태어난 것이다. 오빠는 이제 막 두 돌을 넘겨 간단한 의사 표현으로 사람들과의 소통이 가능할 정도로 컸다. 싫다 좋다 의견을 표하고 아는 얼굴을 만나면 방긋 웃었다. 나는 그런 오빠 곁에 아주 작은 갓난쟁이로 젖을 빨며 누워 있었다. 내가 어느 정도 몸을 가눌 수 있게 되자 어머니는 나를 등에 업고 살림을 하셨다. 어린 오빠는 온종일 어머니의 치맛자락만 붙잡고 쫄래쫄래 뒤를 따라다녔다. 마치 세 명이 한 몸처럼 붙어 다닌 것이다. 그 시절 아이들은 다들 그렇게 컸다. 아이들의 몫은 어른들이 해야 할 노동에 방해가 되지 않도록 건강하고 얌전하게 시간을 보내주는 것이었다. 노동력이 곧 소득으로 이어지는 농사를 짓지 않는 한, 봉급쟁이 형편에 식구가 늘어나는 건 여유와는 거리가 먼 이야기였다. 나도 오빠도 잘 먹고 자랐을 리 없다. 오빠가 그랬듯, 나 또한 젖먹이로서 얼마나 어머니의 체력을 갉아먹었을까. 나도 경험을 통해 한참 시간이 지나서야 깨달은 것이지만 이 땅의 어머니들은 아이가 태어날 때마다 자신의 유년을 몇 번이고 다시 산다. 강아지나 송아지처럼 나자마자 자연스레 먹고 걸으며 알아서 독립하면 좋으련만, 사람은 그렇지가 않다. 어머니가 되는 일이란 분신처럼 늘어난 어린 육체에 자신의 하나뿐인 의지를 쪼개어 나눠야 하는 일이다. 아이의 성장은 그렇게 어머니의 시간을 흡수하며 이루어진다. 육아는 두 배로 늘어 힘에 부치고 형편은 갈수록 어려워져 가는데, 설상가상으로 평양 인근에 연합군 전투기의 폭격이 시작됐다. 연합군이 대대적인 반격을 펼치면서 일본의 점령지인 한반도의 남쪽에서부터 폭탄을 투하하며 북진을 시작했던 것이다. 평양에 대피령이 내렸다. 노약자와 여성은 가능하다면 어서 빨리 평양을 떠나라는 것이다. 온 집안에 긴장감이 돌았다. 우리 집에 노약자는 어머니와 오빠, 나, 이렇게 셋밖에 없었다. 아버지와 작은아버지, 외삼촌을 비롯한 남은 식구들은 각자 자신의 안전을 스스로 지켜내기로 하고, 어머니만 오빠와 나를 데리고서 급히 기차를 타고 금성으로 돌아왔다. 시대가 어수선하다 보니 이제는 다시 만날 것을 기약하기도 쉽지 않다. 내 몸을 건사하는 것만이 서로가 다시 만나기 위한 가장 적절한 방법이었다.

이별과 만남은 예고도 없이

　그렇게 또 한 번 생이별을 한 어머니, 아버지는 각자 금성과 평양에서 1945년 새해를 맞는다. 그래도 금성에는 할머니, 할아버지가 계셨고 어머니의 친정도 여전히 남아 있었다. 돌아갈 곳이 있다는 것은 참으로 다행한 일이다. 금성에 내려온 후부터는 정국이 어찌 되는지 편지를 비롯한 모든 통신수단도 이용할 수 없게 되었고, 깜깜한 걱정 속에서 살아 있으리라는 믿음만으로 주구장창 평양사람들이 돌아오기만을 기다렸다. 금성으로 돌아온 어머니는 할머니와 살림을 나눠맡았다. 그리고 주일이면 어린 우리들을 데리고 교회로 갔다. 어머니와 아버지가 결혼식을 올리던 그 교회였는데, 어떤 기도를 드렸을지는 굳이 설명하지 않아도 될 것 같다. 교회에는 두 분의 주례를 섰던 목사님이 여전히 머물러 계셨고, 다시 돌아온 어머니를 아주 살뜰히 보살펴 주셨다. 그렇게 하염없이 기도만 드리던 몇 개월이 지나고, 11월의 어느 날, 기적처럼 아버지가 홀로 돌아오셨다. 작은아버지나 외삼촌은 보이지 않았다. 외삼촌은 만주로 징집되어 가고, 아버지만 평양을 떠날 형편이 되어 작은아버지보다 먼저 내려왔다는 것이다. 무심하게 물을 긷고 빨래를 나르던 어머니는 짐꾸러미와 화구들을 가득 들고 마당에 서 있는 아버지의 예고 없는 등장에 까무러칠 뻔했다. 방문을 벌컥 열어보던 할아버지 할머니도 놀라 버선발로 나오셨다. 꼬물거리는 아이들만 영문 없이 평화로울 뿐이다. 이로써 우리 가족은 누구 하나 헤어짐 없이 완전히 결합한 모습으로 명신당 생활을 시작하였다. 오직 직계로만 구성된 단란한 가족 구성이었다. 아버지는 곧바로 일자리를 알아보았다. 다행히 금성에는 아버지를 기억하는 사람들이 많았고, 그동안 화가로서 제법 많은 이력을 쌓아 오셨던 덕분에 어렵지 않게 금성중학교의 미술 교사로서 취직할 수 있었다. 아버지의 두 번째 봉급생활이 시작된 것이다. 지금 생각해보면 평양의 관료 생활보다 미술 교사로서의 삶이 아버지의 적성이나 성격 면에서 더욱 잘 어울렸던 것 같고, 실제로도 그러했다. 당시 금성중학교에서 명신당으로 오는 길에는 키 큰 나무들이 십 리를 뻗어 선 '십리장림'이 있었는데, 아버지는 아침마다 이 숲길을 걸어 학교에 가고, 하루 종일 아이들의 그림을 지도한 다음, 다시 숲 어딘가에 자리를 잡고 그림을 그리다 어스름이 되어서야 집으로 돌아오셨다. 나도 미술 교사를 천직 삼아 살아오면서 아이들과 그림으로 소통하는 것이 얼마나 신비로운 일인지 잘 알고 있다. 같은 사물을 보더라도 표현되는 빛과 색은 아이들마다 다르다. 그림이란 또 다른 형태의 고유한 언어인 것이다. 그러니까 이 시기 아버지는 하루 종일 그림만 생각하고 그림으로 대화하며 또 그림만 그렸던 셈이다. 그때가 아버지의 나이 서른 하나, 예술적 감수성은 여전히 푸르고 또한 깊게 성숙해가는 시기였다.

내가 여섯 살 되던 해 6.25 전쟁이 일어났으니, 해방 이후 4년 정도의 기간 동안 우리는 이 곳 금성에서 제법 단란한 시기를 보냈다고 할 수 있다. 명신당에는 또다시 아버지의 그림들이 차곡차곡 쌓였고, 어머니의 가사 노동도 평양 시절과 비교하면 다소 가벼워졌다. 지금도 열심히 살고 있는 내 동생 성남이, 그리고 어려서 떠난 성인이도 바로 이곳에서 태어났다.

성인이가 태어나던 날, 아버지가 어머니의 존재를 어떻게 인식하고 있는지 살필 수 있는 재미있는 일화가 있다. 어머니의 해산이 막 끝나자 집안에는 그로 인한 부산물들이 양동이를 몇 번이나 채울 정도로 가득 쌓였다. 아기를 보호하고 있던 양수와 그 체액들이 피비린내와 함께 면 수건을 흠뻑 적셔 나오는 것이다. 그런데 산파가 마지막 조처를 하고 밖으로 나왔더니, 이것들을 쌓아놓은 양동이가 없다. 필시 누군가 이것을 대신 빨고 있다는 말인데, 내 몫의 일을 누가 가져다 하고 있나 부랴부랴 빨래터로 나가보니 아버지가 냇물에 수건을 담가 흔들며 피를 헹궈내고 있더란다. 핏덩이들이 냇물을 벌겋게 물들이는 가운데, 산파가 민망하고 걱정이 되어 이런 걸 왜 손수 하고 계십니까, 물었더니 아버지 하는 말씀이 아무리 생각해도 걸작이다.

"내 몸에서 나온 것은 하나도 더럽지 않은데, 아주머니께서 하시려면 얼마나 힘들겠습니까."

아, 어떻게 이렇게까지 남의 마음을 헤아릴 수 있는 것일까. 그리고 또 어떻게 이렇게 은근하게 어머니를 향한 속정을 표현할 수 있었을까. 아버지는 정말 어머니를 내 몸이라 여기신 것이다. 부모들이 제 자식의 입에서 뱉어 나온 것이라면 아무렇지 않게 본인의 입으로 가져다 먹어 치워버리는 것처럼, 아버지는 어머니의 일이라면 비위나 체면 따위를 전혀 고려하지 않았다. 애초 그럴 대상이 아닌 것이다. 서로 완전히 달랐던 독립된 두 인격체가 부부가 되면서 이렇게 일치될 수 있다는 사실은 지금 생각해도 참 신비롭다. 나도 그런 두 분의 일체감에서 이 세상에 나온 존재라고 생각하니, 공연히 감격스러워진다. 서로의 생활이나 습성 같은 원초적인 감정까지 감내하고 공유하는 관계에 도달한 연인들은 도대체 얼마나 많은 사랑을 나눠온 걸까? 그래서 부부의 촌수를 '무촌'으로 계산하는 모양이다.

단란하고 즐거운 시절만 노래하면 좋으련만, 장남이었던 나의 오빠 성소의 죽음도 바로 여기서 언급해야한다. 이 무렵 금성에서의 일이었다. 어린 자식을 묻는 장례는 절차도 곡소리도 거창하지 않았다. 나이 많은 어른이 돌아가셨을 때보다 더욱 무거운 침통함이 감돌았다. 젊은 어머니 아버지에게도 자식을 묻는 경험은 이것이 처음이었을 것이다. 어머니는 나를 업고서 큰아이를 묻었다. 말이 큰 아이지, 겨우 여섯 살이었다. 이런 경험은 나도 아직 해 보지 못한 것이어서, 두 분의 심정이 어떠했을지는 감히 무어라 표현할 수 없다. 아마 우리 남매 중에 성소 오빠를 기억하는 사람도 나밖에 없을 것이다. 나는 너무 어렸고 오빠는 너무 빨리 떠났다. 내 인생을 통틀어 가장 오래된 최초의 각인 하나를 꺼내보라면 단연코 오빠에 대한 기억을 들 수 있다. 어린 소년이 냇가의 바위를 들쑤시며 환하게 웃는 모습, 반짝이며 튀어 오르던 물방울들, 이 짧은 장면이 유일하게 남은 오빠에 대한 기억의 전부다. 나중에 여쭤보니 오빠의 사인은 뇌염이었다고 한다. 기억만이 떠난 이들의 존재를 증명할 수 있다고 한다면 나는 내 안의 가라앉은 이 장면을 몇 번이고 건져 올려내는 것으로 못다 한 애도를 대신하고 싶다.

그즈음 작은아버지 원근도 금성으로 돌아오셨다. 마치 아버지가 돌아오실 때처럼 홀연히 나타나셨는데, 달라진 점은 일가를 이루어 돌아오셨다는 것이다. 내 또래 아이들과 예쁜 작은어머니도 데려오셨다. 이때부터 지금까지, 작은아버지네 식구와 우리 식구들은 한 번도 떨어지지 않고 한반도의 전쟁과 분단, 대한민국의 근대를 함께 살아냈다. 이 기록의 일부도 그분들과 함께 도란도란 회고한 내용이 추가된 것이다. 내가 아버지를 회고하면서 온전히 내 기억만으로 과거를 묘사할 수 있는 시점도 바로 이 시기부터이다. 두 분의 젊은 시절은 어머니를 통해 동화처럼 전해 들었지만, 전쟁이 시작된 이후부터 부모님의 시간은 나의 시간이기도 했다. 누구에게나 어린 날은 자신의 의지와는 무관하게 벌어지고 끊어진다. 이 어린 날의 장면 장면에 이야기를 달아 한편의 서사를 완성해주신 것은 어머니다. 어머니는 돌아가시기 직전까지 따뜻하게 당신의 일생을 회고했고, 나는 어머니가 그날들을 회고하실 때마다 마치 그림책처럼 내가 가진 기억 속 장면들을 꺼내어 펼쳐보곤 했다.

3장

생이별

생사의 경계를 넘나들던 사람들, 남으로, 남으로

금성을 떠났던 사람들이 다시 금성으로 돌아와 자리를 잡았다. 일본의 패망으로 식민지 해방이 완전히 공식화되었고, 남북으로는 6·25 전쟁이 시작되고 있던 때였다. 정치적으로는 공산주의와 민주주의라는 이념 대치가 심화하는 시기였고, 김일성 정권이 단독으로 정부를 수립하여 한반도 북쪽은 이미 공산주의 정책이 펼쳐지고 있었다. 금성은 38도 선을 기준으로 지금의 강원도 비무장지대 북쪽 인근 어디쯤에 위치해 있었기에 공산당 치하에 놓이게 되었다.

어머니 아버지가 적극적으로 정치에 개입했던 것도 이 무렵의 일이다. 어머니의 회고에 따르면 두 분은 나란히 금성지역의 군, 면 단위 민주당 대의원으로 선출된다. 독실한 기독교인이었던 만큼 개방적인 사고방식을 가진데다가, 종교 활동을 금지하며 교회를 공격하는 공산당과 그 불합리한 구호들이 두 분의 저항과 분노를 불러일으킨 것이었다.

하지만 이것이 정치 신념에 머물지 않고 실제 행동으로 실천된 부분에서는 놀라움을 금치 못한다. 두 분의 성향을 돌아볼 때 어머니의 적극적인 정치 활동은 충분히 납득이 되지만 아버지의 경우는 의외라고 할 수밖에 없다. 어머니는 당신의 성격처럼 시대정신과 통찰력, 정치적 조직력, 지도력과 강한 연대 의식을 두루 갖고 계신 분이었다. 하지만 내가 아는 아버지는 어지러운 세파에 휩쓸리느니 차라리 홀로 은둔하며 그림을 그릴 분이지 여론을 일으키거나 군중을 계도할 분으로 보기는 힘들었다. 하지만 내 예상과는 다르게 아버지는 그 당시 북한 당국의 청산대상 1순위였고 주요 수배범이었다. 하긴 평생 그림만 그려온 뚝심이 다른 곳에서 발휘되지 않으리라는 법이 어디 있을까. 아버지에게도 스스로 뜻하신 정치적 소신과 신념이 있었던 것은 분명해 보인다. 여러 사건들이 있었겠지만, 여기서 간단히 아버지의 가장 큰 죄목을 말하자면 공산당 치하에 민주당 대의원이라는 신분이었으며 국군 환영 포스터를 제작하고 온 거리에 뿌린 혐의였다. 이때 겪었던 갖은 고초는 어머니가 회고한 기록 속에 고스란히 담겨 있다. 정치라고는 조금도 관심이 없는 나는 6·25 전쟁이 배경인 영화를 볼 때면 그 속에 어머니와 아버지의 삶을 대입해 보곤 한다. 아무리 봐도 나무랄 데 없는 영화 속 주인공의 행적이다. 정치라는 게 결코 만만한 일이 아닌데, 우리 부모님이 이렇게나 신념에 강한 분이었단 말인가, 그때의 일을 머릿속에서 상상할 때면 새로운 감탄으로 두 분을 다시 보게 된다.

　공산당의 추적이 심해지고 어머니 아버지와 함께 정치 운동을 했던 사람들은 대부분 총살을 당했다. 체포될 고비를 여러 번 넘겼던 어머니는 이러다 온 가족이 큰일을 치르겠다 싶었는지 수배를 받던 아버지와 따로 행동하기로 한다. 그날의 헤어짐이 무려 2년 가까이 이어질 줄 누가 알았을까. 아버지가 남쪽으로 먼저 피신한 뒤, 우리는 난리 통에 헤어졌던 작은아버지 식구들을 만나 함께 남쪽으로 이동했다. 어린 성인이는 어머니 등에 업혀 있었고, 나와 성남이는 치맛자락을 꼭 붙들고 어른들의 발걸음을 힘겹게 쫓아갔다. 공산당들이 자꾸만 아버지의 행방을 캐기 위해 우리를 쫓아다니며 어머니께 협박과 고문을 일삼았다. 도무지 한곳에 머무를 수가 없었다. 계속해서 도망 다녀야만 했다. 멀쩡한 거주지가 있을 리 없었고 낮에는 도피 생활을 하고 밤에는 땅을 움푹 파놓은 방공호에 들어가 잠을 잤다. 38선 주변엔 그런 방공호가 많았는데, 어떤 방공호는 이미 발각되어 총살된 시체가 즐비했다. 폭격기가 무서운 소리를 내며 우리 주변을 스칠라치면 모두가 일제히 몸을 숨겨야만 했다. 아마 같은 순간 어떤 방공호의 운이 없는 사람들은 총알이 몸에 박혀 죽었을 것이다. 그런 긴박한 상황에서도 동심이란 말 그대로 한없이 동화적이어서, 아이들은 전쟁을 대하는 태도마저도 천진하기만 했다. 동그란 눈알이 대롱대롱 걸려 있다는 소문을 따라 시체가 뒹구는 방공호를 탐험하듯 찾아가서는 적나라한 광경들을 놀이처럼 바라보다 돌아오는 것이다. 우리는 분명 웃으며 뛰어가는데도 무엇 때문인지 심장 소리는 이유 없이 빠르고 컸다. 그때의 고동치던 감정이 잔인함이나 두려움이었다는 것을 알게 된 것은 전쟁이 끝나고서였다.

방공호에서의 삶은 처참했다. 더럽고 배고픈 생활이었다. 그나마 어머니와 작은어머니가 젊은 아낙들이다 보니 마음씨 좋은 일부 북한군이 경계를 풀고 먹을거리를 주곤 하였다. 불어난 냇가에 떠내려온 된장 항아리를 보물단지처럼 주워다가 모두가 둘러앉아 손으로 찍어 먹었는데 그렇게 맛있을 수가 없었다. 갓난 내 동생 성인이는 그즈음 엄마 등에서 결국 짧은 생을 마감했다. 우리는 그 사실을 알지 못했다. 아기의 죽음을 우리에게 인지시키고 작별의 정을 나누는 따위의 감성을 누릴 만큼 한가한 시기가 아니었다. 어머니는 홀로 그렇게 성인이를 보내고 왔다. 그리고 이후로 다시는 성인이 얘기는 한마디도 꺼내지 않으셨다.

급박하고 긴장된 순간들이 반복되다 보니 정황 판단이 없는 어린 우리들도 눈치가 발달해 긴장감이 돌면 다람쥐처럼 재빠르게 몸을 숨기곤 했다. 북한군의 공세가 심해지는가 싶더니 언제부터는 UN군이 반격하며 일대는 불바다가 되었다. 하지만 크고 작은 폭격이 나날이 이어지고 중공군이 사정없이 쏟아져 내려오며 남쪽으로 내려오는 피난 행렬은 홍수처럼 불어났다. 금성은 이미 초토화되었다. 그 당시의 어머니가 전쟁의 판도나 정전 협정을 예측했을 리는 없지만, 어머니에겐 신기하게도 시국을 읽어내는 예리한 촉이 있어 식구들을 재촉해 남쪽으로 가야 된다며 새벽부터 모두를 깨웠다. 만약 그때 어머니가 그런 결정을 하지 않았다면, 정말 중공군의 반격과 함께 금성에 남은 사람들처럼 죽었거나, 혹은 그대로 38선에 가로막혀 이산가족이 되었을지도 모를 일이다. 더 이상 아버지를 볼 수도 없었을 것이다. 지금쯤 나는 북한사람이 되어 있었을 것이다. 우리는 모두 어머니의 지략에만 기대어 길도 없는 도랑길을 따라 그저 남쪽으로만 걸었다. 지금 생각해 보면 그 먼 길을 어떻게 걸었는지 모르겠다. 내 나이 8살, 전쟁이 없었다면 아마 초등학교에 다니고 있었을 것이다. 나보다 세 살이나 어린 성남이도 열심히 걸었다. 마음은 조급한데 아이들이 있으니 보행 속도를 높일 수도 없었다. 다섯 살배기 성남이가 겨우 따라붙을 수 있을 정도로만 걸었다. 한 걸음도 편하지 않았다. 내딛는 곳마다 지뢰와 매복한 북한군을 경계해야 했다. 전염병도 우리를 바짝 쫓는 괴수 중 하나였다. 쉬어갈 때는 아버지 이야기를 했다. 바보처럼 우리는 끝없이 아버지에 관해 물었지만 사실 그건 어머니야말로 묻고 싶은 질문이었을 것이다. 어머니는 그저 아버지가 잘 있으니 걱정하지 말라고만 했다. 우리가 가는 곳에 아버지가 있다고 했다. 빨리 가서 아버지를 만나자고 하신다. 우리는 그저 걷고 또 걸을 뿐이었다. 때로는 시체를 밟고 깊은 개울을 헤엄쳐야 했으며 철조망을 넘어야 했다.

어머니의 강인함에 대해서는 지금도 가족들이 모이면 종종 떠올리며 감탄하는 것이다. 당시 피난 구성원으로 보면 우리 중 작은 아버지가 대장 격이었지만, 그중에 가장 용감하고 기백 있는 분은 단연 어머니였다. 험한 길을 끝없이 걸으면서도 어머니는 끼니를 대체할 것을 찾고, 안전하게 쉴 수 있는 공간을 물색했다. 누구 하나 문제가 생기면 얼른 달려가 대안을 마련하고, 긴장감이 조성되면 재치있게 분위기를 풀었다. 모두가 어머니의 의견에 의지하는 것처럼 보였다. 아마 어머니가 무너졌으면 모두가 그대로 포기했을지도 모르겠다. 이런 어머니 덕분에 피난길 위에서도 웃을 일이 생기고는 했는데, 한 번은 작은아버지가 앞장 서 가다가 갑자기 고함을 지르더니 벌벌 떨며 지뢰를 밟았다며 꼼짝없이 길을 멈추고 선 것이었다. 뒤따르던 우리도 모두 놀라 그 자리에서 몸이 굳은 채 발걸음을 멈춰야 했다. 이 먼 길을 지뢰 한 번 안 밟고 왔으니 이제야 올 것이 왔구나 싶기도 하였다. 모두가 충격에 휩싸여 오도 가도 못하는 가운데, 어머니가 가장 먼저 공포로 얼어붙은 분위기를 헤치며 조심스레 다가가 작은아버지 발밑을 파기 시작했다. 우리는 모두 숨을 죽이고 그 광경을 지켜보았다. 몇 분이 흘렀을까, 어머니가 작은아버지의 고무신에 박혀있던 철조망 가시를 빼내고는 우리를 물끄러미 돌아다보는 것이었다. 그때 우리 모두의 허탈함과 이어지는 황망한 웃음이란! 뒤늦게 무안해하는 작은아버지도 결국엔 껄껄 웃고 말았다. 아, 이토록 사랑스러운 내 어머니.

얼마나 걸었을까, 어둠 속에 바닥만 응시한 채 걷고 있는데, 별안간 작은아버지가 "대한민국 만세!"를 연거푸 외쳤다. 작은어머니도 뒤따라 대한민국을 외치고, 어린 우리들도 깜짝 놀라 두 팔을 연거푸 뻗쳐 들고 영문도 모른 채 대한민국 만세만 외쳤다. 사방이 칠흑인데 눈앞에 작은 불빛이 오가고 알 수 없는 언어가 들려왔다. 어머니가 이대론 안 되겠다 싶었는지 영어로 "UN!"을 외쳤다. 다른 건 모르겠지만 저쪽에선 UN이란 알파벳만큼은 확실히 들었던 모양이다. 불빛이 아래위로 끄덕거리며 우리를 부른다. 가까이 다가가 자세히 보니 코가 크고 머리가 하얀 사람들이 자기들끼리 무어라고 이야기를 나누고 있었다. 사람의 기운이라는 게 실제로 존재하는 것인지, 아니면 분위기 탓인지, 그 무섭고 낯선 사람들 앞에 섰을 때 나는 근거도 없이 왠지 안심이 되었다. 어쩌면 피로가 그냥 그들을 아군으로 믿어버리게 했는지도 모르겠다. 우리는 그들의 안내에 따라 지하 벙커 안으로 들어갔다. 밤이 깊었고 피로가 극에 달했다. 우리는 모두 그 안에서 정말 오랜만에 깊은 단잠에 빠졌다.

아침에 일어났을 때 우리가 보았던 숲의 풍경은 살면서 다시 못 볼 장관이었다. 여름이 막바지로 접어들던 무렵이었을 것이다. 녹음이 여름날의 하늘을 가득 메운 가운데 빛들이 수없이 갈라진 공간을 타고 줄기를 이루어 숲에 내려앉고 있었다. 천천히 시선을 돌려보니 숲 여기저기 유엔군이 한가로이 휴식을 취하고 있다. 나도 생전 처음 보는 백인들이라 눈을 휘둥그레 뜨고 있었지만, 그들도 이런 전쟁 통 연합군 캠프 안에 어린이들이 와 있는 것이 신기했던 모양이다. 알아들을 수 없는 말이었지만 호의와 배려는 또렷이 확인할 수 있어서 우리도 곧 경계를 풀고 그들의 파란 눈과 시선을 맞춰보기도 하고 장난도 쳐 보았다. 어떤 군인이 와서 우리에게 전투식량을 나눠주었다. 생김도 방법도 생소한 물건이라 멀뚱히 있으니 친절히 먹는 방법을 일러준다. 우리는 그때 초콜릿이라는 것을 처음 먹었다. 작고 납작한 덩어리가 입안에서 단맛으로 녹아내리더니 어느새 사라졌다. 나는 새로움을 체험하는 중인데 성남이는 단맛에 놀라 뱉어내고 만다. 하긴, 오랜 시간 우리는 모든 끼니를 소금으로 때워 왔지 않나. 그 달콤함은 순식간에 사라진 만큼이나 아련한 거짓말 같기도 하였다.

　모두가 휴식을 취하고 있는데 어머니만 여기저기 군인들과 바쁘게 오가고 있었다. 나중에 알고 보니 어머니는 유엔군에게 금성지역의 중공군 배치도와 군사시설, 이동 경로 등 이북 지역 정보를 공유해 주고 있었단다. 군인들은 사방이 지뢰로 널려 있는 곳을 어떻게 아이들을 데리고 여기까지 왔느냐며 연신 놀라워했다. 어머니는 탱크 자국을 따라 남쪽으로 내려왔노라 한다. 군인들도 그 지략에 감탄했음은 물론이다. 내 어머니지만 대단한 분이 아닐 수 없다. 언제나 어머니는 내 예상을 뛰어넘는다. 가끔 어머니가 남자로 태어났다든가 요즘 시대에 태어났으면 무엇을 하고 계셨을까 하는 재미난 상상도 해본다.

묶여버린 발, 날개가 있다면

 이후 우리는 유엔군의 안내에 따라 트럭을 타고 춘천의 피난민 수용소로 가게 된다. 트럭을 처음 탔을 때의 신기함이 지금도 선명하다. 바퀴가 구르면 사방의 산과 나무가 우리와 반대로 달리고, 바퀴가 멈추면 세상도 함께 섰다. 그 어마어마한 속도감은 또 어떤가. 우리를 덮친다 싶으면 어느새 저 멀리 달아나 있던 숲의 풍경들, 그 최초의 경험은 여전히 못 잊을 기억으로 남아 있다. 유엔군은 우리를 수용소에 데려다주면서 국군에게 우리의 신병을 인계해 주었다. 먹을 것도 두둑이 챙겨주고 피난민등록증도 발급해주라 지시를 했었는데, 웬걸, 수용소에서 우리를 안내해 주겠다며 짐을 맡은 사람들은 우리가 받은 것들을 죄다 가져가서는 팔아치워 버렸다. 춘천에서 기차를 타고 청량리로 가면서, 우리는 그것을 얼마나 원망했는지 모른다. 나라가 두 쪽이 나서 난장판이 되었는데, 우리끼리 서로 돕지는 못할망정 뺏고 앉았으니 남의 나라의 지원과 구호를 받고 있는 입장에서 한없이 창피한 것이다. 속상한 마음은 우리가 피난길을 떠돌며 굶주릴 때마다 다시금 억울하게 떠오르곤 했다. 우리가 막연히 이런저런 끼니 걱정들을 하고 있을 때 어머니는 춘천 피난민 수용소에서 우연히 지인을 만나 아버지의 행방을 입수해 왔다. 작은외삼촌의 친구였는데, 아버지가 서울 종로구 창신동의 큰외삼촌 집에 머물고 있다는 소식이었다.

평양에서 함께 살다가 군인이 되어 만주로 징집되어 떠났던 어머니의 친동생 영근이 일찍이 남하해 두 이복동생과 함께 창신동에 자리를 잡았던 것이다. 아버지는 물론 동생들의 생사와 안부까지 동시에 확인한 순간이었다. 어머니가 이때 느꼈을 깊은 안도감은 도저히 헤아릴 수조차 없다. 우선 모두가 살아남았음에 감사를 드리고, 우리가 어디로 가야 할지 하나의 단서를 주심에 또 감사했다. 하지만 갈 길은 멀기만 했다. 생각해보라, 지금처럼 전화를 넣을 수도 없고, 주소가 정확하지 않으니 편지를 부칠 수도 없었다. 우선 서울지역 통행을 마음대로 하려면 신분을 인증할 난민증이 필요했다. 청량리에서 창신동이 코앞인데 난민증이 없으면 갈 수가 없단다. 듣기로는 한강 이남의 안양으로 가면 난민증을 발급받을 수 있다고 했다. 선택권이 있나, 창신동에 가려면 그리해야 하는 것이다. 우리는 그렇게 창신동을 코앞에 두고 한강을 건너 안양 피난민 수용소로 가야 했다. 그때는 마냥 여행하듯 철모르고 어머니 치맛자락만 붙잡고 다녔는데, 서울 지리를 훤히 아는 지금은 그것이 얼마나 기가 막힌 일이었는지 웃음이 나온다. 고생한 어머니에게 괜스레 내가 미안해지는 것이다.

안양 피난민 수용소는 춘천 수용소와 비교도 안 되게 넓었다. 폭격으로 폐허가 된 학교 안에 끝없이 펼쳐진 수많은 거적때기들 아래로 몸만 겨우 가린 피난민들이 있었다. 우리도 그 중의 일원이 된 것이다. 누울 자리는 주어졌지만 생계는 알아서들 꾸려야 했다. 어린 우리들은 거적때기 주변을 맴돌고, 작은아버지 내외와 어머니는 하루 꼬박 일을 하러 다녔다. 그 와중에도 어머니는 창신동으로 갈 궁리를 끊임없이 하고 있었다. 춘천 피난민수용소에서 그랬듯이, 어머니가 이곳에서 가장 먼저 한 일은 아는 사람을 찾는 일이었다. 지금처럼 초연결, 초밀집 정보사회에서는 모든 것을 데이터로 손쉽게 제공받지만, 그 당시는 아주 사소한 귀동냥을 하는 것도 오직 사람을 통해야만 가능했다. 난민증만 발급받으면 다 해결될 줄 알았는데, 한강을 통행하는 데에는 그것마저도 무용한 것이었다. 어머니는 창신동으로 갈 수 있는 방법, 이곳에서 조금이라도 더 나은 생활을 할 수 있는 방법을 찾기 위해 백방으로 뛰어다녔다. 가을이 저물어갔고, 밤에는 지독한 추위가 찾아왔다. 콘크리트 바닥에서 거적때기 하나만 걸치고 있다가는 모두가 얼어 죽을 지경이었다. 며칠이 지났을까, 어머니는 우리를 어느 움막으로 데리고 갔다. 어머니의 금성공립보통학교 남자 동창이 거주하는 곳이라고 했는데, 그곳도 사실 보기에 그리 썩 좋은 환경은 아니었다. 하지만 곧이어 지붕이 있는 것과 없는 것에 대한 어마어마한 차이를 깨닫게 되었다. 거적때기 생활은 그만큼 사람의 사생활을 인격 없이 고스란히 노출해야 하는 일이었다. 움막에 들어오고서부터야 나는 우리가 그동안 얼마나 처참히 발가벗겨져 있었는지를 알게 된 것이다.

하지만 그곳에는 추위보다 지독한 그들의 냉대가 기다리고 있었다. 그 때문에 어머니를 포함한 우리 모두는 그곳에서 허리 한번 못 펴고 기가 죽어지냈다. 어머니의 동창만 허락했을 뿐이지, 그 가족들은 아무도 동의하지 않은 더부살이였다. 우리가 오면서부터 주인 부부의 싸움은 날로 커졌다. 움막은 그 집 식구들의 누울 자리를 제하면 나와 성남이, 딱 어린애 둘 정도의 자리만 있었고 어머니와 작은아버지 부부는 여전히 움막 밖에서 거적때기 생활을 해야만 했다. 냉대에도 불구하고 아이들은 어떻게든 추위로부터 지켜야 했던 것이다.

동창의 아내는 남편이 데리고 온 어머니를 싫어했고, 그 집의 딸은 나를 싫어했다. 나가라는 소리를 한 치의 망설임 없이 우리에게 퍼붓곤 했는데, 나는 그럴 때마다 지지 않고 우리 엄마가 그동안 갖다준 음식들을 다 토해내라며 날을 세워 싸우곤 했다. 그럼에도 얼마나 단순한지 낮이 되면 그 집 아이들과 더불어 놀았는데, 소꿉놀이를 할 때 나는 그 애의 소꿉보다 훨씬 성대한 살림을 차려 동생을 지어 먹였다. 말은 안 해도 통하는 게 있었는지 어린 성남이도 나와 한뜻이 되어서는 지지 않고 야무지게 먹는 시늉을 했다. 우리 부모 세대가 그랬듯, 우리도 힘들 때 의지할 곳이라곤 핏줄밖에 없었던 것이다. 그리고 밤이 되면 그들 부부 틈에서 성남이를 끌어안고 잠을 청했다. 그런데 언제부턴가 몇 날 며칠을 기다려도 어머니가 돌아오지 않았다. 커다란 트럭이 우리를 데리러 올 때까지, 우리는 더욱 치열하게 서로를 챙기며 자존감을 키워야만 했다.

장남 〈박성남〉, 하드보드에 유채, 28×20.5cm, 1952

그동안 어머니는 한강을 건널 계획을 하고 있었다. 한강철교를 지나 창신동으로 직접 가기로 마음먹은 것이다. 당시 안양 피난민 수용소에서는 영등포의 한강 자갈밭으로 모래를 추스르는 노역을 배정해 데려가곤 했었는데 어머니가 작은어머니와 그곳을 지원해 간 것이다. 강변에서 허리가 휘도록 자갈을 추리면서도 어머니의 눈에는 강을 가로지르는 한강철교밖에 보이지 않았다고 한다. 강 건너 눈길 닿는 곳이 내가 갈 곳인데, 날개가 없는 게 천추의 한이다. 해가 저물고 노역도 끝났지만, 어머니는 작은어머니와 함께 속만 태우며 하염없이 강 건너만 바라볼 뿐이었다. 지성이면 감천이라 했던가, 가끔 이 모든 피난의 여정이 단순한 우연이 아니라 어머니의 소망과 믿음이 만들어낸 결과는 아닌지 늘 생각해본다. 그러지 않고서 어떻게 이렇게 매번 막다른 길 속에서 새로운 문이 하나씩 열릴 수 있을까? 그 강가에 한 맺힌 두 여인의 사연이 궁금했던 사람이 누군가 있었을 줄이야. 어머니의 딱한 사정을 들은 그분은 한강을 오가는 트럭 운전사를 소개해 주었다. 트럭 운전사는 돈 2만 원을 내면 짐 무더기로 몸을 위장해 강을 건너다 주겠노라 했고, 돈이 없던 어머니는 울며불며 통사정을 했다. 창신동에서 남편을 만나기만 하면 모든 것을 갚을 수 있노라, 어찌나 간절했던지 북한군에게도 뺏기지 않던 시계까지 내보이며 애걸했다고 한다. 그리하여 어머니 홀로 위험한 도강이 시작되었다. 철교 위 검문소에서는 다리를 지나는 모든 트럭을 세웠다. 수색을 위해 긴 꼬챙이로 짐칸을 푹푹 찌르는 것이다. 운전사는 모르는 척 태연하게 앉았고, 어머니는 미리 전해들은 대로 숨 쉬는 소리까지도 시체를 흉내 냈다. 하늘이 도우셨다. 트럭이 다시 움직인 것이다. 무사히 도강에 성공한 어머니는 한강철교 북단에 도착해서도 수많은 우여곡절을 거친다. 주소도 불명확한 상태에서 창신동에 사는 내 동생 김영근, 이 단서 하나만으로 온 동네를 수소문하며 다닌 것이다. 꼴은 남루하고 먹은 것 없이 앙상해 누가 봐도 그 몰골이 거지였다. 하지만 고비 때마다 측은지심만으로 친절을 베푼 사람들이 나타났고, 단서는 단서를 물어다 주었다. 그 결과 그 난리 통에도 기적처럼 천신만고 끝에 창신동 외삼촌 김영근의 집에 도착했던 것이다.

그토록 보고 싶던 그리운 사람들

눈을 뜨면 컴컴한 움막이고 밖을 나가면 또 온 사방이 움막 천지였다. 수많은 움막과 하꼬방들이 줄을 지어 늘어져 어딜 쳐다보아도 피난민들이었는데, 우리 어머니만 안 보였다. 성남이는 시무룩해졌고, 조금이라도 엄마를 닮은 사람을 보면 반사적으로 고개를 돌렸다. 엄마는 언제 와요, 물으면 작은어머니는 늘 아빠를 찾으러 갔다고만 했다. 그러면 나는 그 말을 받아 성남이에게 엄마가 지금 아빠랑 있대, 하며 달래주는 것이다. 엄마는 단 한 번도 실패한 적이 없다. 나는 늘 어머니가 하셨던 대로 작은 두 손을 모으고 기도를 했다. 그것이 사실상 어린 내가 할 수 있는 일의 전부였다. 그러던 어느 날 실제로 기적과도 같은 일이 우리 앞에 일어난 것이다. 어머니 아버지가 보낸 사람들이 우릴 찾으러 왔던 것. 커다란 군용 트럭이 와서는 박원근 씨 가족을 찾는 것이다. 내리는 군인이 왠지 낯이 익다 했더니, 작은아버지가 냉큼 일어나 뛰어가더니 울상이 되어서는 서로 안부를 묻고 야단이 났다. 알고 보니 그분이 바로 금성 외가의 외삼촌 중 한 명이었던 것이다. 그 멋진 군인은 우리를 번쩍 들어 안고는 군용 트럭에 태웠다. 난민촌의 모든 새카만 얼굴들이 일제히 우리를 쳐다보았다. 우릴 괴롭히던 계집애의 가족들도 움막

앞에서 트럭 위의 우리를 망연하게 바라보고 있었다. 그런데 그 곁으로 외삼촌이 다가서더니, 어머니의 동창이었던 그 애 아버지에게 정중히 고개를 숙이며 봉투를 내미는 것이 아닌가! 그것은 아주 통쾌하고 짜릿한 보답이자 복수였다. 그 순간 마음을 옥죄었던 묵은 체증이 시원하게 내려갔다. 그리고 트럭은 미련 없이 떠났다. 그렇게 나의 짧다면 짧고 길다면 긴 피난 생활도 끝이 났다. 부모님을 만나러 간다는 사실만으로도 벅찬데, 내 뒤에 이런 근사한 어른들이 계신다는 것은 또 얼마나 자랑스럽고 다행한 일인가. 나는 어찌나 기분이 좋은지 어린 나이에도 한없이 감사 기도를 드렸다.

우리가 그토록 돌아왔던 먼 길을 외삼촌은 어떤 걸림돌도 없이 일사천리로 달려서는 어머니가 주문처럼 외우던 창신동에 도착했다. 큰외삼촌이 군대에서는 제법 높은 직위에 계셨기 때문이다. 평양 시절 때도 한 번 언급되었지만, 성격이 괄괄하고 사나운 큰 외삼촌은 군인이라는 직업이 너무 잘 어울리는 분이다. 만주로 징집되어 가신 후 어떻게 국군이 되어 부하를 거느리고 계급을 쌓으셨는지는 왠지 안 봐도 알 것만 같다. 외삼촌의 집 앞에서는 이미 우리를 맞기 위해 사람들이 나와 있었다. 엔진소리가 여전히 털털거리는 가운데 사돈들 간에 한바탕 경쾌하고 시끌벅적한 만남이 일어났다. 나는 이 소음들이 웃음소리인지 울음소리인지 도무지 구분할 수가 없고, 아버지가 우리 얼굴을 그 커다란 손으로 한참 일그러뜨리더니 부둥켜안고 흐느끼던 것이 생각난다. 나는 지금도 그 순간, 내 어린 몸에 와닿던 아버지의 커다랗고 떨리는 손과 흐

느낌을 잊을 수가 없다. 그래도 내심 더욱 반가웠던 건 아버지보다 어머니가 더 했는데, 어릴 적 보던 고운 치마저고리를 입고 머리에는 단정한 쪽을 지고는 두 팔을 활짝 펼치시더니 하늘에서 내려오듯이 안아주시는 거다. 천사는 이렇게 세상에 내려오나 보다. 우리 식구가 비로소 모두 함께 무사히 전쟁의 미로를 빠져나온 것이다.

그날 밤 아버지는 우리를 마치 베개처럼 꼭 끌어안고 주무셨다. 그 크고 무거운 팔이 밤새 답답하기는 했으나 나는 그대로 그 사랑에 갇혀서 잠이 들었다. 기분이 좋았다. 아버지는 어머니를 만난 후 우리가 살아 있다는 소식을 전해 듣고서 미제 껌, 초콜릿, 사탕 등 우리가 좋아할 만한 것들을 열심히 모아놓으셨다. 그래서 우리는 매일 마당에서 볕을 받으며 아버지랑 성남이랑 달콤한 것들을 하나하나 까르륵 벗겨 먹곤 했다. 어머니는 한가로운 우리와 달리 거기서도 분주했다. 마치 명신당에 외삼촌이 들어와 지내던 때처럼, 이제는 반대로 어머니가 외삼촌 집으로 들어가 올케들의 집안일을 돕는 것이다. 작은아버지네 식구들도 이곳에 함께 머물던 터라, 동서지간인 어머니와 작은어머니는 살림에 있어 마치 손발이 하나가 된 듯 척척 움직였다. 분명한 서열이 있긴 했지만, 여자들이 만들어 내는 집안의 분위기란 절대로 남자들의 그것처럼 딱딱하거나 삭막하지 않았다. 온 집안에 웃음소리와 온기가 가득했다. 거기에는 어린 우리들도 한몫했음이 틀림없다.

나중에 사정을 들어보니 우리가 피난민 수용소를 전전하는 동안 아버지는 홀로 남하에 성공한 뒤 여러 지역을 떠돌다가, 군산의 부두 노동자로 일하며 약 1년간 그림을 그리셨다고 한다. 많고 많은 지역 중에 왜 군산인지는 모르겠지만, 금성에서 그렇게 우리들과 생이별하고 망연하여 떠돌아다니던 그 시절은 아버지에게도 말할 수 없는 고통의 시간이었다. 우리가 그러했던 것처럼 아버지도 엄마를 닮은 사람만 보면 당신도 모르게 그 발길을 뒤따르고 있었다는 것이다. 그러고 보면 아버지는 참 많은 곳에서 그림을 그렸다. 양구에서 춘천으로, 또 금성에서 평양으로, 그리고 군산에서 서울까지, 남북을 넘나들며 수많은 지역의 풍경을 그려낸 것이다. 엄밀히 말하면 그 지역의 삶과 사람을 그렸다고 할 수 있을 것이다. 그런데 그 어마어마한 양의 습작과 그림들은 다 어디로 갔을까. 전쟁 통에 몸 하나 건사하기 바쁘니 매번 그 지역 곳곳 어딘가 꽁꽁 숨겨두고 떠나셨다고는 하는데 오늘날엔 이것이 숨은 보물찾기가 되어 미술 애호가들에게 상상의 나래를 불러일으키는 모양이다. 어쨌든 비교적 통제가 덜한 남쪽에서는 전쟁을 비롯한 시국 상황을 신문으로 꾸준히 확인할 수 있었기 때문에, 아버지는 매일 아침 신문을 들여다보며 금성에 남은 사람들이 제발 남쪽으로 내려왔기만을 바랐다. 휴전이 되고 남과 북의 통로가 완전히 막힌 이후부터는 다시 만날 수 있을 거라는 확신조차 힘을 잃기 시작했다. 북으로 가는 길은 아예 막혔고 어떻게든 남쪽에서 만나기를 학수고대해야만 했다. 온 신문이 지역의 피난민 수용소를 특필하고 있었다. 아버지는 더 이상 떠돌고 있어서는 안 되었다. 어머니가 찾아올 만한 곳에 먼저 가 있어야 했다. 그 길로 아버지는 부랴부랴 부두 일을 청산한 후 창신동 외삼촌 집으로 들어가

애타게 어머니 소식만을 기다렸다는 것이다. 마침 춘천 피난민 수용소에 금성 명신당 사람들이 있더라는 정보가 들어온 터라, 작은외삼촌은 이후부터 강원도 동해안 부근의 피난민 수용소를 샅샅이 뒤지며 어머니를 찾고 있었다고 한다. 행방은 알 수가 없고 짚이는 단서라곤 없으니 아버지는 방에 틀어박혀 베갯잇이 다 젖도록 울기만 했단다. 어쩌면 목적지와 지푸라기 같은 단서라도 있었던 어머니가 아버지보다 견디기 쉬웠을까. 외삼촌네 식구들이 말하길, 어머니가 그날 안 돌아왔으면 네 아버지는 미치든지 죽든지 지금쯤 둘 중 하나가 되었을 거라 하신다. 그 덩치 큰 아버지가 얼마나 홀로 궁상맞은 밤을 보냈을지, 그것을 상상하는 나는 아버지가 가엾어 죽겠다.

한편 어머니는 한강철교를 건넌 뒤 창신동 거리를 헤매며 만나는 사람마다 큰외삼촌 김영근의 이름을 물었다고 한다. 흔히 우리가 우스개로 말하는 '한양에서 김서방 찾기'는 적어도 어머니에겐 농담이 아니었던 것이다. 돈은 없고 먹은 것은 없지, 피난민 수용소를 전전하며 자갈 고르던 낡은 옷차림으로 머리는 헝클어져서 짐도 없이 이틀을 꼬박 거리를 정처 없이 돌아다니는 여인을 생각해 보니, 내가 그곳에 있었어도 도대체 저 여인은 무슨 사연일까 궁금하지 않을 수가 없다. 그러자니 영등포에서 트럭을 태워준 기사의 심정도 이해가 되는 것이다. 어머니의 애처로움은 하늘도 움직이게 만들었던 모양이다. 또 한 번 신기하게도 묘한 인연이 나타나 외삼촌의 직업이나 가계도, 인물묘사가 거의 흡사한 사람이 산다는 집을 일러준 것이다. 어머니가 그 집 대문 앞에 다가가 여기가 맞나, 처연히 서 있는데, 집안에서 우연히 나오던 누군가가 고모님! 외치며 먼저 와락 어머니 손을 붙든다. 집안에는 누님이 살아 돌아왔다면서 난리가 났는데, 이때 어머니는 천지개벽에 비견할만한 요란한 수선 속에서 우두커니 선 아버지와 재회한다. 꿈인지 생시인지 분간도 안 되는 가운데 가장 감격해야 할 두 분이 반응도 없이 장승처럼 마주 보고 한참을 그렇게 서 있었더란다. 나중에 두 분에게 그때 왜 그러고 서 있었냐 물어보니, 어머니는 지금 앞에 선 사람이 귀신인가 싶어 몸이 얼었다 하시고, 아버지는 계산대로라면 도합 네 명이 와야 하는데 어머니 혼자 돌아와 서 있으니 이거 큰일 났구나 싶어 혼이 나갔던 것이라고 하셨다. 두 분 모두 직감적으로 최악의 수를 생각하고 계셨던 것이다. 늘 그렇듯 어머니가 먼저 다가가 "왜 그러고 섰소." 하니 아버지는 대답 대신 눈물만 줄줄 흘리며 그저 어머니의 작은 머리를 가슴에 파묻고 매만질 뿐이다. 차마 당신 입으로 애들은 어디 갔느냐 묻지를 못하신 것이다. 그냥 갈수록 곡소리만 커지고 이윽고 대성통곡으로 변하는데, 어머니가 가슴팍에서 고개를 빼 들고 "애들이 지금 난민수용소에 있소," 하니 아버지는 그런 어머니를 멍하니 바라보다가 또 한 번 어흥, 하며 안도와 기쁨의 울음을 터뜨렸단다. 아버지도 참, 우실 땐 정말 순진한 곰같이 꺼이꺼이 우셨다. 감정을 잘 드러내지 않는 조용한 분이, 이 냉탕과 열탕을 오가는 궁극의 감정 속을 어떻게 헤어 나오셨을까.

어머니는 이렇게 외삼촌 집에서 몸을 추스르고, 동생들을 일러 안양 피난민수용소에 있는 작은 아버지 내외와 우리들을 데려오라 이른다. 그리고 담보도 없이 은혜를 베풀어준 모든 사람에게도 잊지 않고 들러 감사를 전하라 하셨다. 우리는 그렇게 창신동에 오게 된 것이었다.

외삼촌들이 없었으면 어쩔 뻔했을까. 아니, 이 피난의 행렬에 참여한 누구 하나 궤도에서 벗어났다면 우리는 어떻게 됐을까. 지금 시대에는 사돈에 팔촌이라면 도무지 나랑은 관련이 없는 것 같고 이웃사촌은 볼 것도 없이 남이 되어버렸지만, 그 시절에는 그 정도 인연이면 가족으로 족했다. 가끔은 내 일고여덟 살을 떠올리며 전쟁고아라는 단어도 떠올려본다. 분명히 같은 시대에 홀로된 아이들도 있었을 것이다. 그 아이는 또 어떤 인연들을 만나 지금의 내 나이를 맞이했을까. 나는 나의 무사함에 늘 감사한다. 지금 돌아보면 그 시절 우리에게 소금 한 숟갈을 나눠 주었다거나 단순히 방향을 알려줬던 사람들, 심지어 천덕꾸러기로 눈칫밥을 주던 미운 인연까지도 모두가 고맙게 느껴진다.

세계가 내 고향을 전쟁터 삼고 주사위 대신 이웃의 운명을 갈가리 내던졌던 치욕스러운 전쟁이었다. 포탄이 떨어진 자리엔 영문 모를 서러운 우애들만 남았다. 현대를 사는 옛날 사람들, 전쟁을 지나온 사람은 그것을 안다. 이웃사촌은 괜한 말이 아니다. 절대로 또다시 일어나서는 안 되겠지만 비극이 되풀이된다면 비로소 알게 될까. 우리를 둘러싼 타인들이 사실은 얼마나 서로에게 밀접한 존재들인지 말이다. 나는 민족이라는 단어가 가족이라는 단어와 닮아 좋다.

4장

창신동

화가의 첫 출근, 미군 PX

창신동에 온 가족이 모인 후로, 아버지는 이대로 외삼촌 집에 머무를 수 없다고 판단하시고 한시바삐 일자리를 구했다. 군식구로 더부살이를 해보니 평양 시절 동생들을 돌보며 고생했던 시절도 생각나고, 동생인 작은아버지네 식구도 처남네의 도움을 받고 있으니 어떻게든 빨리 자립과 정착을 해야 했던 것이다. 큰외삼촌 집이 그 시절 다른 사람들보다는 비교적 빨리 자리 잡았다고는 하나 그렇다고 염치없게 마냥 편히 있을 수는 없었다. 이 집엔 더구나 이제 막 태어난 아기도 있었고 작은외삼촌 둘까지 머물던 터라 외숙모들과 합하면 보통 규모의 살림이 아니었다. 홀로 얹혀 있었을 때도 미안함이 없지 않았는데, 눈물의 상봉 이후 아버지에게 딸린 식구만 순식간에 대여섯이 되었으니 처남에게 가지는 부담감과 난처함도 머릿수만큼이나 불어났을 것이다. 기억 속 아련히 신혼 시절 어머니가 이 같은 마음으로 심경을 토로했던 편지들이 떠오른다. 갈 곳 없는 큰외삼촌 영근이를 명신당에 데려와야겠다 하시고서 줄곧 맘고생 했던 것을 말이다. 아버지는 어머니를 따뜻하게 토닥여주었던 그 날들을 사실은 그날에야 몸소 깊이 공감하고 아파할 수 있었을지도 모른다.

아무려나 아버지는 창신동 외삼촌 집에서 그림 그리는 일을 다시 시작하셨다. 우선은 혜화동의 화방을 통해 그림들을 내다 팔다가, 화방 주인인 이상우 화백의 알선으로 미군범죄수사대인 CID에서 새로운 일을 시작하게 된다. 수사 정보 관련 삽화나 자료 그림들을 그려주는 일이었다. 그 후 우리는 어렵사리 돈을 모아 형편이 허락하는 대로 곧바로 창신동 어귀의 빈집으로 이사를 했다. 그 무렵엔 주인은 있으나 피난을 떠나고 텅 빈 집들이 제법 있었다. 우리는 집을 장만할 때까지 그런 집들을 물색해 집주인에게 세를 들어 살았다. 집주인이 나가 달라는 기별을 보내면, 또 그런 빈집을 물색해 이사를 했다. 소설가 박완서 선생님이 우리 아버지를 묘사했던 소설 '나목'의 이야기도 이 무렵의 집을 배경으로 시작된다.

이렇게 집 없는 생활을 하면서 아버지는 홀로 계실 적 당신이 빈털터리였다는 사실을 두고 도대체 왜 나는 그동안 돈을 안 모았던가, 혼자 자책하곤 하셨다. 하지만 결론적으로 나는 그 사실에 전혀 개의치 않는다. 나는 그런 아버지가 좋을 뿐이다. 우리 아버지는 그냥 그림을 그리는 사람이면 되었다.

이듬해 나는 아홉 살이 되었다. 남들보다 1년 늦게 초등학교에 들어가게 되었고, 아버지는 일터를 미군부대 PX 내 초상화실로 옮겼다. 당시 서울에는 많은 미군이 주둔하고 있었다. 고향을 떠나온 미군들은 본토의 가족들에게 선물을 보내기 위해 화가들에게 자신의 얼굴이나 가족들의 얼굴을 스카프나 손수건 등에 그려달라는 의뢰를 하고는 했는데, 아버지는 그 화가들 중 한 사람이었다. 아버지와 박완서 선생님과의 교류도 여기서 시작된다. 두 분이 같은 일터에서 함께 근무했던 것이다. 아버지를 묘사한 소설가 박완서 선생님의 글은 당시 아버지의 근무환경이 어떠했는지, 또 아버지가 어떤 분이었는지를 잘 알려주는 또 하나의 중요한 기록으로 남아있다.

초상화부엔 다섯명 정도의 궁기가 절절 흐르는 중년 남자들이 그림을 그리고 있었는데, 업주는 그들을 훗두루 간판쟁이들이라고 얕잡아 보고 있었다. 전쟁 전엔 극장 간판을 그리던 사람들이라고 했다. 박수근 화백도 그중 한 사람이었다. 나는 그가 딴 간판쟁이와 다른 점을 전혀 알아보지 못했다. 그의 염색한 미군 작업복은 매우 낡고 몸집에 비해 비좁았고 말이 없는 편이었다. 내가 초상화부에서 할 일은 물론 그림을 그리는 일이 아니었다. 화가를 뒷바라지하면서 미군으로부터 초상화 주문을 맡는 일이었다. 그 일은 물건을 파는 일보다도 훨씬 어려웠다. 영어도 짧은 데다가 꿍하고 교만한 성격도 문제였다. 오죽했으면 식구가 다 굶어죽는 한이 있어도 그만두어버릴까 보다고 매일 아침 벼를 정도였다. 나에겐 전혀 맞지 않는 일이어서 그림 주문이 거의 끊기다시피 했다. 업주가 무어라고 하기 전에 화가들이 아우성을 치기 시작했다. 나는 월급제였지만 그들은 작업량에 따라 일주일에 한번씩 그림삯을 타가게 되어 있었다. 내 식구 뿐 아니라 화가들 식구의 밥줄까지 달려 있다는 무서운 책임감이 조금씩 내 말문을 열게 했다. 화가들이 다들 나에게 불평을 할 때도 그는 거기 동조하는 일이 없었다. 남보다 몸집은 크지만 무진 착해 보여서 소 같은 인상이었다. 착하고 말수가 적은 사람이 자칫하면 어리석어 보이기가 십상인데 그는 그렇지가 않았다.

초상화 그리던 시절의 박수근 中. 박완서

현재 명동에 위치한 신세계 백화점은 당시 미군 PX 건물로 사용되었다. 박완서 선생은 이곳의 월급제 영업 사원이었던 셈인데, 반면 현장의 화가들은 건별로 수입이 생기던 용역직이어서 그분이 적극적으로 영업을 뛰지 않으면 하루 종일 수입 없이 허탕을 쳐야 했던 모양이다. 남의 지갑을 열기가 어디 쉽나, 사람 상대로 하는 장사가 얼마나 어려운지 영업직의 곤란한 사정도 빤하고, 자식들 건사하기 위해 아침 댓바람부터 나와 일감을 기다리고 앉아 있는 화가들 처지도 훤히 들여다보인다. 그 화가들 속에서 우직하게 앉아 일감을 기다리고 있는 내 아버지를 상상해 보노라니, 어머니가 얻어다 주었던 남색으로 염색된 빳빳한 미군 작업복, 가장이라는 중압감 속에서도 마냥 평화롭게 미소짓던 표정까지 모든 게 다 그리워지려고 한다.

사실 우리 집은 아버지가 이곳에서 벌어온 수입으로 장만했던 것이었기 때문에 이런 사실을 몰랐던 나는 어릴 때만 해도 아버지

미8군에서 운영하던 PX 초상화부 시절, 왼쪽부터 도예가 황종례, 서양화가 석선희, 박수근

의 직업이 꽤나 좋은 줄로 잘못 알고 있었다. 지금에 와서 생각해 보니 아버지가 다른 간판장이들과 마찬가지로 편견이나 괄시를 받으며 일을 하셨다는 사실은 나를 무척 속상하게 한다. 물론 아버지가 그들 사이에 있는 것을 수치스러워할 분은 아니다. 다만 내가 분노하는 지점은 화가가 간판장이와 같은 취급을 받았다는 데 있는 것이 아니라 간판장이들을 그런 시선으로 바라봤던 업주의 비인간성이나 미개한 시대성에 있는 것이다. 거기에 있어서는 아버지나 어머니도 반드시 나와 같은 생각을 하셨을 것으로 믿는다. 어쨌든 당시 아버지에게 있어 세상이 간판장이를 어떻게 바라보느냐 하는 것은 그다지 중요한 문제가 아니었다. 당시로써는 생존하는

것이 급선무였고 아울러 부양에 대한 책임감이 최우선이었으며 그나마 화가였던 덕분에 그림 그리는 기술로 돈을 벌 수 있다는 사실에 안도하는 것이 먼저였다. 화가들 사이에 나란히 앉아 가만히 초상화를 그리는 아버지의 모습을 상상해 본다. 낯선 외국인의 사진, 그리고 바다 건너 있을 누군가의 삶을 가늠하며 눈 코 입을 스케치하는 일상. 어쩌면 몽상적인 기질의 아버지에겐 제법 재미있는 일이었을지 모르겠다. 당시 초상화실의 근무환경을 찍어둔 사진을 보면 거기에는 아버지뿐만 아니라 이화여대 도예과 교수인 황종구 선생님과 남매였던 여류도예가 황종례 선생님도 한자리에 계신 것을 볼 수 있다. 초상화 작업이 간판장이들의 전유물은 아니었던 셈이다. 이분들을 다 간판장이로 매도할 정도면 업주도 예술에 있어서는 어지간한 문외한이 아니었던가 싶다. 한편 이 쟁쟁한 예인들 틈에서도 유독 아버지의 삶을 짚어 소설로 옮겼던 박완서 선생님에게 깊은 감사를 드린다. 마치 수많은 군중 속에서 누군가 내향기를 따라온 사람을 만난 듯 기쁘다. 내 아버지의 숨겨진 인간적 면모와 남다른 예술가적 기질을 동시대에 일찌감치 알아봐 주신 분이 아닌가.

기술이 있어 돈을 받고 구매자가 원하는 그림을 그린다는 것은 당장의 호구지책이 될 수는 있으나 작가로서의 창의성을 발휘하거나 보람을 느낄 수 있는 일은 아니었다. 자칫 예술가를 기능만 남은 화가로 전락시킬 수 있다는 점에서 아버지에겐 오히려 가혹한 고문에 가까웠다. 아버지가 어느 정도 돈을 모으고 집을 장만하신 이후부터 경제활동보다 작품 활동에 더 매진하신 것만 봐도 이 생활들이 얼마나 아버지를 지치게 했을까 하는 의심을 거둘 수가 없다. 어쩌면 차라리 다른 일을 했으면 했지 이 일은 더 이상 못하겠구나, 홀로 염증을 느꼈을지도 모른다. 실제로 아버지는 어느 날 갑자기 일을 관두시더니 다시는 PX에 나가지 않으셨다.

초상화를 하나 그리면 6달러를 받았다고 하는데, 그중 물감이나 재료값은 전부 화가가 부담하고, 그림을 망치거나 환불을 요구받았을 때 그것을 변제해야 하는 것도 오롯이 화가의 몫이었다고 한다. 따져보면 굉장히 심적인 부담을 요구하는 일이기도 했거니와 이것저것 비용을 제하고 나면 그리 큰 수입을 버는 일도 아닌 셈이다. 언젠가 나도 아버지가 이곳에 다닐 때 그리셨던 미군들의 초상화를 본 적이 있다. 서랍 속 주인 없는 몇 장의 뿌얀 손수건 귀퉁이에 그들의 얼굴이 새겨져 있었는데, 그렇게 넣어두신 걸 보면 환불을 요구했던 상품이거나 의뢰만 하고 대금을 주지 않은 그림일 수도 있겠다는 생각이 든다. 힘든 조건 속에서 다만 다행한 것은 주문이 끝도 없이 이어져 작업 물량만큼은 넘쳐났다는 사실이다. 그러고 보면 당시 열심히 영업을 담당했던 박완서 선생님도 우리가 집을 사는 데 의도치 않게 일조하셨구나 싶어 웃음이 난다.

우리는 봄날의 제비와 동향이라네

어머니는 이렇게 아버지가 벌어들인 수입을 한 푼도 쓰지 않고 전부 저축했다. 끼니는 피난민들이 배급받는 곡식으로 해결하고, 주인집에서 버리는 옷들로 우리를 옷 해 입히며 최대한 생활비를 줄였다. 그리하여 35만 원을 모아 창신동에 집을 장만하신 것이다.

내 집 마련의 기쁨이란 옛날이나 지금이나 전혀 다를 바 없다. 거처를 위협받는 일이 얼마나 고된 일인지는 가족 모두가 힘겨운 피난 생활을 통해 이미 깨우친 바 있다. 이제는 더 이상 쫓겨날 걱정도, 떠나갈 걱정도 없이 온 가족이 이곳을 거점으로 각각의 나래를 펼치면 되는 것이다. 그 옛날, 두 분이 결혼한 뒤로 만남과 헤어짐을 반복하며 다시는 떨어지지 않겠노라 다짐했던 어머니의 기도도 이렇게 실현되었다. 너무 오래, 또 너무 멀리 돌아왔지만, 결실이란 언제나 그런 긴긴 설움 탓에 더욱더 눈물겹고 자랑스러운 일이 된다.

창신동 이야기를 시작하려고 하니 신기하게 한 번도 떠난 적이 없는 고향에 다시 돌아온 것 같은 묘한 느낌이 든다. 정처 없이 우여곡절만 겪었던 고단한 어린 여정에, 내 지친 무의식이 깊은 마침표라도 찍듯 이곳 창신동에 단단히 뿌리를 내린 것이리라. 나는 열아홉이 될 때까지 창신동에서 살았다. 이사 한번 가지 않고 초중고교를 다 이곳에서 나온 것이다. 그러니 내 인생의 정서적 밑그림은 우리가 오순도순 모여 살았던 이 창신동에서의 추억이 그려낸 것이라고 해도 과언이 아니다. 내가 살면서 만들어낸 다양한 삶의 색채와 빛들이 전부 이곳에서 묻어나온 것들이다.

지금의 창신동이라 하면 동대문 뒤쪽에서부터 성벽 인근으로 언덕을 뒤덮는 끝없는 주택가를 떠올리게 되지만, 전쟁 직후의 서울 풍경은 그리 빼곡하지가 않다. 그래도 종로 주변으로는 제법 도심인 까닭에 북적북적한 마을이 형성되어있기는 했으나 창신동은 지리적으로 동대문의 밖에 위치했고 우리 집은 이마저도 비켜 있어서 집 주변에는 아무것도 없었다. 그저 논이요, 밭이고 커다란 나무들, 우리 집처럼 드문드문한 농가들이 서 있을 뿐이었는데, 하지만 이 덕택에 우리는 마을 초입에서부터 우리 집을 한눈에 알아볼 수 있었다. 사방 어디에서 보아도 점처럼 박혀 있는 그 집은 영락없는 풍경의 주인공이었다. 그러니 집에 도착하기도 전에 마을 초입에서부터 어머니를 만난 것처럼 마음이 편안해지는 것이다. 그것이 주는 느낌은 아버지도 나와 비슷했던지, 평소 표현이 없으셨던 아버지도 이 집에 대한 애착만큼은 아낌없이 표출하셨다. 저곳에 내가 사랑하는 처자식과 동생이 있다는 생각을 하면 먼발치에서부터 그렇게 집이 사랑스러울 수가 없노라, 두고두고 우리에게 말씀하신 것이다.

잠시 그날의 마당으로 들어가기 위해 눈을 감아본다. 아버지가 집을 장만하시고 창작에 몰두하시면서 마루에는 온통 크고 작은 그림들이 벽을 빈틈없이 가득 메웠다. 그러니까 그 벽에는 아버지가 화폭에 옮겨두신 우리 동네의 산과 개울, 소박한 나무와 이웃들이 죄다 모여 있었던 것이다. 나는 그것들을 채 의식하지도 못한 사이 자연스럽게 밖에서도, 안에서도 만났다. 우리 집 마루가 우리를 둘러싼 삶의 축소판이라고 할 수 있었던 것이다.

지금으로 치면 독특한 갤러리를 연상케 하는 이 마루를 중심으로 양쪽 끝에 방이 마주 보고 있었다. 안방에는 아버지와 어머니, 나와 성남이, 밑으로 성민이, 인애를 포함해 여섯 식구가 모여 살

창신동집 마루에 앉아 있는 박수근과 김복순 그리고 막내 인애, 1959

고, 10년 가까운 시간 동안 여러 객식구들이 건넌방을 거쳐 갔다. 북적한 우리 집 식구도 적다곤 할 수 없는데 객식구들까지 합치면 꽤 큰 식구였지만 아버지가 그림을 그리는 동안에는 어찌나 조용한지 집안은 평화로움 그 자체였다. 아버지는 이 안방 바로 앞에서 그림을 그리셨다.

아침 일찍부터 어머니가 빨래한 식구들의 옷을 마당 한 가득 널어놓으면, 볕을 받은 크고 작은 빨래들이 제 무게를 줄이며 더 크고 하얗게 나부끼곤 했다. 마당 가운데 수돗가에서 아버지가 커다란 등을 구부리고 물을 끌어올려 붓을 빨던 모습이 떠오른다. 여름날이면 어린 성민이가 그곳에서 물장난을 치며 흠뻑 젖어 있어 더운 집안에 청량감을 안겨주곤 했었다. 집안엔 늘 라디오 소리가 조그맣게 흘러나왔는데, 학교에 가지 않을 때면 우리도 그저 말없이 라디오를 들으며 마룻바닥에 누워 볕을 쬐곤 했다. 아버지가 그림을 그리실 때, 우리는 절대로 말을 걸거나 아버지 근처로 가서는 안 되었는데, 어린 성민이는 이것을 어겨 어머니에게 가끔 혼쭐이 나곤 했었다. 그 모든 시간들이 나는 그저 이유 없이 좋았다. 아버지도 그랬을 것이다. 아버지는 라디오에서 나오는 음악들을 곧잘 따라부르곤 하셨는데, 음치였던 탓에 마음처럼 멋들어지게 부르시진 못하고, 도무지 흥겨워 당신의 감상을 뽐내지 않고선 안 되겠다 하실 때는 하모니카를 꺼내 부셨다. 〈뻐꾸기 왈츠〉, 〈옛 동산에 올라〉, 〈다뉴브강의 잔물결〉 등을 즐겨 부르셨는데, 하모니카 소리가 시작되기 전 내 귓가에 대고 "인숙아, 나 이 노래가 너무 좋다. 잘 들어봐" 하고 말씀하신 소리가 지금도 귓가에 쟁쟁하다. 나는 그런 아버지 하모니카 반주에 맞춰 노래를 불렀다. 개인적으론 〈뻐꾸기 왈츠〉가 어쩌나 재미있는지 뻐꾹 뻐꾹, 몸을 들썩이며 뻐꾸기 흉내를 내곤 했는데, 그런 밤이면 멜로디가 입에서 떠나지 않아 잠들 때까지 흥얼거리다 어머니에게 한 소리를 듣고는 했다. 뻐꾸기 얘기를 하니 제비를 떠올리지 않을 수 없다. 지붕 처마 밑에 단단하게 달린 제비집에는 매년 봄마다 제비가족이 살림을 차렸다. 제비

창신동집 마루에 앉아 있는 박수근의 가족과 박원근의 가족

둥지엔 우리보다 더 많은 식구가 살았는데, 새끼제비들은 제 몸집만큼 입을 벌리고 엄마제비가 물어다주는 벌레들을 먹겠노라 서로 아우성이었다. 그렇게 자란 제비들이 골목과 마당을 낮고 재빠르게 날며 똥 세례라도 날리고 갈라치면, 우리는 똥을 맞은 당사자만 빼놓고 왁자하게 웃음을 터뜨렸다. 어린 제비들처럼, 이 집에서 우리 형제들이 다 나고 자랐다. 나는 성남이 밑으로 아홉 살, 열두 살 터울의 성민이, 인애를 동생으로 두었다. 잘 먹고 잘 자라렴, 어릴 때는 그 제비 둥지가 얼마나 인상적이었는지, 우리 부모님의 헌신이나 따뜻한 가정의 소중함을 거울처럼 새들에 비추어보며 되새겼다.

안방 맞은편 건넌방에는 작은아버지네 식구를 비롯해 외삼촌인 어머니의 이복동생들, 어머니와 각별했던 은숙 이모의 동생도 차례대로 머물러 우리와 한 지붕 생활을 하다가 나갔다. 작은아버지네 식구들, 그러니까 내 사촌들은 우리와 어찌나 친하게 지냈는지 분가를 하고 나서도 줄곧 우리 집에 왔는데, 나이가 들어 그 시절을 이야기하다 보면 나보다도 더 자세하게 이 시절을 기억하고 있어 놀랄 때가 많다. 사촌인 인화는 그때 우리 집 마당에 게사니(거위)가 살았다고 한다. 닭이 마당을 뛰어다녔던 것은 분명히 기억나는데, 그 성질 고약한 하얀 게사니가 우리 마당과 수돗가를 오갔다니 신기할 따름이다.

나는 자라면서 아버지를 닮아 굉장히 내성적인 소녀로 자랐다. 엄마의 친구였던 은숙 이모의 동생이 들어와 살 때 말하기를 인숙이 너는 너무 말이 없어 집에 있어도 없는 줄 알았다 하신다. 얼마나 조용했는지 처음 대화를 나누기 전까지 내가 벙어리인 줄 알았다고 말씀하실 정도다. 겉으로 표현하기보다 생각하는 시간이 많아서 그런지 나는 어릴 적부터 국어, 미술을 잘했다. 특히 국어 시간을 좋아했는데, 시 쓰는 것도 좋아하고 글씨도 잘 써 칭찬도 많이 받았다. 지금도 학창시절을 떠올리면 선생님이 매번 나를 일러 칠판에 글씨를 쓰도록 했던 기억이 난다.

창신동 집터는 지금도 변함없이 그 자리에 있다. 하지만 주변 환경이나 옛집 모습은 완전히 사라져 온전한 그때의 느낌은 찾아볼

창신동집 터, 2015

수 없다. 계속해서 집을 뜯어고치며 상가로 건물 용도를 바꾼 탓이다. 하지만 한쪽 벽면은 그대로 남아 있어 지금도 잘 살펴보면 그 시절의 흔적이 어렴풋이 남아 있다.

사촌 인화는 나보다 그 집을 더 좋아한다. 성인이 되어 다시 그 건물을 봤을 때 나는 무엇보다 그 규모에 놀랐다. 우리가 살던 곳이 저렇게 작았나 싶은 것이다. 더 이상 내가 작은 꼬마가 아니기 때문일 것이다. 머릿속 어린 날들은 여전히 동화처럼 남아 있는데, 나는 어느새 어른의 몸을 가졌다. 그럴 때면 어린 날을 만나는 반가움보다는 시절로부터 이토록 멀어졌구나, 하는 안타까움이 먼저 앞선다. 그곳을 지날 때면 지금은 누가 살고 있을까 궁금해진다. 공간과 사람의 만남도 사람과 사람의 인연만큼이나 각별한 것이 아닐까. 지금 그 곳에 어린 시절을 보내는 또 누군가가 있어 소중한 추억들을 만들고 있기를, 떠나온 옛집을 향해 조용히 기도해 본다.

치욕의 똥 사건

　창신동에 막 들어와 살 무렵의 일인데 미군과 관련된 두고두고 잊지 못할 치욕스러운 기억이 하나 있다. 당시 창신동 집 뒤편에서 멀지 않은 곳에 개울을 사이에 두고 미군 부대 철책이 길게 늘어서 있었는데, 이 경계를 따라 작은 초소들이 드문드문 위치하고 있었다. 성남이와 나는 등대 같은 곳에 웬 사람이 올라서 있으니 신기해 그것을 보러 갔는데, 미군 보초병도 그런 우리가 다가오는 게 재미있었는지 알아들을 수 없는 말로 우리를 불러 세웠다. 그러곤 아래쪽에 있던 병사들이 철조망 사이로 손을 뻗어 얼른 가져가라는 듯 초콜릿이며 껌, 사탕을 우리에게 보여주는 것이다. 말투며 표정도 위협적이지 않아 우리도 경계를 풀며 냉큼 그것을 받아왔는데, 그게 어찌나 맛있는지 날이 지나기 무섭게 또 가고 싶어지는 것이다. 그날부터 우리는 생각이 날 때마다 그곳으로 갔다. 미군들도 그때부터는 마치 오래 알고 지내던 사람처럼 우리를 친근하게 대했다. 그들이 알 수 없는 말을 하면, 우리도 우리대로 하고 싶은 말을 늘어놓고는 달콤한 것들을 받아왔다. 그런데 어느 날부터인가 그들이 우리를 대하는 태도가 미묘하게 변했다. 그들이 사탕을 던져주기 시작한 것이다. 때론 멀리, 때론 높게, 마치 개를 훈련하는 것처럼 요상한 소리를 내며 던지는 것이다. 처음엔 우리도 놀이 삼아 며칠을 그렇게 받아먹고 주워 먹기도 했는데, 어느 순간 그들의 웃음소리로부터 촉발된 알 수 없는 수치감이 내 목덜미 전체를 따갑게 덮쳐오는 것이다. 수치심은 끝 모르고 치솟는데 자존심은 바닥없이 꺼졌다. 나는 그 길로 성남이 손목을 붙잡고 집으로 돌아왔다. 영문도 모르는 채 대문으로 따라 들어오는 성남이가 내 말을 들었는지 못 들었는지, 나는 앞으로 다시는 가지 말자, 혼자 중얼거리며 분을 삭였다. 그런데 성남이는 그 후로도 그곳을 몇 번 더 갔던 모양이다. 언젠가는 성남이가 미군들에게서 받아왔다며 종이봉투 꾸러미를 가져왔는데, 우리가 그것을 풀어헤쳐 보았을 때 느낀 경악은 도저히 말로 풀어낼 수가 없다. 반쯤 식은 인분이었던 것이다. 처음부터 어찌 물컹하고 묵직하다 했지만 설마 이것이 들어있으리라곤 상상도 못 했다. 그때 느꼈던 굴욕감과 치욕은 여전히 강하게 살아 있어 그 일을 떠올릴 때마다 다시금 치밀어오른다. 지금도 미군이라 하면 경계심이 먼저 일어나는 것도 그 때문이다. 못 먹고 가난한 파병국의 아이들이 얼마나 우습게 보였을까. 그래서 나는 교육자로 일하는 동안 나라가 강해야 아이들도 제대로 클 수 있다는 생각을 하게 됐다. 그 시절의 모욕감을 지금 아이들에게 돌려주어서는 안 될 테니까 말이다.

그 시절, 창신동 화가의 집

　밤이 되면 우리 중 누군가가 이부자리를 깔았다. 한겨울이 아닐 때는 군대에서 쓸법한 국방색 담요를 방 전체에 깔고 잤다. 처음 창신동에 올 때는 네 식구가 나란히 누워 잤는데, 그로부터 약 3년 만에 식구가 여섯이 되어 방은 비좁아졌다. 아버지, 어머니 옆으로 인애, 성민이, 성남이, 그리고 내가 차례로 누웠다. 매일 밤마다 낮 동안 흩어졌던 온 집안 식구들이 한자리에 모이는 셈이다. 어린 동생들은 서로 한마디씩 말을 던지다 잠이 들었고, 어머니는 모두가 잠들었구나, 싶을 때에야 그날 있었던 일들을 조곤조곤 아버지에게 풀어놓았다. 아버지는 주무시는가 싶을 정도로 조용히 계시다가도 저런, 잘했네, 하며 어머니의 말에 나지막이 맞장구를 치곤 했는데, 나는 어둠 속에 눈을 깜빡이며 그런 두 분의 이야기를 듣다가 어느 순간 깊이 잠들어 아침에야 눈을 뜨곤 하였다. 이러니 집안엔 비밀이 있을 수가 없었다. 물론 내가 이해할 수 없는 어른들만의 대화도 있었겠지만, 어머니의 근심이나 걱정 같은 것을 직감적으로 자연스레 공유하다 보니 나는 불평불만보다는 현실을 빠르게 직시하는 성숙하고 어른스러운 아이로 자랐다.

　아버지는 굉장히 규칙적인 분이었다. 일과의 순서가 워낙 변동이 없고 하루도 어기는 법 없이 반복되어 누가 보면 마치 전역한 군인의 생활처럼 보일 정도였다. 아침에 눈을 뜨면 우리들을 깨우고 이불을 와락 들어 순식간에 개어 올리셨다. 좁은 방안에 담요가 이리 접히고 저리 접히니 우리는 누워 있을 수가 없었다. 잠이 화들짝 깨는 것이다. 그다음엔 방 한쪽 구석에 있는 요강을 소제하고, 화장실을 살펴본 뒤 일자가 지난 신문을 접어 일직선으로 길게 잘라서는 모두가 쓸 수 있도록 화장실에 걸어두었다. 세안을 하고 식사를 마친 뒤에는 아이들이 모두 빠져나간 집 마당에서, 오전 10시부터 이르면 오후 2시, 길면 4시까지 바위처럼 앉아 그림을 그리셨다. 그리고 이후엔 시내에 나가서 친구를 만나거나 전시회에 다녀오는 등 개인적인 볼일을 보고 저녁 늦게 돌아오셨다. 어머니는 아침 일찍부터 빨랫감을 챙겨 빨래터로 향했는데, 돌아오면 어김없이 그림을 그리고 있는 아버지 등 뒤에서 부지런히 빨래를 널었다. 그러면 아버지는 외출하시기 전에 이 빨래들을 고스란히 걷은 뒤 고운 색시처럼 단정하게 접어 마루 위에 올려놓고 나가시는 거다. 그런데 한나절 빨래가 다 마르는 긴 시간 동안 두 분은 함께 있으면서도 당최 대화가 없다. 어머니가 "식사하세요"라고 하면 "어", 아버지가 "갔다 올게" 하면 "다녀오세요" 하고 이 정도 몇 마디 말을 주고받는 게 전부인 것이다. 그런데 나는 이 단순함이 그렇게 정겨울 수가 없다. 두 분의 대화 사이에서 볕이 내리는 소리, 빨래를 말리는 바람 소리, 새소리와 라디오 소리 같은 것을 듣는다. 그 소리들이 풍경처럼 떠올라 두 분의 침묵을 채우면,

이런 사랑스러운 대화가 세상에 또 있을까 싶어 한없이 행복해지는 것이다.

오후가 되면 아버지는 시내에 있는 화랑이나 보리수 다방으로 갔다. 문인, 화가, 조각가 등 다양한 예술가들이 사랑방처럼 그곳에 다 모였다. 일전에 PX에서 함께 일했던 황종례 선생의 오빠인 도예가 황종구 선생님도 그곳에서 아버지와 어울리곤 하셨다. 술은 기분이 좋을 정도로만 드시고 많이 드시는 법이 없었다. 모두가 잠든 밤에 귀가하실 때면 잠든 우리의 코를 흔들어 깨우곤 하셨는데, 그럴 때면 아아아, 엄살을 부리면서도 오늘 아버지가 기분이 좋으시구나, 하며 만족해하며 다시 잠들곤 하였다.

박수근과 화우들

모든 돈을 집 사는 데 쏟아붓다 보니 먹을 것은 최소한의 비용을 들여서라도 해결한다지만, 의복에 돈을 쓰는 것은 아무리 생각해도 사치라고 생각하셨던 어머니는, 동네 반장 집에 가서 미국 사람들이 구호물자로 보낸 옷을 각각 식구별로 골라 가져오셨다. 앞서 박완서 선생이 아버지를 묘사한 것처럼, 아버지는 어깨가 꽉 끼는 듯 남색으로 염색한 미군 작업복을 입고 다니셨다. 이런 60년대 전후에나 입던 옷을 요즘 사람들은 야상자켓, 빈티지라는 이름으로 남녀 할 것 없이 입고 다닌다. 그러니 길을 가다가 젊은이들을 보면 문득 아버지 생각이 나지 않을 수가 없다. 게다가 그 당시 아버지가 한국 사람들 평균체형보다는 훨씬 컸던 탓에 몸에 맞는 사이즈보다 조금 작은 듯한 옷을 입고 다니셨는데 나름 착 달라붙는 그 스타일도 요즘처럼 세련된 맛이 있어 그 시절에 보기 드문 개성 있는 스키니 패션이 연출되었다. 또 하나는 홈스펀 재질의 모직 블레이저를 즐겨 입으셨는데, 아버지뿐만 아니라 작은아버지도 이런 빈티지한 옷을 즐겨 입으셨다. 당시 대부분의 사람이 서양 정장에 포마드로 머리를 넘겨 다녔던 것과는 완전 다른 스타일로, 형제가 그 동네에선 알아주는 멋쟁이로 늘 깃을 세워 다녔으니 눈에 띄지 않을 수가 없었다. 그것도 분명 엄마가 골라다 주셨을 텐데 어쩜 두 분이 그렇게 협의를 한 듯 마음에 들게 잘 골라오셨는지 신기할 따름이다.

반면 어머니는 아버지가 돌아가실 때까지 365일 머리에는 단정한 쪽을 지고 백색 종류의 하얀 치마저고리를 입으셨다. 60년대 후반부터는 서울에도 서양 패션이 유행하며 너도나도 투피스나 원피스, 블라우스와 높은 구두를 신고 파마를 하는 것이 유행이었는데, 아버지는 그것을 한사코 못 하게 말리셨다. 아버지가 아무리 멋을 부려도 어머니는 그러면 안 되는 것이었다. 지금 젊은이들이 생각하면 이게 무슨 개성과 주관을 무시하는 처사냐며 불평을 할 법도 하지만, 어머니가 그런 아버지를 싫어하지 않았던 건 분명하다. 어머니와 내가 함께 생각해 보건대 아버지가 그랬던 연유에는 무엇보다 처음 사랑에 빠졌던 그 순간의 어머니를 잊지 못하고 있다는 것과 한편으로는 아버지가 늘 그리셨던 그림 속 여인들처럼, 어머니는 아버지의 예술세계 바깥에 실존하는, 살아 숨 쉬는 또 하

박수근, 김복순, 박성민, 동화백화점
(현 신세계 백화점) 앞. 1961년 무렵

나의 작품이 아니었나, 짐작하고 있다. 어머니는 아버지의 그런 마음을 다각도로 잘 이해하고 계셨던 듯하다. 하지만 예술적 이상은 차치하고 두 분의 아웅다웅 재미있는 현실 생활의 목격자로서 고백해 보자면, 아버지가 병중에 돌아가신 이후 어머니는 얼마 지나지 않아 마치 마른 논에 물길 트듯이 미장원에 가서 화려하게 파마를 하고 오셨다는 웃지못할 일화가 있다.

한편 나는 당시 '강땅구'라고 불렀던 원피스를 입었다. 주황, 빨강, 노란 꽃무늬가 있는 화려한 원피스였는데, 어머니는 도대체 뭐가 마음에 드셨는지 그런 옷만 골라서는 내게 가져다 입혔다. 다른 옷이라곤 없으니 어쩔 수 없이 그 옷을 입고 학교에 갔는데 선생님 눈에는 그런 내가 너무 파격적이고 신기해 보였던 모양이다. 선생님은 내 손을 꼭 잡고 교무실에 데려가서는 한가운데 나를 세우더니 별안간 다른 선생님들께 큰소리로, "이 아이 좀 보세요, 꼭 인디언 소녀 같지 않아요?" 하고 이목을 집중시키는 것이다. 새까만 단발머리에 까무잡잡한 얼굴 위로 버짐이 피어난 소녀가 하와이안 못난이 인형처럼 특이한 옷을 입었으니 구경거리가 될 만도 했을 것이다. 나는 그 '인디언 소녀'라는 말이 얼마나 서글프고 창피한지 화장실에 가서는 한참을 울었더랬다. 키도 아버지를 닮아 얼마나 큰지 학급 무리 속에 있어도 내 머리만 쑥 솟아 나와 어딜 가나 불필요한 주목을 받았다. 남자애들은 그런 나를 보고 짓궂게 '장다리'라고 놀렸다. 내성적인 성격 탓에 얼마나 신경이 쓰이는지 자라는 동안 의식적으로 무릎을 구부리고 다녔는데, 이 습관은 장장 50년이 넘도록 나를 따라다녔다. 하지만 이런 어린 시절을 잘 들여다보면 내성적인 가운데서도 내가 얼마나 세상의 시선을 의식하고 나를 드러내고 싶은 욕구가 있었는지 다시 확인하게 된다. 나는 오랜 교직 생활에서 벗어난 뒤 현재 시니어 모델로 활동하며 화려한 인생 2막을 즐기고 있는데, 그때 내 콤플렉스였던 신장은 요즘 사람들과 비교해도 손색없는 장점이 되었고, 그 시절과 달리 어떤 화려함도 소화해 낼 수 있는 뛰어난 감각을 가진 사람이 되었다. 무릎을 구부리던 습관은 워킹 연습을 하며 차츰 없애 버렸고 그 결과 평소 측정되던 키보다 2cm나 더 커, 보기 드문 늘씬한 시니어 모델이 되었다.

지금의 나, 박인숙

파란 눈의 손님이 오던 날

　우리 집의 가장 큰 수입원은 당연히 아버지가 그리는 그림의 판
매에 따른 것이었다. 아버지의 그림에 감탄하는 사람들은 대부분
외국 사람이었고 한국인은 거의 없었다. 아마도 몸과 정신에 뿌리
깊이 박힌 한국인의 정서란, 그 시절 한국인에게 너무 흔하고 지긋
지긋한 것이라 당시의 한국인들은 아버지의 그림에서 특별한 감
흥을 받지 못했을 것이다. 가장 민족적인 것이 가장 세계적이라는
걸, 그 당시엔 아무도 인식하는 사람이 없었다. 그런 안목까지 기
대하는 건 전쟁으로 핍진했던 우리 민족에게 어쩌면 사치였을지도
모르겠다.

　하지만 그 그림들은 낯선 외국인들이 보기엔 너무나 독특하고
특이한 정서를 담고 있어서, 외국인들은 간혹 발걸음을 멈춰 세우
고 아버지의 그림을 주의 깊게 보았다. 그러곤 본국으로 돌아가는
길에 그것을 기념품처럼 사 들고 가는 것이다. 아버지의 그림은 주
로 이대원 선생님이 운영하시던 반도화랑에 전시되어 있었는데,
손님들이 전시된 그림 외에 다른 그림을 더 보고 싶다고 하면 이대
원 선생님이 직접 손님들을 모시고 우리 집에 오셨다. 이렇게 손님
들이 온다는 기별이 마을 어귀에서부터 들리면, 우리는 비상이라

도 걸린 듯 전부 부엌 안으로 들어가 문을 꼭 닫고 숨었다. 그리고 문틈으로 빼꼼 그 사람들을 내다보는 것이다. 그때의 두근거림이 지금도 바투 생각난다. 외국인들은 마당에 들어서서 집안을 한 바퀴 둘러본 후 아버지의 그림이 걸려 있는 벽에 시선을 모았다. 그러고는 성큼성큼 신발도 벗지 않고 마루로 올라가 그림을 하나하나 살펴보는 것이다. 지금 생각하면 문화적 차이에서 충분히 그럴 수 있겠다 싶지만, 부엌에 숨어 있던 우리는 어린 마음에 입을 틀어막고 저 사람들이 예의도 없이 신발을 신은 채 집안에 들어왔다며 속닥속닥 야유를 보내곤 했다. 우리가 얼마나 윤이 나게 닦았던 마루인가 말이다! 부엌에 들어온 어머니는 그런 우리에게 눈빛으로 강하게 주의를 주시고는, 호떡과 계피차를 끓여서 마당으로 가지고 나가셨다.

지금 생각해 보면 우리 집이 주는 이색적인 풍경이 파란 눈의 서양인들에게 얼마나 특이한 경험을 선사했는지 알 것 같다. 모든 게 전쟁으로 부서진 회색빛 나라에 가난하고 헐벗은 사람들이 살고 있는데, 그중에 어떤 화가가 있어 그런 자신들의 모습을 솔직하고 담담하게 그려 오막살이집 한쪽 벽에 가지런히 모아놓은 것이다. 그게 바로 우리 아버지였던 것이다. 그들도 화가의 대문을 밀고 들어오는 순간 분명 작가의 삶을 관통했을 것이다. 그들에게 그 그림들은 시대와 현실을 사각 틀에 봉인한 작은 한국처럼 보이지 않았을까? 드러나지 않은 유례없는 서글픈 역사와 개개인의 사연들까지 생각하면 그런 아픈 그림도 다시 없을 것이다.

손님들은 예고 없이, 또는 며칠 전부터 기별을 보내 우리 집을 방문하곤 하였다. 손님이 온다는 소식을 미리 전해들은 날이면 전날부터 대청소를 하였다. 어떤 손님들은 두 번, 세 번 방문 후 신중하게 그림을 골라 사 가기도 하였다. 손님들이 방문할 때마다 매번 그림이 팔리는 것은 아니었지만, 아버지의 그림을 무척 좋아했던 주요 고객이었던 미국인 마거릿 밀러 여사는 고맙게도 우리 집을 찾을 때마다 거의 매번 아버지의 그림을 구매하였다. 외교관의 부인으로 우리나라에 거주했던 밀러 여사는 반도화랑에서 아버지의 그림을 처음 본 순간부터 반했다고 한다. 그때부터 구매는 물론 후원도 아끼지 않았고, 미국으로 돌아가신 뒤에도 늘 서신을 전해오며 아버지의 작업을 응원하고 안부를 꾸준히 물어주었다. 미국에서 생산되는 질 좋은 물감이나 화구 등속을 화물 편으로 보내주기도 했다. 밀러 여사가 보낸 그림에 대한 칭찬은 아버지에게만 국한된 것이 아니라 미국 현지의 미술관계자들에게도 아낌없이 전해졌다.

"한국의 서정을 그 만큼 성실히 표현한 작가는 없습니다."

밀러 여사가 전한 말은, 바다와 대륙을 돌아 시대를 건너 다시 우리에게까지 영광으로 돌아온다. 밀러 여사는 아버지의 그림을 최대 23점까지 소장한 것으로 알려진 분인데, 지금 그 그림들은 대부분 한국의 미술관이나 개인 소장가에게 판매가 된 것으로 알고 있다.

그 시절을 떠올리면 또 감사해야 할 분이 한 분 떠오른다. 이름을 대면 깜짝 놀랄 만한 분인데, 당시 창신동과 이웃한 동네인 신

마거릿 밀러

당동에 살던 이어령 전 문화부장관이 바로 그 당사자다. 이어령 전 장관은 당시 날카로운 지성과 섬세한 감성으로 한국 문단에 센세이션을 일으키면서 장안의 지가를 올리는 매력적인 작품들을 쓰고 있었기에 누구나가 선망하는 지식인이었다. 그런데 미국에서 영문으로 쓰인 편지가 오면 그것을 정확히 해석할 방법이 없던 아버지와 어머니는 소문을 듣고 이어령 전 장관에게 편지를 몇 차례 들고 간 적이 있었던 모양이다. 그때마다 이어령 전 장관은 친절하게 편지를 해석해서 거기에 담긴 내용을 아버지에게 알려주었다. 이렇게 왕래가 시작되었고 제법 친분도 쌓여서 아버지는 감사의 표시로 그림도 몇 점 드린 걸로 기억하고 있다. 미국에서 온 편지의 내용을 해석하는 데 도움을 주신 분으로는 반도화랑 이대원 대표도 빼놓을 수 없다.

아무려나 마거릿 밀러 여사가 작품 구매를 적극적으로 하다 보니 한국에 머물렀던 외국 대사관 부인들도 어찌 알고는 우리 집을 방문했다. 모두가 외국어로 말씀을 나누니 그림이 팔렸는지 팔리지 않았는지는 대체 알 수가 없고, 그저 아버지가 당신 입으로 팔렸다, 하시면 모두가 기뻐했고 손님이 돌아간 후에도 아무 말씀이 없으면 그냥 그런가 보다 하고 일상으로 돌아가곤 했다. 든든한 외국인 후원자가 있다지만 빈번한 일은 아니어서 가계 상황을 받쳐줄 만큼 큰 수입이 생기는 일은 없었다. 안정적이고 고정적인 수입이 없다 보니 어머니는 그림이 팔린 날로부터 기약 없는 나날을 깜깜이 예산만으로 가계를 꾸려가야만 했다. 우리가 먹었던 식단만 살펴보아도 이달에 그림이 언제 팔렸는지 짐작할 수 있을 정도였는데, 그림이 팔리는 첫날이면 그날 단 하루만 쌀밥을 지어 식탁에 올리시고, 남은 쌀은 다락에 숨겨두신 뒤 다음날부터 조금씩 쌀을 덜어 콩나물죽을 만들어주셨다. 그렇게 몇 날 며칠이 지나 다락에 있던 쌀이 모두 소진되면, 그때부터는 밀가루를 사다가 반죽을 뜯어 소금물에 수제비를 끓여 먹었다. 우리는 이 밀가루 수제비를 질리도록 먹었다. 그래서 나는 지금도 밀가루가 싫다. 아무리 유명한 칼국수 맛집이나 맛있는 빵이 있어도 밀가루로 만들었다는 이유만으로 먹지 않게 된다. 이 말인즉, 어떤 경우에는 밀가루를 질리도록 먹으며 한 달을 다 보내도록 그림이 팔리는 일이 없었다는 뜻이다. 그렇게 창신동에서 10년을 살며 다양한 사람들에게 그림을 팔았지만, 내 기억 속 가난한 날들은 끝없이 이어졌고, 지금처럼 유명 화가의 걸작을 사겠다며 오는 사람들은 한 명도 없었다.

나중에 아버지의 그림이 조금 알려진 이후, 아버지는 거의 매일 오후마다 출근하다시피 반도화랑에 방문했다. 거기엔 세 가지 이유가 있었기 때문인데, 첫째는 당신의 그림이 팔리는 조짐이 있는지를 알아보려는 것이었고, 둘째는 미술 관계자들의 저녁 모임이나 술자리가 있는지를 살피려는 것, 셋째는 당시 여러 합병증으로 용변 활동이 시원치 않았던 아버지가 화랑의 화장실을 이용하기 위해서였다. 그곳 화장실은 신식 좌변기가 있어서 용변이 훨씬 수월했기 때문이다. 이것은 당시 반도화랑의 직원이었던 박명자 현 현대갤러리 회장이 술회하며 대중에 알려진 것인데, 나는 이것을 어머니께 들었다. 이 이야기를 처음 접했을 때 나는 온종일 까닭없는 자책에 시달려야 했다. 애달픈 기분이 계속 타고들다 목마른 호롱불처럼 꺼져가는 것이었다. 좌변기를 사용하기 위한 것도 매일 화랑에 나가신 이유라니, 그 설움이라니, 아버지는 그런 것을 우리에게는 한 번도 내색하지 않으셨다. 몰랐던 것도 죄라고 한다면 몇 번이나 사죄드리고 싶은 심정이다.

먹을 것도, 돈도 없지만, 아버지는 그림 그리는 일을 계속했다. 반도화랑에 내놓은 그림들이 즉석에서 팔리는 경우도 있었고, 아버지에게 물감이나 화구를 지원해주셨던 미림화방 선생님이 그림을 돈으로 바꿔주시기도 해서 급전이 필요할 때 유용하게 사용할 수 있었다. 비약하자면 우리는 모두 아버지의 그림을 뜯어먹고 살았던 셈이다. 그때 팔았던 그 그림들은 오늘날 어마어마한 가격으로 거래되고 있지만, 당시 그림들과 맞바꿔 이어갔던 우리 가족의 소박한 행복도 아버지에겐 환산할 수 없는 가치였을 것이다. 아버지의 그림이 시간이 지날수록 더욱 값을 높이며 그 시절 도움을 줬던 분들에게 보답하고 있다는 것을 생각하면, 지금도 아버지가 세상에 남아 바다와 대륙을 건너며 그림을 그리고 계신 것만 같다.

도도도도도도둑놈이 왔어

아버지가 과묵하고 내성적인 분이다 보니 성품 어딘가에 숨겨진 남성성이 있지는 않을까 기대하는 사람도 있을 것이다. 하지만 자식으로서 지켜보건대, 거칠고 공격적인 면은 거의 없다고 해도 무방하다. 아버지는 뼛속까지 섬세하고 부드러운 남자였다. 어머니를 비롯해 아버지를 따랐던 모든 여자들은 그 특유의 다정함과 포근함, 따뜻함에 끌렸던 사람들일 것이다. 대부분의 사람이 아버지를 일러 부처님 가운데 토막이라고들 칭찬할 정도였는데, 정말 어린 우리가 봐도 인자하고 자상한 보살 같은 분이었다.

하지만 아버지의 이런 성품들은 다르게 돌려 말하면 겁이 많고 여리며 모질지 못해 거절이나 싫은 소리 한 번 못하는 답답하고 손해 보는 성격이라고도 말할 수 있다. 그러니 이런 성격으로 인해 생기는 재미있는 일화들도 제법 있었다.

한 번은 한밤중에 집에 도둑이 들 뻔 했는데, 아버지가 창가의 인기척을 듣고 살짝 내다보시더니 어머니에게 "도도도도도둑놈이 왔어." 하며 턱을 덜덜 떨며 말씀하셨단다. 얼마나 떨었는지 그 뛰는 심장 소리가 어머니에게 고스란히 전달되었는데, 어머니는 그런 아버지 때문에 홀로 놀랄 때보다 두 배는 더 놀랐다고 하신다.

과감한 어머니가 매섭게 창을 열어 내다보니 실제로 바깥에 두 괴한이 담을 넘으려 벽에 고인돌을 밟고 뛰어오르고 있기에, 급한 대로 둔탁한 것을 집어던지고 쿵쿵 발을 구르며 집안에 사람이 있음을 알렸다. 하지만 괴한들이 이에 개의치 않고 계속해서 월담을 시도하자 아버지는 망했구나 싶어 그만 그 자리에 얼어붙고 말았다. 어머니가 그런 아버지를 타일러 건넌방에 머물던 형권이 매형이라도 깨워보라 하니 그제야 우왕좌왕하시다 뒤늦게 건넌방으로 달려가 매형을 불러 깨웠다. 성격이 괄괄했던 매형이 도둑이 어딨어! 외치며 문을 박차고 부리나케 마당으로 달려 나오자 그제야 도둑들이 그 기백에 눌려 안 되겠다 싶었는지 포기하고 달아나버렸다. 오밤중에 한바탕 소란을 겪고서 어머니는 겁 많은 아버지에게 어이없는 눈빛만 보내고 있는데, 아버지는 그런 어머니를 의식했는지 오히려 헛기침을 하며 이렇게 시치미를 떼신다.

"무슨 놈의 도둑들이 사람이 있는데도 들어오려고 하네그려."

그러곤 아무 일 없던 척, 다시 이부자리에 드셨다는 거다. 어머니는 이를 두고 사는 동안 그 이상의 괴한이 들이닥치지 않았던 것을 두고두고 감사하노라 우스개로 말씀하셨다.

내게도 기억나는 게 하나 있는데, 언젠가 아버지가 시장에서 중병아리를 사 오셨다. 내가 웬 병아리냐고 묻자 아버지는 이렇게 말씀하셨다.

"어머니가 몸보신을 해야 하니 우리 같이 잘 길러 보자."

어머니 몸보신을 위해서라고 하니 아마 인애가 태어날 무렵일

것이다. 실제로 이 병아리는 무럭무럭 자라서 창신동 마당을 휘젓
고 다녔는데, 포동포동 살이 올라 잡아먹을 때가 되니 아버지랑 나
는 서로 눈치만 보고 있었다. "이 정도면 키울 만큼 다 키우지 않았
어요?" 물으면 "그렇지?" 하면서도 며칠이고 시간만 흘러가는 것이
다. 어머니 해산이 한참 지나고 몸을 털고 일어난 지도 오랜데 아
버지는 닭을 잡으실 기미가 없다. 나중에는 어머니도 눈치를 주며
닭은 언제 잡을 거요, 하고 재촉하니, 아버지도 결국엔 용단을 내
리고 닭을 잡기로 하셨다. 어린 마음에 길렀던 닭을 잡아먹는다 생
각하니 끔찍하고 가엾은 마음이 들어 아버지가 최대한 빨리 해결
해 주었으면 하고 바라고 있는데, 닭을 들고 간 아버지가 영 소식
이 없다. 어머니도 궁금했던지 나더러 아버지가 뭐 하고 있는지 가
보라 하기에 무심코 부엌문을 열었는데, 닭이 활짝 열린 문으로 잘
린 목을 덜렁거리며 피를 철철 흘리며 뛰쳐나오는 것이 아닌가!
그 끔찍한 광경은 지금도 잊을 수가 없다. 목을 자르긴 했으나 차
마 완전히 찍어 내리진 못하신 것이다. 아버지는 신경이 펄펄 날뛰
는 닭을 잡으려 마당을 이리저리 뛰어다니셨다. 어머니는 그런 아
버지를 보시며 마치 득도하신 듯 "네 아버지가 저렇다." 하시니 끔
찍한 가운데도 그게 그렇게 우스울 수가 없었다. 어머니 말씀으로
는 오래전 금성에 살 때도 저런 적이 있었다 하신다. 오랜만에 식
탁에 고기 요리가 올라왔지만 나는 결코 먹지 않았다. 지금도 눈을
감으면 몸뚱이만 살아 움직이던 닭의 모습이 생생하다.

한 번은 시장에서 아버지가 어른 팔뚝만한 잉어를 사 오셨는데,

마찬가지로 아버지 성정으로는 차마 이 생선을 손질하지 못해 그냥 끓는 물에 넣고 푹 고아버렸다. 솥에서 힘찬 잉어가 죽겠다고 사력을 다해 펄떡거리니 아버지는 그저 뚜껑만 힘껏 누르고 잉어가 죽기만을 기다리는데, 그때 여린 아버지의 심정이 어떠했을지는 말하지 않아도 뻔하다. 그날 저녁 밥상엔 아가미와 눈알, 지느러미가 통째 달린 배도 가르지 않은 잉어가 올라왔다. 동생들은 어떠했는지 모르겠지만 나는 도무지 먹을 수가 없었다. 어쩌면 식구들이 다 먹고 난 뒤에 형체가 완전히 흐트러진 뒤에야 몇 숟갈 먹었을지도 모르겠다. 그래도 가족들에게 손수 좋은 것을 해 먹이고 싶으신 마음, 그리고 그 시절 부엌이라면 생전 드나들지 않는 다른 집 아버지들을 생각하면 우리 아버지가 얼마나 가정적이고 따뜻한 분이었는지, 우리가 얼마나 사랑받는 존재였는지 깨닫게 된다. 다정함 하나만큼은 어떤 남자보다 멋있었던 것이다. 비록 생명에 대한 속 깊은 정이나 경외심 때문에 닭이든 잉어든 제대로 잡지를 못하셨지만 말이다.

아버지의 여린 심성은 낯선 사람을 대할 때도 금방 드러났다. 당시에도 지금처럼 남의 집 대문을 두드리며 장사를 하던 아주머니들이 있었는데, 아버지는 이분들을 결코 내치시지 못했다. 있어도 상관은 없지만 아무리 봐도 필요치 않은 물건이니 안 삽니다, 하고 단호히 돌려보낼 법한데 차마 그것을 밖으로 뱉지는 못하셨다. 그러면 아주머니들은 이때다 싶어 열심히 상품을 설명하시는데, 아버지는 설명을 다 듣고도 그저 예, 예, 하며 서 있기만 하니 한

참 설명하던 아주머니도 나중에는 맥이 빠져 판매를 포기하고 말았다. 대신 그분들은 온 김에 그림 구경이나 하자 싶었던 모양이다. 우리 집 마당에 펼쳐진 화구들과 그림들을 둘러보며 신기해했는데, 아버지가 그렸던 정물화인 도마 위의 조기 그림을 보고 과연 똑같다며 한바탕 극찬을 하고 가셨다랬다. 나는 그날들을 돌아보며 아버지가 경제적으로 여유가 있어서 그분들이 파는 물건을 살 수 있는 처지였다면 같은 상황에서 어떻게 행동하셨을까 하는 재밌는 상상을 해본다. 틀림없이 집안 곳곳에 쓸데없는 잡동사니들이 계속해서 쌓였을 것이다. 아무려나 경제적인 여유가 없는 아버지가 우리보다 더 처지가 어려운 사람들 앞에서 쩔쩔매는 모습은 어린 나이였지만 내가 보기에도 애달픈 데가 있었다.

비슷한 일례로 아버지는 노상에서 장사하시는 아주머니들 앞도 그냥 지나치지 못했는데, 하루는 아버지가 같은 나물을 사면서도 저쪽 아주머니에게 한 단, 이쪽 아주머니에게 한 단씩 같은 물건을 소량씩 나누어 두 군데에서 똑같이 구매하신 적이 있다. 마침 어머니가 그것을 보시고는 곁에 다가가 왜 그러고 있냐고 물으니 아버지 말씀이, "다들 고생하고 있는데 한쪽에서만 몰아서 팔아주면 다른 나머지 분들은 어떡해," 하시는 거다. 다들 내 코가 석 자인 세상에, 아버지도 아버지지만 어머니는 그때 그런 남편을 보면서 무슨 생각을 하셨을지 궁금해진다.

나는 아버지의 이런 따뜻한 모습을 만날 때면 아버지가 사람을 대할 때 그 사람의 삶까지 함께 대하는 분이라는 것을 깨닫게 된

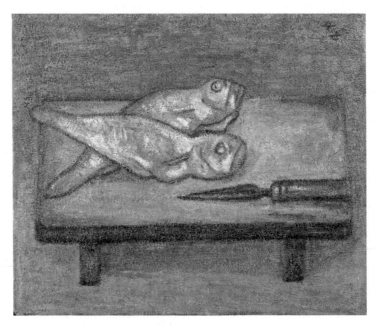

〈도마 위의 굴비〉, 캔버스에 유채, 38×45.5cm, 1952

다. 내 앞의 한 사람과 그 사람 뒤에 있을 가족들, 상대방의 숨어 있는 시간과 사연을 보는 것이다. 어쩌면 아버지는 드러나지 않았을 뿐, 그림 실력보다 공감 능력이 더 발달한 분일지도 모르겠다. 타인의 삶도 이토록 소중히 대하셨는데, 가족이라는 이름의 삶은 얼마나 각별했을까. 나는 이런 아버지를 통해 '삶'과 '사람'이라는 닮은 두 단어가 그저 형태와 쓰임만 다른 같은 단어임을 배운다. 우리가 아버지의 그림을 보면서 아련히 마음이 아파오는 것은, 같으면서도 다른 두 단어의 미세한 거리를 어렴풋이 느꼈기 때문일 것이다. 아버지의 그림이 가리키는 것이 바로 그 따뜻한 지점임을, 그림을 바라보는 모든 사람이 알았으면 좋겠다.

즐거운 성탄, 행복한 생일

학교에 들어가기 전부터 나는 어머니 손을 붙잡고 지금의 동신교회인 창신교회에 다녔다. 성탄절은 우리 집 안에 있어 가장 큰 명절이나 다름없었는데, 전쟁이 끝난 지 얼마 되지 않았음에도 12월만 되면 크리스마스가 되기 전부터 서울역이 전구로 화려하게 장식되고 명동부터 온 종로 거리에 구세군 종이 울리며 성탄 분위기가 만들어졌다. 그러면 어린 마음에 얼마나 행복한지 눈이라도 내리면 당장이라도 밤하늘의 흰 눈과 함께 산타가 올 것 같이 설렜다. 어머니 아버지도 그런 마음을 아는지 없는 형편에도 옛날 과자와 눈깔사탕들을 사두고 크리스마스 전야를 맞이했다. 해가 저물고 어둠이 찾아오면 거리를 도는 성가대원들이 마침내 우리 집 앞에 당도해 '기쁘다 구주 오셨네' 하며 캐럴과 찬송가를 몇 곡이고 불러주었다. 그러면 작은집 동생들을 비롯해 온 가족이 먹을거리를 들고 대문 밖에 나가서는 다 함께 즐기고 나눠 먹으며 흥겨워 노래를 부르는 것이다. 밤거리의 반짝반짝 작은 빛들 속에서 모두가 합창하듯 메리 크리스마스, 하고 성탄 인사를 나누던 게 눈에 잡힐 듯 선명하다. 그러고 나면 정말 내일은 구세주가 와서 세상이 어제와 다르게 변할 것 같았다. 사촌 인화는 지금도 크리스마스를 떠올릴 때마다 아버지를 그리워한다. 아버지에겐 작은집 식구들도 가족이나 다름없어서, 인화 몫의 선물도 언제나 함께 챙겨 두셨다. 연필 몇 자루, 산도 3개, 사탕 2개씩, 큰집 작은집 할 것 없이 모두 똑같이 성탄 선물을 나눠 주셨는데, 크리스마스가 지나도 인화는 그것을 도통 사용하지 않았다. 그게 얼마나 좋았는지, 깎지 않고 당연히 쓰지도 않은 채 그저 보면서 기뻐하는 것이다. 요즘은 성탄이 되어도 다들 어찌나 풍족한지 그런 분위기가 전혀 없다. 요즘 사람들은 어디서 무엇을 하며 성탄의 기쁨을 누릴까? 아이들도, 음악도 없이 그저 화려하기만 한 밤거리를 바쁘게 걸어 다니는 것으로 무심히 넘어가는 달력을 보는 일은 너무 가슴 아픈 일이다. 이렇게 똑똑하고 꼼꼼한 젊은이들이 왜 그것을 놓친 채 앞으로만 달려가는지 아쉽기 그지없다.

그렇게 연말이 지나고 새해가 오면, 아버지는 새 달력을 구해 오셔서는 나를 앉혀 놓고 온 가족들의 생일에 굵고 진한 동그라미를 그리는 일을 하셨다. 우리 식구는 전부 음력생일을 보냈는데 내가 어느 정도 자란 후에는 엄마 생일에 동그라미를 그리며 이날은 인숙이 네가 꼭 엄마 생일상을 차려드려라, 말씀하곤 하셨다.

한 번은 아버지가 어머니 생일날보다 며칠 앞서 먹을 것을 한 아름 사 들고 오셨다. 어머니 짐작에는 아버지가 오늘 돈이 들어오셨나보다, 싶어 그저 모르는 척 받고 있는데, 아버지가 어머니께 대뜸 "생일 축하한다." 하신다. 생일을 잘못 세신 것이다. 우리가 어머니 생신이 사흘 뒤라고 말씀드리니 아버지는 지지 않고 오늘이라며 우기시기에 함께 달력을 꺼내 보니 아버지가 실수한 것이 맞다. 배고픈 우리들은 올해 어머니 생신은 이렇게 앞당겨 지나나보다 하며 신나게 먹을 복을 누렸다. 그런데 며칠 뒤 진짜 어머니 생일이 되었을 때 아버지는 또 한 번 먹을 것을 한 아름 사 오셨다. 우리는 하늘에서 난데없이 떡이 떨어진 격으로 호사를 누렸다. 어머니는 없는 형편에 그렇게 걱정을 하시면서도 좋은 기색을 숨기지 않으셨다. 그해 어머니는 아버지 실수 덕분에 축하도 두 번 받고 생신상도 두 번이나 받은 것이다. 우리도 신이 났다. 마냥 행복하기만 한 어머니 생신이었다.

생일을 챙겨 받은 건 작은집 식구도 예외 없었다. 달력에는 인화 생일도 커다랗게 동그라미가 그려져 있었다. 형편이 어렵다 보니 생일상이라야 그저 평소 좋아하는 걸 차리는 게 고작이었다. 인화는 아버지가 매년 생일 전날부터 "인화 두부 좋아하지?" 하고 물었던 것을 나이가 든 지금도 그대로 기억하고 있다. 그러면 다음 날 생일상에는 어김없이 두부구이, 두부찌개, 김, 김치 등이 소박하게 올라온 인화의 생일상이 차려졌다. 우리는 생일날의 풍경을 좋아했다. 밥상에 무엇이 올라오건 그저 내가 세상에 태어난 일이 이토록 축하받을 일이라는 것에서 한없는 기쁨을 느꼈다. 우리는 그런 아버지를 떠올릴 때마다 늘 행복한 추억에 젖는다. 하지만 화가의 찌들린 가난한 삶을 보고 자란 인화도, 아버지의 마냥 자상한 성격에 질려버린 철없던 나도 성인이 된 후 아버지와는 성향이 정반대인 남자들을 만나 결혼을 했다. 우리가 지금 만나면

매일같이 하는 말이 아버지 같은 사람을 만나 결혼했어야 했는데,
하며 웃는 것이다.

집안마다 천덕꾸러기 한 명 쯤은 있는 법, 작은아버지와 외삼촌

금성에서부터 함께 피난길에 올라 난민수용소를 거쳐 창신동에 도착한 두 형제는, 어떻게든 자립하기 위해 각자 돈을 모았다. 아버지는 악착같이 돈을 모아 창신동에 집을 마련하고, 작은아버지는 우리 집 건넌방에 함께 살다가 시간이 지난 뒤 용두동에 집을 장만해 나가셨다. 하지만 인화는 용두동으로 나간 뒤에도 꾸준히 우리 집에 왔다. 명절 때도 생일 때도 성탄 때도 늘 인화가 있었다. 인화는 그냥 우리 집이 좋았단다. 정확히 말하면 '내 아버지 같은 온화한 어른이 있는 우리 집'을 좋아했노라 한다. 그래서인지 돌아보면 인화와 내가 함께 공유한 추억들이 제법 많다.

아버지는 평양 도청 서기로 근무하시면서 지인들을 통해 작은아버지를 일본의 기계고등학교이자 무기를 제작하는 병기청에 취직시켰다. 그래서 작은아버지는 잠깐 동안 일본에서 생활하게 되는데, 거기 머무는 동안 번 돈으로 꼬박꼬박 화구며 물감들을 아버지 편으로 보내주었다고 한다. 하지만 전쟁은 일본의 완패로 끝났고, 일이 없어진 작은아버지가 다시 평양으로 돌아왔지만 자리 잡기가 무섭게 6·25전쟁이 일어나고 만다. 그 무렵 청진 일대를 떠돌다 알게 된 분이 바로 내 작은어머니이다. 새롭게 꾸린 가정에

정이라도 붓고 살면 좋으련만, 전쟁통에 아이도 둘이나 잃고 집도 재산도 변변치 않으니, 그 뒤로 작은아버지는 아버지 곁을 맴돌며 술을 많이 드셨다. 작은아버지도 아버지와 형제인지라 똑같이 키가 크고 인물이 훤칠하여 누가 봐도 미남이었는데, 그래서인지 어울리던 사람들은 경제적으로나 사회적으로 죄다 잘나가는 사람들밖에 없었다. 언제부턴가 작은아버지 마음속에는 자기 비하와 열등감이 뿌리 깊이 박혔고, 힘든 노동은 전혀 하려 들지 않고 모든 팔자를 세상 탓으로 돌려버리는 게 습관이 되었다. 돈이 조금이라도 생길라치면 가족들 건사하긴커녕 술을 마시는데 다 써버리셨다. 그러니 작은아버지의 식구들은 고생이 이만저만이 아니었다.

문제는 이 모든 신세 한탄이 형인 아버지에게 돌아왔다는 것이

박수근의 동생, 박원근

다. 잊을 만하면 작은아버지가 술에 잔뜩 취해 대문을 박차고 들어와 마당을 휘저으며 주사를 부리셨다. 작은아버지의 주된 술버릇은 했던 말을 반복하는 것이었는데 우리는 그것을 어찌나 질리도록 들었는지 집안 식구들이 그것을 모조리 다 외워버릴 정도였다. 읊어보자면, '일본에 있을 때 형을 위해 물감이며 화구며 다 돈 벌어 보내줬는데 지금은 저희 새끼들만 천황 새끼같이 다 갖다 먹이고 우리는 쌀 한 말 안 보태준다'는 것이다. 작은아버지의 이러한 무시무시한 주사는 밤이 다 새도록 이어졌다. 지금에야 덤덤하게 풀어놓지만, 그 당시만 해도 어머니와 어린 우리들은 얼마나 공포에 떨며 가슴을 졸였는지 모른다. 아버지는 화난 작은아버지를 마루에 앉혀놓고 설득하듯 대화를 시도했는데, 내 기억에 한 번도 호통을 치신 적이 없다. 작은아버지는 자기 성질을 있는 대로 다 쏟아내고 있는데 아버지는 그런 작은아버지더러 "그래, 한번 얘기해보렴," 하시곤 그 반복되는 술주정을 다 받아주시곤 했던 것이다. 아버지에겐 하나뿐인 동생이 어려서부터 어머니를 일찍 여의고 형이 지어주는 밥 먹으며 초등학교밖에 다니지 못했던 것이 두고두고 안쓰러웠던 모양이다. 물론 가끔은 조언도 하셨다. "어린 자식들도 있는데 그렇게 하면 못쓴다. 얼른 돈을 벌어야지," 하시는 거다. 그러면 우리랑 숨어서 그걸 지켜보던 작은어머니가 "형이 저러면 쓰나? 두들겨 패서라도 말을 듣게 만들어야지!" 속 터져 하며 가슴을 치셨다. 밤이 깊을수록 작은아버지의 원망은 심해지기만 하는데, 아버지는 갈수록 더 다정한 말씀만 건넸다. 내가 그림 열심히 그려서 전시회 한 번 하면 돈이 얼마씩 들어오니까 모았다가 가게 하나 또 내줄게. 그러니 이제는 술 먹지 마라, 내가 크게 되면 꼭 너 장사 밑천 해준다, 그렇게 아버지가 작은아버지를 달래다 보면, 작은아버지는 어느새 마루에 대짜로 뻗어 혼잣말을 중얼거리다 잠이 들었다. 이런 형제의 대화를 함께 숨죽이며 보고 들었던 인화는 어린 마음에 '우리 엄마랑 큰아버지가 함께 살게 해주세요, 큰아버지가 우리 아버지였으면 좋겠어요,' 하고 속으로 얼마나 소원을 빌었는지 모른단다. 그리고 밤마다 잠도 못 자게 식구들을 괴롭히는 미운 자신의 아버지 대신, 우리 아버지를 무척이나 존경하고 따랐다. 이 이야기를 하면서 인화는 아주 오래전 아버지가 인화 거라며 그려줬던 밤색 복숭아 그림을 떠올렸다. 그게 오랫동안 집 안 벽에 걸려있었는데 이제는 없단다. 내가 잘 좀 챙기지 그랬어, 하면 그땐 가난했으니까. 오빠가 가져갔어, 하고 말을 흐린다. 이제와 지어 보이는 아쉽고 그리운 그때 그 인화의 표정이 무척이나 쓸쓸했다.

집 안마다 속 썩이는 사람이 한 명씩은 꼭 있다지만, 우리 집은 친가와 외가 양쪽으로 망나니가 한 명씩 있어 감당해야 할 뒤치다꺼리도 두 배로 많았다. 앞에서 말한 것처럼 친가 쪽으로 작은아버지가 유명했다면, 외가 쪽으로는 큰외삼촌이 알아주는 망나니였다. 외삼촌은 집안에서만 망나니가 아니라 그냥 창신동과 동대문을 아우르는, 이름만 들어도 안다는 유명한 깡패 집단의 일원이었

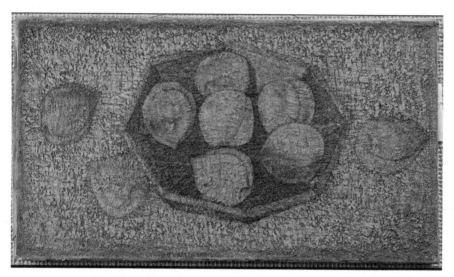

〈복숭아〉, 캔버스에 유채, 28×50cm, 1957

다. 외삼촌은 어머니의 불우한 시절을 고스란히 함께 겪었다. 어머니처럼 외할머니를 일찍 여읜 후 외할아버지의 음주와 여성 편력 속에서 스스로를 지켜내며 자기만의 방식으로 자라온 것이다. 어머니는 결혼한 뒤에도 그런 동생을 꾸준히 챙겼다. 외삼촌은 아버지를 따라 평양으로 간 뒤 군인이 되어 전쟁 기간 활약하다가 제대 후 창신동에 내려와 가정을 꾸렸다. 앞서 언급했던 것처럼 우리가 창신동에 자리 잡을 수 있었던 일등 공신이기도 하다. 하지만 전쟁이 끝나고 민간인이 되면서부터는 외할아버지에게서 물려받은 공격적인 성향과 군대에 있을 때 배운 수직상하적 관습에서 벗어나지 못해 사회에서 대인관계가 원만하지 못하고 물의를 일으키기가 일쑤였다. 그렇다고 꼭 나쁜 사람도 아니었다. 자기 사람이라 하면 얼마나 아끼고 베푸는지 건실하게 삼양라면에 다닐 때만 해도 라면을 박스 채 가져다주어 작은집 큰집 할 것 없이 우리는 라면을 배터지게 먹었더랬다. 하지만 결국 그 유별난 성격 탓에 봉급생활을 오래 유지하지 못했고, 어디서 어떤 사람들과 어울렸는지 언제부턴가 깡패 생활을 하기 시작했다. 벌이가 없으니 생활비가 떨어지면 급기야 우리 집에 와서도 깡패 짓을 했는데, 얼마나 우리를 괴롭혔는지, 어머니와 우리 형제들은 "누님!" 하는 굵고 짧은 목소리만 들려와도 벌써부터 혼비백산하여 심장이 내려앉았다. 대문을 후려치는 소리가 나는가 싶더니 어느새 외삼촌이 마당에 들어와 서 있다. 아버지가 계실 때도 있었지만 제 동생인지라 어머니가 주로 마당에 나가 우두커니 겁에 질려 동생을 응수하고 섰는데, 외삼촌은 마치 미수금 받으러 온 사람처럼 눈을 부라리며 쌀을 내놓으라 어머니에게 으름장을 놓는 것이다. 차라리 빚이라도 있으면 억울하지도 않지, 어머니는 마치 큰 빚이라도 진 사람처럼 우리도 먹을 것이 없다며 사정 좀 봐달라 애걸복걸을 하고, 그럴수록 외삼촌은 마당에 있던 가재도구들을 걷어차며 행패를 부렸다. 와장창 부서지고 구르는 소리가 온 동네에 가득했다. 도대체 뭐가 그리 의기양양한지 건들건들 짝다리를 짚으며 "동생도 좀 챙기고 삽시다," 하고 무섭게 비꼬는데, 어머니도 그대로 있다가는 또 집안에 뭐가 하나 부서지겠구나 싶어 하는 수 없이 다락방에 신줏단지처럼 모셔둔 쌀 항아리를 꺼내어서는 바닥에 몇 남지 않은 쌀알들을 쓸어다 자루에 담아 주었다. 그런 날이면 어머니는 얼마나 울었는지 모른다. 특히 어디서 소문을 듣고 왔는지 아버지 그림이 팔렸다는 날은 귀신같이 알고서 찾아와 그 징글맞은 목소리로 "누님, 뭐가 좀 생겼다면서요?" 하고서는 행패 끝에 겨우 마련한 쌀들을 다 빼앗아가 버렸다. 한 달이 지나기 무섭게 월중 행사처럼 외삼촌이 찾아오니 어머니는 신경증에 걸려 온몸이 바싹 말라갔다. 심장부터 쿵, 하고 내려앉는 게 어린 우리라고 크게 다르지 않아서 나는 이런 식으로 강짜를 부리는 외삼촌이 너무너무 싫었다. 언제야 이런 생활이 끝이 날지, 밤이면 잠도 잘 오지 않고 심장 소리만 듣다가 아침을 맞이할 정도였다.

언젠가는 아버지가 그림을 판 돈으로 근사한 장롱을 구입해 방안에 넣은 적이 있다. 집안의 안주인이었던 어머니가 그것을 얼마나 뿌듯해하셨는지는 말도 못 한다. 그런데, 외삼촌이 또 그 소식을 듣고는 능구렁이같이 "누님," 하며 찾아온 것이다. 어머니의 심장은 또 한 번 종잇장처럼 구겨져 오그라들고, 외삼촌은 그런 어머니에게 "돈이 생겼으면 동생들 좀 안 도와주고 이런 걸 삽니까," 어머니를 협박하기 시작했다. 우리는 올 것이 왔다는 듯 벌써부터 체념하며 오들오들 떨고 있는데, 그때 아버지가 일어나셨다. 그 오랜 행패 속에서도 조용하던 아버지가 그날만큼은 외삼촌에게 다가오더니 한마디 하셨다.

"네가 이 장롱 때문에 마음이 많이 불편한가 보구나. 그럼 이걸 우리 부숴버리자."

그러고선 밖으로 나가시는 것이다. 나지막하고도 무서운 한마디였다. 이게 무슨 말인가 싶어 지켜보니 아버지가 마당에서 도끼를 질질 끌고 들어오시는 거다. 우리를 비롯하여 외삼촌도 놀라 눈만 휘둥그레 뜨고 있는데, 아버지는 머뭇거리지도 않고 도끼를 번쩍 들어서는 새로 산 장롱 문짝을 사정없이 찍어 내려쳐 버리셨다. 기가 꺾인 외삼촌이 그 길로 줄행랑을 친 것은 물론이다. 집안에 한바탕 폭풍이 휘몰아친 듯 적막감이 감도는 가운데, 우리도 아버지의 그런 모습을 본 게 처음이라 심장이 휘몰아쳤다. 어쨌든 그 일이 있고부터 외삼촌은 두 번 다시 우리 집에 행패를 부리러 오지 않았다. 장롱이 부서지긴 했지만, 그 누구도 그것에 토를 다는 사람이 없었다. 말은 안 해도 온 식구가 각자 속으로들 시원한 해방감을 만끽하고 있었던 것 같다. 나도 혼자 얼마나 환호했는지 모른다. 어머니라고 다르지 않았을 것이다. 새 장롱이 들어오던 순간보다 더 좋았을 것이다. 안 그래도 작은아버지가 지긋지긋하게 찾아와 대문을 발로 차니 넌덜머리가 나는데, 그나마 외삼촌이라도 발길을 끊어주니 우리로서는 큰 골칫거리를 해결한 셈이었다. 그리고 그날 이후로 우리 가족은 다시는 아버지의 그런 모습을 보지 못했다. 늘 한결같던 아버지가 우리에게 처음이자 마지막으로 보여주셨던 박력 넘치는 모습이었다.

마지막으로 외삼촌 이야기를 하나 더 해보자면, 우리는 깡패 외삼촌이 있었던 덕분에 동대문 서커스 구경만큼은 마음껏 할 수 있었다. 외삼촌은 어울려 다니던 무리와 함께 서커스단의 경호 및 안전 유지를 하는 요원으로 있으면서 위세를 떨쳤는데, 우리는 언제든지 외삼촌 이름을 대면 자유롭게 서커스 공연장 입장이 가능했다. 발레복을 입은 요정 같은 소녀가 나비처럼 포르르 날아올라 공중에서 줄을 타는 모습이 여전히 인상 깊게 남아 있다. 그래서 지금도 외삼촌을 떠올리면 이런 이미지들이 떠오른다. 무시무시한 깡패와 서커스단의 예쁜 요정. 전혀 어울리지 않는 엉뚱한 두 기억이 외삼촌이라는 이름으로 추억 속에 남아있는 것이다.

독서, 그리고 박수근의 바보온달

아버지의 그림 중에 나를 모델로 삼아서 그린 〈독서〉라는 작품이 있다. 새까만 단발머리를 한 소녀가 어깨를 둥글게 말고 쪼그려 앉아 책을 응시하고 있는 그림인데, 나는 이 작품을 볼 때마다 맞은편에서 나를 지긋이 바라보시는 아버지의 눈빛과 표정이 떠올라 마음이 아련해지곤 한다. 그런데 가만 보면 소녀는 독서를 하고 있는 게 아니라 책의 표지를 보고 있다. 독서를 소재로 한 다른 작가의 그림들과는 구분되는 지점이다. 아버지가 왜 이런 설정으로 그림을 그리셨는지 장담할 수는 없지만, 왜인지 내 추억 속에 그 해답이 있는 것만 같다. 그 시절엔 도무지 읽을거리가 없었다. 책이란 것은 너무나 귀하고 값비싼 것이어서, 우리 형편에는 감히 함부로 가질 수 없는 사치품이었다. 돈이 생기면 꾸룩거리는 배를 채우는 게 우선이었지, 마음의 양식까지 따로 마련한다는 것은 부자들에게나 허락된 고상한 디저트 같은 것이었다.

초등학교 다니던 때 또래들 사이에서는 월간 〈소년세계〉가 유행이었다. 다달이 새로운 표지를 달고 나오는 그 책은, 아이들 사이에서도 꽤나 인기가 많아 나는 친구에게 연필을 주고 그것을 빌려다 보았다. 거기에는 연재소설부터 다양한 주제의 만화와 단편들, 과

〈독서〉, 하드보드에 유채, 21×13cm, 1950년대 후반

학상식과 교양 문화 등 어린이들이 알아야 할 정보들이 아주 세련되고 알기 쉽게 구성되어 실려 있었다. 아름답고 환상적인 이야기와 사랑스러운 삽화들, 세계의 위인들과 지구 저편의 이야기들, 그것들은 내 상상력과 호기심을 마구마구 자극해, 읽고 나면 내가 아주 유식한 사람이라도 된 듯 충만한 지적 포만감을 가져다주었다. 얼마나 든든한지 밥을 안 먹고 살아도 좋을 것 같았다. 단 한 번이라도 맘 편하게 온전한 내 것을 읽고 싶었지만, 형편 탓에 꾹꾹 참고만 있었는데, 다른 그 무엇보다 〈소년세계〉에 대한 갈망만큼은 너무나 강렬한 것이어서 끝내 아버지를 조르고 말았다. 매일 밤낮으로 책 타령을 하면서, 이 정도 졸랐으면 오늘은 아버지가 책을 사 오시지 않을까? 하며 아버지 오시는 소리가 나면 득달같이 달려 나가 아버지의 손을 확인하였다. 그러던 어느 날, 엿이나 고구마가 들려 있었던 아버지의 손에 정말 네모반듯한 책이 들려 있었다. 내가 그토록 바라고 바라던 월간 〈소년세계〉를 사 오신 거다. 그날 성남이와 나는 마치 표창장이라도 받는 사람처럼 영예롭고 소중하게 〈소년세계〉를 받아서는, 방구석에 앉아 감탄을 연발하며 표지 한가운데 박힌 제목과 네 모서리를 뚫어져라 쳐다보았다. 그런 다음 책장 사이사이 스민 종이 냄새를 있는 힘껏 흠뻑 들이마시는 것이다. 아버지는 그런 모습을 아주 기특하게 보았을 것이다. 물론 책의 내용에 심취해 있는 모습도 몇 번이고 보셨겠지만, 아버지 보시기에는 책을 펼치기 전과 책을 다 보고 난 후 어떤 경탄에 젖어 있는 우리들의 모습을 더욱 인상 깊게 바라보신 모양이다.

살면서 결코 잊지 못할 상상의 이미지들이 그 시절 독서를 통해 내 안에 새겨졌다. 아마 아버지는, 사 들고 온 엿이나 군고구마를 게 눈 감추듯 먹어 치우는 우리들을 보는 것만큼이나 한 권의 책에 경도되어 배고픈 줄도 모르고 무아지경에 빠져 있는 딸을 보는 것이 흐뭇했을 것이다.

아이들이 원하면 두 배 세 배로 해주고 싶은 게 부모 마음 아닌가. 가난한 어머니와 아버지가 책을 매번 사줄 수는 없는 노릇이고, 오랜 강구 끝에 두 분이 내린 결론은 직접 이야기책을 만들자는 것이었다. 돈은 없지만, 재능만큼은 남부럽지 않게 갖고 있으니 그것으로 그림책을 만든 것이다. 어머니는 우리가 잘 이해할 수 있게 장면 장면을 글로 풀어 쓰시고, 아버지는 이야기들에 동화를 그려 넣었다. 그리하여 일곱 편의 이야기가 실린 이야기책이 만들어졌다. 아버지가 우리 남매에게 들려주듯 써 내려간 고구려 이야기였는데, 다시 봐도 손색없을 만큼 완성도가 높아 지금도 읽고 있자면 아버지 목소리가 들리는 듯 생생히 실감 난다. 이것은 아주 오랫동안 우리 형제들의 보물이었지만, 우리가 성인이 되면서부터 오랫동안 책장에 꽂혀 있다가 아버지의 다른 작품과 함께 어디론가 떠났다. 하지만 그것들은 나를 비롯한 아버지를 사랑했던 모든 사람의 그리움이 되었고, 강원도 양구군 박수근 미술관에서 백방으로 수소문한 끝에 개인 소장가에게서 사들여 모두가 볼 수 있도록 전시하게 하였다. 또한, 그것을 지금의 어린아이들이 언제든지 읽을 수 있도록 어머니의 글과 아버지의 그림을 모아 사계절 출

박수근이 그리고 김복순이 쓴 〈고구려이야기〉 동화 표지, 1950년대, 박수근미술관 소장

판사를 통해 〈박수근의 바보온달〉이라는 제목의 동화책으로도 펴냈다. 지금 당장이라도 화가 박수근이 들려주는 이야기를 궁금해하는 어린이가 있다면, 언제든지 서점에서 만나볼 수 있는 것이다. 이것은 내가 살면서 가장 잘한 일 중에 하나이기도 하다. 당신이 만드신 이야기와 그림들이 당신 자녀들뿐만 아니라 이 땅에 태어난 모든 아이들에게 읽히고 꿈이 되고 있다는 걸 아시면 얼마나 뿌듯해하실까? 나는 그 생각만 하면 벌써부터 칭찬받은 아이처럼 기분이 좋아진다.

아버지는 이 동화책 말고도 다양한 읽을거리를 만들어주셨다. 굳이 우리를 위해서가 아니더라도 아버지는 신문이나 잡지를 오려 따로 스크랩하는 것을 평소에도 굉장히 중요하게 생각하셔서, 그림을 안 그리고 계실 때 방을 들여다보면 여지없이 오리고 붙이며 스크랩을 하고 계셨다. 미술계 소식부터 다양하고 유익하다 생각되는 글과 이미지들은 전부 오려서 다린 뒤 차곡차곡 노트에 붙여 보관하셨다. 새로운 소설이 신문에 연재되던 날, 아버지는 그것을 가위로 오려서 따로 모아 회차별로 모으기 시작했다. 정말 재미있는 소설이 하나 시작됐으니 기다려보라는 것이다. 신문을 오리고 다리고 붙이는 아버지와 방바닥 어지러이 흩어진 종잇조각들, 사각사각 종이를 베는 가위소리가 귓가에 또렷하다. 삽화가 들어간 연재물이어서 이어놓고 보면 정말 그럴싸한 이야기책이 되었다. 그러면 우리 남매는 차례차례 돌아가며 몇 번이고 다시 읽으며 물려 보는 것이다. 〈엄마 찾아 삼만 리〉, 〈연개소문〉 등 재미

박수근이 직접 만든 스크랩북, 1950년대, 박수근미술관 소장

있는 이야기들이 많았는데, 〈연개소문〉은 어디로 갔는지 아무리 찾아도 없다. 이 책들이 세상에서 하나밖에 없는 나만의 그림책이 될 줄 알았으면 조금 더 꼼꼼히 보관했어야 하는데, 그 시절에는 왜 그렇게 그것을 당연하게 생각했는지 모르겠다. 아버지는 또 잡지에 실린 여러 작가들의 그림과 세계적으로 유명한 고전 명화들도 따로 오려서 모아두셨다. 이를테면 명화도록인 것이다. 컬러 명화집은 요즘 세상에도 제법 비싼 고가의 서적인데, 아버지는 그 시절 이미 그 가치를 아시고서는 빠짐없이 모아 언제든지 우리가 볼 수 있게 만들어주셨다. 그 옛날 어린 내가 일찍이 밀레와 르누아르를 접할 수 있었던 것도 다 아버지 덕분이다. 손바닥만 한 크기였지만 그림 옆에는 잡지에 실렸던 해설까지도 함께 붙어 있어서 우리는 꽤 깊은 예술 상식을 얻을 수 있었다. 어린 우리들이 까만 눈을 굴리며 밀레의 그림을 바라보면, 어머니는 아주 옛날 양구 산골짜기의 밀레를 꿈꾸던 어린 소년 이야기를 해주셨다. 우리 형제는 그런 어머니 아버지의 사랑을 듬뿍 받으며 자기만의 세상을 키워갔다.

오랜 세월 교육자로 살아오며 많은 학부모들로부터 자녀 교육을 어떻게 해야 합니까, 라는 질문을 수도 없이 받았다. 많은 부모들이 자식들에게 훌륭한 지식을 채워주기 위해 악착같이 노력하지만, 사실 그것보다 우선해야 하는 것은 지식을 채울 예쁜 그릇을 만드는 일이다. 가족들이 함께 노래 부르고 같은 그림 속에서 느낀 서로의 생각을 인정해 주는 것, 적당한 간절함과 기다림 속에서 기회를 얻고 소중함과 감사를 느끼는 것, 지식은 그다음에 채워도 결코 늦지 않다. 예술은 그 그릇을 만드는 가장 효과적인 도구가 되어준다. 우리 형제가 그동안 알게 모르게 어머니 아버지께 받아 간직한 것들을 헤아려 보면, 그 커다란 부피와 밀도 있는 정성에 놀라움을 금치 못한다. 교육자로 평생을 산 내가 생각해도 우리 어머니 아버지야말로 참된 교육자가 아니었나 싶은 생각이 들 정도다.

하마터면 제2의 박신자?

  평생을 그림 그리던 아버지 옆에서 살다 보니 우리 남매들에게는 그림을 그리는 게 그다지 특별한 취미가 아니었다. 늘 무언가를 관찰하고 떠올리고 그리는 것은 습관화된 일상이었다. 그러다 보니 어느새 성남이나 나나 자연스럽게 미술 작가의 길을 걷고 있었다. 아버지가 당신의 자녀들부터 손주들 모두가 미술을 하고 있다는 걸 알면 어떤 표정을 지으실까. 그런데 아버지는 생전에 단 한 번도 우리의 진로에 가타부타 의견을 주신 적이 없다. 무언가를 강요한 적도 없고 참견한 적도 없으며 심지어는 도와주시거나 가르쳐 주신 적도 없다. 아버지와 내가 그림과 관련하여 함께 공유한 추억이 있다면 초등학교 시절 아버지의 손을 잡고 소풍 가듯 덕수궁 사생대회를 다녀온 것과 친구들이 고무줄놀이하는 것을 그려 갔을 때 흡족해하시며 칭찬해 주셨던 것, 그리고 여중 시절 집에서 미술 숙제를 하며 아버지께 도움을 청했을 때 "넌 어떻게 초등학교 때보다 더 못 그리냐," 하시며 면박을 주셨던 게 전부다. 아버지는 그림에 관해서는 딱 한마디만 해 주셨다. "연습량이 많아질수록 실력이 높아지는 거지 욕심을 내면 아무 도움이 안 되니 그저 열심히 그리도록 해라." 라는 말. 그렇다고 다른 진로에 대해 함께 고민해

주시거나 내 의사에 반대하신 적도 없다. 모든 것을 우리들의 선택에 맡기실 뿐이었다.

　다들 놀라겠지만 나는 동덕여중 3년간 농구를 했다. 내 의지는 아니었고 키가 다른 아이들보다 한 뼘이나 크니 유리한 체격 조건에 선수로 발탁된 것이다. 당시 농구부를 운영하시던 체육 선생님은 줄곧 나를 따라다니며 나더러 제2의 박신자가 되어야 한다며 끈질기게 나를 설득하였다. 나는 사실 농구에 크게 흥미가 없었는데, 기본적인 운동 신경이 있어서 농구 시합이 있으면 꽤 날렵하게 잘했던 모양이다. 그래도 당시 내 심경으로는 여자가 농구를 한다는 것이 기껍지 못해 승낙을 망설이고 있었는데, 어느 날 선생님이 나를 골대 앞에 세워놓더니 골을 넣어보라 하였다. 나는 그저 한 손으로 슛을 쐈을 뿐인데 공은 너무나 자연스럽게 골대로 빨려 들어갔고, 체육 선생님은 내 슈팅 자세와 감각에 대해 감탄을 아끼지 않았다. 그러고는 "너는 반드시 농구를 해야 한다, 너는 반드시 우리 팀에 들어와야 한다" 하시며 그 자리에서 나를 센터로 발탁해 버린 것이다. 그렇게 엉겁결에 중학 3년을 농구를 하며 보냈다. 매일 땡볕에서 드리블을 하다 보니 얼굴은 시커멓게 타고 먼지투성이 운동복 차림에 온몸이 땀범벅이었다. 3학년이 되어서는 주로 인근 중학교의 남자아이들과 게임을 했다. 남녀 체격 차이가 나니 1학년 남자아이들과 시합을 한 것이다. 지금 생각해보면 힘들긴 했어도 그 시절이 나쁘지는 않았던 것 같다. 농구라는 구기 종목에 흥미도 붙었고 몸을 움직이며 땀을 흘리는 것도 굉장히 보람

차게 생각되었다. 하지만 아무리 신체적인 감각과 재능이 뛰어났다고 해도 내 안에 솟구치는 또 다른 심미적 취향과 소녀적 감수성마저 외면할 수는 없었다. 운동을 하면 할수록 다른 욕구가 치솟는 것이다. 내게는 어릴 적부터 만화나 동화에서 비롯된 알록달록하고 화려한 색채에 대한 판타지가 있어서, 아름다움을 표현하고 나만의 방식으로 재현하고자 하는 본능적인 욕구가 있었다. 신데렐라나 백설공주 같은 환상적인 아름다움에 도취되는 것이다. 가장 근접한 꿈이 패션디자이너나 모델 계통이었는데, 실상은 운동장 땡볕 아래 땀에 젖은 머리를 산발하고 헉헉거리며 뛰어다니고 있는 것이 현실인지라 꿈과는 영 거리가 있었다. 게다가 다른 친구들이 맞춤 교복을 입고 잔뜩 멋 부리고 다닐 때 나는 선택권도 없이 어머니가 얻어온 가장 큰 치수의 치렁치렁한 옷을 입어야 했기 때문에 욕구불만과 현실부정은 나날이 늘어만 갔다. 그래서 고등학교 진학하던 때 그 누구의 간섭도 없이 스스로 진로를 결정해 버렸다. 농구를 그만두고 미술을 선택한 것이다. 꾸준히 농구를 했다면 체육 선생님 말씀대로 진짜 제2의 박신자가 되었을지도 모르겠지만, 사실 그것은 나의 꿈이 아니기 때문에 지금도 미련이 없다.

아버지는 그때까지도 내 진로에 대해서 아무런 언급이 없으셨다. 농구를 하는 것에 대해서도 별말씀을 하신 적이 없다. 어찌 보면 내가 여성 체육계의 유명한 선수가 될 수도 있는 일이고, 때에 따라서는 도시락을 싸 들고 다니며 뜯어말려야 하는 일일지도 모르는데 어머니도 아버지도 내 미래에 대해서는 일언반구도 없었다. 그저 기억나는 거라곤 "네가 하고 싶은 걸 열심히 하렴"이라는 한마디 말씀뿐이었다. 그런데 그때 내가 부모님께 느꼈던 감정이 서운함이라면 천만의 말씀이다. 내 미래를 직접 설계하고 나 자신을 스스로 지키는 것은 너무나도 당연한 일이어서 그것은 어떤 감정도 불러일으키지 않았다. 나는 어머니 아버지 밑에서 그만큼 주체적인 아이로 자랐던 것이다.

그 후 동덕여고에 진학한 나는 미술반에 들어갔다. 그때부터 내 마음에서 우러난 본격적인 미술 공부가 시작되었다. 그곳에서도 딱히 그림을 그리는 방법에 대해서 가르쳐준 사람은 없다. 형편상 미술학원을 갈 수도 없었다. 미술 선생님이 계시긴 했지만, 적극적으로 가르쳐 주시거나 배우기 위해 일부러 찾았던 적은 없고, 그저 미술실에 도열한 아그리파와 줄리앙 석고상 아래서 홀로 그림을 그렸다. 그때 줄리앙의 우는 듯 웃는 듯, 감정이 뒤섞인 알 수 없는 아름다운 표정을 잊을 수가 없다. 석고상의 주인공과 그 시대에 얽힌 이야기에 감탄하며 줄리앙의 얼굴에 흘러내리는 눈물방울들을 슬퍼했었다. 오랜 석고 소묘는 내게 빛과 선에 대한 이치도 가르쳐 주었지만, 무엇보다 대상이 주는 느낌과 아름다움을 포착하는 예술가의 안목도 함께 키워주었다.

언젠가 만화가가 되려고 한 적도 있었다. 앞에서 말한 대로 〈소년세계〉를 통해 접한 이야기들은 내가 살면서 직접 경험했던 어떤 사실들보다 강하고 생생한 기억으로 남아 있는데, 너무 깊이 동경하다 보니 보는 것으로는 그치지 못하고 직접 만화를 그려야겠다는 꿈을 꾸게 했던 것이다. 하지만 만화가의 일상을 직접 들여다보았을 때 그 꿈은 여지없이 허물어졌다. 우리 아버지가 가난한 화가인데 만화가들은 그보다 더 어렵고 힘들게 살고 있는 것이다. 심지어 그 결과물들은 예술로 인정받지도 못하고 오히려 파지가 되어 버려지고 있었다. 어린 마음에 동경하던 직업이 그런 대우를 받는 것을 보고 얼마나 서글펐는지 모른다. 만화예술이 대중적으로 각광받는 지금 상황과 비교해보면 우리나라가 그동안 얼마나 성숙하게 대중문화를 발전시켜왔는지 새삼 놀라워진다.

나는 그렇게 학창 시절을 보내고, 열아홉이 되어 지금의 세종대학교인 수도사대를 들어간다. 어머니 아버지가 대학교에 가서 미술을 전공한대도 그림에 관해서 한마디도 하지 않으셨음은 물론이다. 나는 아버지의 그런 무관심이 우리를 마음으로 응원하는 또하나의 방법이었다는 것을 잘 알고 있다. 그저 묵묵히 뒤에서 나를 지켜봐 주시는 것, 그 소리 없는 지지만큼 우리를 성장시키고 자극하는 것도 없다. 아버지가 말이나 글로 표현하지 않으셨으니, 나도 그 어마어마한 사랑을 어떤 말로도 가늠할 수 없다.

꼭 네가 하고 싶은 것을 해라

내가 중학교 입학하던 해가 1958년도이니, 계산해 보면 전쟁이 끝난 지 채 5년도 채 되지 않은 무렵이다. 어지러운 시대 속에서도 어머니는 집안의 장녀인 나를 가르칠 수 있는 만큼 가르치겠다는 소신을 갖고 계셨다. 덕분에 나는 그 시절 드물게 고등학교는 물론 대학을 졸업한 지식인이 되었다. 먹지도 입지도 못하는 그 어려운 환경에서 허리띠를 졸라가며 동생들까지 줄줄이 교육을 받게끔 했던 것을 보면 가끔 우리 부모님의 목표가 오직 자식 교육에 있었던 게 아닌가 싶을 정도다. 어머니 아버지의 어린 시절에는 늘 학업에 대한 동경이 깔려 있었다. 아버지가 처음 보낸 청혼 편지만 보아도 불가피하게 진학을 중단해야 했던 자신의 처지를 한탄하는 마음이 고스란히 묻어나오고, 춘천여고에 다니다 혼인과 더불어 학업이 중단된 후 오직 가장의 결정에 좌지우지되었던 어머니의 인생을 나는 또 얼마나 안타깝게 바라보았나. 두 분은 배운다는 것이 세상을 바꿀 수 있는 힘이라는 것을 그 시절부터 일찍이 알고 계셨다. 어쩔 수 없이 꺾이고 억눌려진 꿈들을 절대 우리들이 경험하게끔 내버려 두지 않겠노라 다짐하신 것이다.

내가 중학교에 들어갈 때 동생 성민이는 다섯 살, 인애는 고작 두 살밖에 되지 않았다. 자식이 자식을 키운다던 말이 흔하게 통용되던 시대였다. 성민이와 인애가 새근새근 잠들며 내 등 뒤에 스며 넣던 온기가 여전히 따뜻하다. 아버지는 그런 내 모습을 즐겨 그리셨다. 오랜 시간 포즈를 취하다 보면, 꼬물거리던 녀석들도 어느새 늘어져 까무룩 잠이 들고, 나도 요람처럼 몸을 흔들다 서서 졸기가 일쑤였다. 아버지 홀로 그 총기 넘치는 눈빛을 우리에게 보내고 계셨다. 〈아기 업은 소녀〉라는 작품은 그렇게 만들어졌다. 그림만 보면 마치 내가 그 시절 다른 누이들처럼 어머니와 살림을 함께 꾸리던 부지런한 장녀 같지만, 사실 어머니는 여섯 식구를 돌보면서도 내게 육아든 살림이든 어떤 집안일도 나눠주려 하지 않으셨다. 물론 작은 소일거리를 도와드리긴 했지만, 오직 어머니가 실질적으로 부엌을 책임지셨고 손수 우리들을 키웠다. 그러니 우리 남매는 살림을 나눠 맡은 것이 아니라 어머니의 사랑만 오롯이 공평하게 나눠 받은 것이다.

그만큼 어머니는 나에게 집안일에서 오는 부담이나 걱정거리를 전가하지 않으려고 애쓰셨다. 오직 딸이 하고 싶은 것에 전념하고 학업에 집중할 수 있도록 해주신 것이다. 그 시절만 해도 살림과 요리, 내조를 잘하는 것이란 여성에게 있어 일종의 교양으로 치부되곤 했는데, 어머니는 이미 그런 편견에서 탈피해 계셨다. 내가 여러 세대를 거쳐 살면서도 다양한 변화를 편하게 받아들이고 시대에 빠르게 동화될 수 있는 것도 다 관습에 얽매이지 않던 어머니의 그런 성향 때문이 아니었나 싶다. 그렇다 보니 내 학창 시절은 보수적인 시대 상황보다는 가난한 집안 형편에 더 많은 영향을 받았다.

집에는 늘 돈이 없었다. 한창 감수성이 예민한 사춘기 시절을 지나던 무렵이라 여느 아이들과 마찬가지로 늘 외모를 신경 썼는데, 졸업한 선배들이 남기고 간 가장 큰 사이즈의 헌 옷을 물려 입으면서도 나를 돋보이기 위해 갖은 노력을 다했다. 창신동에서 찍은 우리집 사진을 자세히 보면 마루 아래 아버지의 고무신이 있고, 위에 하얀 운동화가 있다. 여태 아버지의 것으로 알려진 그것은 사실 내 것이다. 맞춤 교복을 맵시 있게 꾸며 입는 것은 애초에 포기했고, 신발이라도 하얗게 신어야겠다 싶어 주야장천 빨아 신은 것이다. 하얗게 말려놓은 그 신발을 자세히 들여다보면 내가 포스터컬러로 알록달록 예쁘게 그려놓은 아기자기한 그림들이 얼마나 수놓아져 있는지 모른다. 그렇게라도 해야 내 존재감이 숨을 쉬는 것 같았다. 하지만 날이 갈수록 사춘기에 깊이 접어든 내 감수성은 더 많은 것을 갈구하게 하였다. 여섯 식구가 모두 한 방 생활을 하고 있으니 귀가하고 나면 그 북새통 속에서 어찌나 혼자만의 방을 꿈꿨는지 모른다. 언젠가 아버지의 친구분이었던 공예가 박성삼 선생님이 성남이와 내 책상을 나란히 제작해 주셔서 그나마 방 한구석에 나만의 자리가 생겼는데, 나는 그것이 얼마나 기뻤던지 작은 책상에 엎드려 종이에 내 방을 그린 뒤 상상속이나마 그곳에 머물다 오곤 했다.

〈길가에서(아기 업은 소녀)〉, 캔버스에 유채, 107.5×53cm, 1954년

장군도 부러워한 가난의 행복

내 단짝 중에 옥자라는 친구가 있다. 중학교 때 나를 너무 좋아
해서 농구부 활동도 함께 했을 정도인데 정작 농구 실력은 없어서
늘 벤치에서 나를 지켜보던 친구였다. 옥자는 단체합숙을 하거나
조금만 땀을 흘려도 이 옷, 저 옷으로 갈아입을 만큼 부유한 친구
였다. 가난한 나는 그런 옥자의 집에 가는 것을 좋아했다. 옥자는
내가 늘 동경했던 어엿한 자기만의 방을 가졌고 옷이 가득 들어 있
는 옷장이 있었으며 거실에서는 늘 TV 소리가 흘러나왔다. 김치에
서는 맛있게 삭은 명태가 나오는, 그야말로 모든 의식주가 호화로
웠던 부유한 친구였다. 나는 늘 옥자네 집에 가고 싶었는데, 이상
하게 옥자는 늘 우리 집에 오고 싶어 했다. 단칸방에 여섯 식구가
엉켜 자고, 천장 위엔 쥐가 뛰어다니고 비가 샌 자국이 누렇게 밴
좁은 집이었는데 도대체 왜 우리집에 오려고 하지? 당시에는 그런
옥자를 이해할 수 없었지만, 나중에 알고 보니 옥자가 부모의 사랑
을 못 받고 자랐다는 것을 알게 되었다. 매일같이 콩나물죽을 먹어
도 어머니의 사랑이 담겨 있고, 그림을 그리던 인자한 아버지가 늘
우리를 반겨주는 곳, 동생들의 웃음꽃이 피어나는 우리 집 작은 마
당이 옥자에게는 부러움의 대상이었던 것이다. 그런 우리 집에 오

는 것을 좋아했던 친구는 옥자뿐만이 아니다. 당시 농구부 대표였던 경자도 우리집 단골손님이었다. 경자는 현재 뉴질랜드에 살고 있는데, 안부전화를 할 때면 언제나 창신동 옛집에서 우리가 함께 했던 시간들을 그리워한다. 멀고 먼 타향에 살면서 우리 집을 제 집만큼이나 소중하게 추억해주는 것이 참 고맙다. 그러고 보면 우리 가족은 늘 가난을 이기려 애썼지만, 사실 가난이라는 것은 우리 가족의 단란함과 행복함에 훼방꾼이 되지 못했던 셈이다.

내가 친구들 틈에서 이런저런 투정을 하고 있을 때, 어머니와 아버지는 아주 현실적인 고민을 하고 계셨다. 공납금을 낼 돈이 없었던 것이다. 당시 학교에는 아버지와 친분이 있었던 화가 최덕휴 선생님과 이규호 선생님이 계셨는데, 어머니는 공납금이 밀릴 때마다 아버지에게 인숙이 학교 다닐 수 있도록 그분들에게 잘 좀 부탁 드려보라며 아버지를 재촉하곤 했다. 하지만 밀리는 데도 한계가 있었고, 더 이상 미루다가는 학교에서 제적을 당할 판국이라 납부 기한이 임박해 초조해진 어머니는 사정없이 아버지를 붙잡고 닦달 하셨다. 그런데 아버지는 따가운 재촉을 받으면서도 급한 기미가 없다. 동요도 고저도 없이 조용한 목소리로 "걱정 마." 하며 어머니를 안심시켜놓고는, 한동안 골몰하시다 책장 문을 여시는 거다. 책장에는 일제 도록과 명화, 다양한 서적들이 꽂혀 있었는데, 거기서 몇 권을 골라서는 갖고 나가신다. 책을 팔아서 돈을 변통하기로 결심한 것이다. 아버지도 분명 무척 아끼셨던 것들인데, 그것들을 보자기에 싸 들고 말없이 나가시는 뒷모습이 지금도 내 가슴을 후벼

판다. 아버지도 분명히 누리고 간직하고 싶은 것들이 있었을 텐데, 우리들 때문에 포기해야 했던 것들이 얼마나 많았을까. 거듭되는 양보와 체념으로 이루어진 아버지의 헌신을 생각하면 내 철없는 어린 투정이 괜스레 부끄러워 마음만 자꾸 발끝으로 향한다.

이런 우리 집 사정과는 정반대로, 이웃에는 대통령의 총애를 받는 장군의 집이 있었다. 백마부대 유창훈 장군이라고 우리와 아래윗집으로 이웃해 어릴 때부터 그 집 아이들과 곧잘 놀고는 했는데, 성남이가 하루는 내게 달려오더니 그 집에는 화장실이 집 밖에 있는 게 아니라 집 안에 있다며 호들갑을 떠는 것이다. 그리하여 장군의 집을 구경하게 되었는데, 길게 뻗은 일본식 툇마루와 복도를 지나 화장실이라는 곳에 가니 실제로 동그란 구멍에 뚜껑이 달려 있었다. 난생처음 변기라는 것을 본 것인데, 우리는 이것을 한참 신기하게 들여다보면서 과연 이것이 어디로 연결되어 있을까 고민했던 기억이 난다. 이 유창훈 장군의 부인은 유난히 우리 어머니와 나를 좋아해서 학교 다닐 때 이분의 적지 않은 도움을 받았다. 가끔 우리 집에서 어머니와 담소를 나누다 가곤 하셨는데, 내가 주인 없이 길거리에 떨어진 천원 지폐를 보고 주울 생각은 감히 하지도 못하고 놀라 도망치듯 집으로 온 것을 보시고는 나를 얼마나 기특해하셨는지 모른다. 중학교 3학년 수학여행을 앞두고 돈을 마련하지 못해 큰 상실감에 빠져 있을 때도 이 분이 구세주처럼 나타나 비용을 보태주셨다. 내가 학교 다니면서 썼던 학용품들도 많은 부분 이 분이 마련해 주신 것이다. 매년 크리스마스 때도 이 분이 마치 산타처럼 선물을 이고 와서는 우리 가족 모두에게 나눠주셨고, 고교 시절 새 운동화와 대학 입학 기념으로 난생처음 구두를 선물 받게 해주신 것도 바로 유창훈 장군의 부인이다. 우리가 창신동에 사는 동안에는 정말 우리를 제 식구처럼 챙겨주셨는데, 이렇게 늘 받기만 하다 보니 어머니는 늘 그 집에 가서 빨래와 청소를 비롯한 잡다한 집안일을 도와드렸다. 줄 것이 없으니 몸으로 대신할 수 있는 것으로 보답한 것이다. 때로는 그림을 선물해드리기도 하였다. 인간관계에 수지타산을 계산해 넣고 싶지 않지만, 내가 마냥 선물에 들떠 있을 때 어머니는 속으로 이것을 어떻게 또 보답해드려야 하나, 부담스러운 고민을 안고 계셨다는 생각을 하면 또 한 번 부모님께 빚을 진 것 같아 죄송해진다.

그 아주머니는 나중에 정변으로 가세가 기울고 병이 깊어 오래 몸져 누우셨다가 다른 곳으로 이사 가셨다. 멀리 떨어져 있으면서도 많이 어려울 때는 어머니가 아버지 그림을 팔아서 도와 드렸었는데, 언젠가부터 왕래가 줄어들다 자연스레 소식이 끊어졌다.

돌아보면 나는 참 많은 분의 관심과 도움을 바탕으로 성장했다. 매 순간 모든 과정 속에 부모님과 우리를 아껴주신 누군가 있어 나는 비교적 자유롭게 멀리멀리 도달하고 성취할 수 있었다. 그 시절을 떠올리다 보니 문득 새 신발을 신을 때의 부푼 기대와 설레던 흥분이 함께 떠오른다. 앞으로 어린 누군가의 꿈을 도와줄 기회가 있으면, 그가 어디든지 원하는 만큼 도약할 수 있도록 새 신발을 선물하는 것도 좋겠다고 생각해본다.

화가의 일기, 스케치북

우리가 이렇게 학창 시절을 보내는 동안, 아버지는 매년 국전에 출품할 그림을 창작하시는 등 다양한 작품 활동을 하셨다. 창신동에 자리 잡던 해부터 전쟁으로 중단되었던 대한민국미술전람회가 재개되었고, 정착하자마자 그렸던 출품작 〈집〉, 〈노상에서〉가 차례로 특선과 입선에 선정된다. 그리고 이후부터 내가 졸업할 때까지 꾸준히 그림을 그리며 가족들을 건사하셨는데, 집에서도 종일 그림을 그리고 저녁 무렵 외출하실 때에도 품에 스케치북과 작은 몽당연필을 넣고 바깥 볼일을 보셨다. 그러니 오늘 하루 아버지가 무엇을 느끼고 그리셨는지는 스케치북만 보아도 확인할 수 있었다. 아버지가 다룬 소재들에는 특별히 고뇌했다거나 주제에 억지로 의미를 부여한 것이 없다. 그저 동생을 업고 있는 내 모습, 아버지를 빤히 올려다보는 동생 성남의 까만 얼굴, 우리 집 처마에 둥지를 튼 제비들이나 마루에 널브러진 내 가방, 볕을 받은 빨래나 언덕에 빼곡한 집, 감이나 화분, 팔레트 등 소박하고 평범한 것들을 주로 그리셨다. 굉장히 다양한 것을 그렸지만 그 그림들이 주는 온도 만큼은 한결같은 따스함을 유지하고 있어서, 나는 아버지의 그림 어느 것을 보아도 늘 동일한 소박함과 정겨움을 느낀다. 여섯 식구

〈책가방〉, 종이에 수채, 25.2×31.2cm, 1960년대

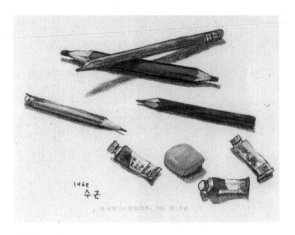

〈화구〉, 종이에 수채, 23.5×29cm, 1962년대

를 부양해야 하는 가장의 입장에서 아버지가 택하신 이런 소재들을 보다 보면 문득 궁금증이 생긴다. 화가가 돈을 벌어야겠다는 목적을 세웠다면 과연 이런 소재를 택할 수 있었을까? 더 자극적이고 대중들이 선호할 만한 그림을 그릴 수도 있었을 텐데, 아버지는 국전에서도, 화랑에도, 취미로나 습작으로 그린 그림에도 모두 이런 소재를 택하셨다. 그러니 나는 그저 아버지가 예술가로서 이것을 좋아서 그렸다고밖에 달리 설명할 길이 없다. 정말 아버지가 언젠가 말씀하신 대로 우리 주변을 둘러싼 일상의 평범함에서 진실함과 선함을 찾고, 그것을 그리는 일에서 행복감을 느끼신 것이다.

아버지는 굉장히 깔끔한 분이었다. 일상생활을 하실 때나 그림을 그리실 때도 당신만의 규칙이 있어서 그것을 벗어나면 안 되었다. 웬만한 화가의 화실치고 그렇게 깔끔한 공간도 없을 것이다. 붓이나 연필, 물감들조차 모두 제자리가 있어서 정갈하게 정리되어 있고, 그림을 그리는 순서나 과정에서도 아버지만의 방법이 있었다. 한 장의 스케치에도 같은 자리에 지워진 연필 선이 어찌나 많은지 세심한 습관이 그대로 드러나고, 같은 그림을 그린 스케치만도 한두 장이 아니었다. 마음에 들 때까지 계속 다시 그리는 것이다. 그래서 아버지의 스케치들을 보면 '수근'이라는 글자가 새겨진 게 있고 없는 것이 있다. 만족스러운 스케치가 완성되면 그제야 비로소 유화 작업에 들어가셨다. 아버지 마음속 어디서 비롯하였는지 언젠가부터는 아버지의 유화에 울퉁불퉁 화강암 같은 짙은 질감이 두드러졌는데, 우리 남매들은 그것이 어린 날 우리 마룻가에 떨어지던 정겨운 제비 똥을 보는 것 같아 한층 강해진 자연 그대로의 정겨움을 느끼곤 한다. 실제로 그 봄날의 제비가 아버지 그림 위에 똥을 싸면, 그 색이 똥인지 그림인지 구분이 안 될 정도로 같았다. 안 그래도 익숙한 풍경인데 파란 마당 하늘을 날아다니던 제비를 떠올리니 내 상상은 마치 시간여행을 하는 듯 더 깊숙한 과거로 들어간다. 아버지의 작품 해석에 일가견이 있는 동생 성남이는 아버지의 색감을 모든 것이 자연으로 귀결된다는 의미의 '갯벌색'이라는 독특한 언어로 표현하는데, 아버지의 선과 색은 실제로 우리를 숙연하게 만드는 힘이 있다. 마치 해지는 서해의 고요한 갯벌을 보고 선 듯 어느새 지나온 시절을 돌아보게 되는 것이다. 돌아보는 삶이란 왜 그리도 고되고 아득하게 느껴지는지, 나도 모르게 차분해져서는 스스로 내 삶을 위로하고 응원하게 된다. 아버지의 그림을 보다가 뭉클하게 마음을 흔드는 무언가가 있다면, 무어라 정의할 수 없는 바로 그것일지도 모른다.

마거릿 밀러의 편지

아버지는 늘 편지를 기다리셨다. 바다 건너 미국의 마거릿 밀러 여사의 소식을 기다리는 것이다. 편지가 전부 영어여서 편지를 받으면 당시 신당동에 살았던 이어령 전 장관이나 반도화랑의 이대원 선생님을 찾아가 읽어달라 부탁했고, 마찬가지로 답장을 보낼 때도 한글로 쓴 것을 영어로 다시 옮겨달라 부탁했다. 아버지가 그림과 함께 편지를 보내면, 밀러 여사는 그림을 주문하는 편지와 함

마거릿 밀러 여사가 보내온 편지

께 다음 작업을 위한 화구나 물감을 보내왔다. 후원품이 들어오던 날이면 유난히 유쾌했던 아버지의 모습이 눈에 선하다. 한국에서는 받은 적이 없는 환대를 태평양 건너에 있는 미국의 미술 애호가로부터 받고 있으니, 오직 아버지에게 주어진 크나큰 인정과 보상이었던 셈이다.

때로 밀러 여사로부터 사진이 올 때도 있었다. 그중에는 커다란 저택 한쪽 벽면에 아버지의 그림이 걸려 있는 사진도 있었다. 그날 아버지와 우리 가족 모두가 함께 그 사진을 보며 감격스러워 했던 기억이 난다. 바다 건너 세계에서 가장 잘 사는 미국이라는 나라에 우리 아버지의 그림이 걸려 그들을 행복하게 한다니, 이보다 더 자랑스럽고 짜릿한 기쁨이 있을까. 그때는 우리의 꿈이 이 작은 초가집을 벗어나 세계로 뻗어가는 것만 같았다. 밀러 여사가 보내준 그림 값이 우리 일가족이 생활하는 데 굉장히 요긴하게 쓰인 것도 물론이다.

밀러 여사는 후원금으로 일정 금액의 수표를 끊어 보내주곤 했는데, 한 번은 환전소에 환전을 맡겼다가 그 돈을 홀랑 잃어버린 적이 있다. 담당자가 환전을 해준다고 해놓고는 들고서 달아나버린 것이다. 순식간에 당장의 생계가 막막해지는 것은 물론, 그림을 그렸던 시간도, 재료도, 노력도 다 허무하게 날려버린 상황이었다. 어머니는 분통이 터져 속절없이 가슴만 치고 있는데, 아버지는 그런 일을 앞에 두고서도 늘 보여주시던 미륵불 같은 표정으로 의연하게 현실을 받아들이셨다. 남들 보기에 어쩌면 저럴 수가 있을까,

태연한 것 같아도 속을 직접 들여다보면 다르지 않을까? 우리에게도 드러내지 않으셨지만 응당 속상하고 화도 나셨을 것이다. 하지만 아버지는 늘 어떤 상황에서도 침착함을 잃지 않으셨다. 마치 아버지의 그림처럼, 현실을 있는 그대로 받아들이시는 것이다.

사실 이런 점은 밖에서 보기에 본받을 점이지만, 함께 사는 어머니나 우리들에겐 답답함을 안겨주던 단점이기도 했다. 1961년도에 아버지가 국제자유미술전에 작품을 출품하신 적이 있다. 그런데 급한 전화가 받아와서 받아보니 전시를 위해 보관 중이던 아버지 그림을 누군가가 훔쳐 가 버렸다는 것이다. 어머니가 아연실색

마가렛 밀러 여사 자택 거실

해서 경찰서에 가서 범인을 잡아 그림을 찾아 달라고 신신당부를 하는데, 아버지는 그 순간에도 보살 같은 말씀만 하신다.

"작품은 갖고 싶은데 돈이 없어 도둑질을 했으니 그 사람도 참 딱하다."

그러곤 범인 잡을 생각은커녕, 그냥 내버려 두자, 잊자 하신다. 언뜻 보기에는 훈훈한 일화이나 사실 아버지의 성공적인 출품을 한마음으로 기원하던 어머니나 우리들 입장에서는 얼마나 어이가 없는지 하염없이 맥이 풀리고 만다. 이런 허무하고 답답한 기분은 아버지랑 함께 살아보지 않은 사람은 아마 모를 것이다.

아버지의 이상형은 단발머리?

아버지가 추구하던 독특한 그림 세계를 이야기하다 보니 사촌인 인화 이야기를 하지 않을 수 없다. 작은아버지 가족이 창신동 건넌방에 살다가 용두동으로 이사를 하고 난 뒤, 오랜만에 놀러 온 인화는 어딘가 달라져 있었다. 당시 유행하던 뽀글뽀글 파마 머리를 하고 온 것이다. 그런데 아버지가 불쑥 "인화 이리 와라." 하시더니 마루에 앉히고는 시커먼 무쇠가위를 가져와서 인화의 머리를 어릴 적 내가 늘 하고 다녔던 짧은 단발머리로 싹둑싹둑 잘라버리셨다. 인화는 지금도 그것을 또렷하게 기억하며 말한다. 인화 입장에서는 돋보이고 싶고 자랑하고 싶은 마음도 있었을 텐데 자기 머리를 큰아버지가 동의도 없이 그렇게 잘라버리셨으니 그것이 얼마나 속상하고 억울한 기억으로 남아 있을까! 그런데 아버지 특유의 태연하고 다정한 손길은 이상하게도 화를 내지 못하게 말문을 막아버리는 마법이 있나보다. 그러니 투정도 못 하고 입을 꾹 다물고 있었을 수밖에. 어머니가 늘 쪽을 지고 다니셨던 것처럼, 아버지의 시선에서 소녀란 언제나 단발머리가 미의 최고 기준이 되는 모양이다. 인화는 그런 웃지못할 수모를 겪어놓고도 늘 아버지를 좋아하고 따르며 거의 매일같이 우리 집에 왔다. 지금도 아버지의 그림을 얼마나 좋아하는지 모른다.

인화는 어릴 때 화가란 자고로 천경자 화가처럼 감각적이고 화려한 그림을 그려 사람들에게 늘 새로운 자극과 희망을 주는 역할을 해야 하는 줄로만 알았다고 한다. 큰아버지는 늘 단순하고 평범한 것만 그리며 대중의 인기는 조금도 추구하지 않으니 그 심중을 도무지 이해할 수 없었는데 지나간 모든 시절이 그리워진 지금, 아버지가 얼마나 소중하고 값진 것들을 그리는 데 평생을 바쳐왔는지, 아버지가 떠나시고 난 후에야 그 가치를 깨달았다는 것이다. 반면, 나는 그런 아버지의 그림들을 평생 보고 자랐음에도 완전히 다른 작품세계를 갖고 있으니 신기한 일이다. 내가 추구하는 이미지들은 아름다운 원색들이 화려하게 펼쳐진 동화 같은 세계. 동물들과 아이들이 함께 이야기하고 눈을 맞추며 교감을 나누는 전래동화나 이솝우화 같은, 세상에 없는 이야기들을 색으로 표현하고 싶다. 보물을 찾아 바다와 산, 마법의 숲을 건너 모험을 떠나는 환상적인 세계, TV에서 그런 비슷한 장면이 잠깐이라도 지날라치면, 나는 어느새 그 달콤함에 홀려 나만의 세계에 도취되고 만다. 그래서인지 나는 이렇게 할머니가 되어서도 디즈니랜드에 가보는 것이 소원인가 보다.

부부, 애정행각의 모범을 보이다

우리 부모님은 그 시절을 함께 보내온 사람이라면 누구나 인정하는 금슬 좋은 부부였는데, 특히 아버지가 어머니에게 보여주신 사랑은 얼마나 지극정성인지 딸인 내가 봐도 반하지 않을 수 없을 정도다. 어머니가 내게 집안일을 많이 안 시키셨던 데에는 학업에 전념하라는 의도도 있었겠지만 우선 철없는 내가 요리조리 피했던 것도 이유였을 것이고, 무엇보다 아버지가 이미 집안일을 척척 해두셨다는 것도 부인할 수 없는 요인이다. 아버지는 아침에 이불을 개자마자 집 안 구석구석을 비질하시고 마루부터 안방까지 반들반들 걸레질하셨다. 아침에 일어나서 일상의 추레함을 지우는 일, 그것은 그림을 그리기 전에 치르는 어떤 의식 같은 것이었는지도 모른다. 앞서 말했던 것처럼 빨래를 걷어서 개어놓는 것은 물론, 때로는 부엌일까지 마다하지 않으셨다. 특히 밀가루를 반죽해 수제비를 뜨는 일은 아버지의 전매특허였다. 그 커다란 손으로 밀가루 덩어리를 골고루 반죽해서는, 어린 인애도 먹기 좋은 두께로 야들야들 꼼꼼하게 뜯어 끓는 물에 퐁당퐁당 넣고 점심 한 끼니를 금세 차려내셨다. 멸치도, 고기도, 육수라고 할 것 전혀 없이 소금으로만 끓여내시는데도 그렇게 맛있을 수가 없었다. 비록 질리도록 먹어 지금은 밀가루라 하면 손부터 내젓지만, 그 시절 허기를 달래주던 아버지의 손맛만큼은 잊을 수가 없다. 이것은 아버지가 어려서부터 홀로 집안 살림을 맡아 왔기 때문에 가능한 것이었는데, 덕분에 어머니는 다른 집안 여자들은 결코 받을 수 없는 밥상 대접을 남편으로부터 종종 받으셨다. 그 시대에 보수적이고 가부장적인 다른 집 남자들이 집 안에서 어떤 위치를 점하고 있는지 아버지도 모르진 않으셨을 텐데, 어쩌면 그리 어머니 일을 대신 도맡아 하셨는지 나는 그것을 지고한 사랑이라고 밖에는 표현할 길이 없다. 전쟁통에 흩어졌던, 아니 다 죽었다고 생각했던 처자식을 극적으로 다시 만났던 순간, 아버지는 이 여린 가족의 등불이 될 것을 하늘에 맹세라도 했던 것일까. 전쟁이 일어나기 전 금성에 계실 때 있었던 일을 어머니는 자주 말씀하신다. 어머니가 성남이와 나를 아버지에게 맡기고 친구들과 멀리 볼일을 보러 다녀온 적이 있는데, 밤늦게 금성역에 도착해 보니 아버지가 성남이 손을 잡고 마중을 나오셨다는 것이다. 다른 친구들이 그런 어머니를 부러워하는 가운데 집에 도착해보니 아기 기저귀는 이미 빨아서 널어놓았고, 우리들 저녁밥도 이미 다 챙겨 먹였노라 하신다. 어머니가 놀라워하며 씻고 방에 들어오니 아버지가 화롯대에 찌개를 데워 들고 들어오셔서는, 아랫목 깊이 넣어둔 공깃밥을 꺼내 밥상 위에 올려놓으며 다정하고 묵직한 저음으로 이렇게 말씀하셨다고.

"외지에 다녀오느라 배고플 테니 어서 들어요."

그러면서 숟가락까지 챙겨주시는데, 이때 어머니가 얼마나 감동

하였을지는 옛날 사람들뿐만 아니라 요즘 주부들이라도 백번 공감하고도 남을 것이다. 사실 나도 결혼을 하고 아이를 둘 낳고 살았지만 단 한 번도 이런 호사를 누린 적이 없다. 내가 결혼하던 시기만 해도 가부장제가 당연시되던 시기라 아버지 같은 남자는 찾아보기도 힘들었다. 아버지는 정말 시대를 역행하는 로맨티스트였던 것이다.

내가 동덕여고에 들어가면서 어머니는 평생 아끼시던 약혼 시계를 나에게 주셨다. 나 또한 첫 손목시계라 애지중지 차고 다녔었는데 누가 가져간 건지, 내가 흘려버린 건지 도무지 내 손목에는 보이지 않고 어디서도 찾을 수가 없었다. 필시 나도 모르는 사이에 소매치기를 당했던 게 아닌가 싶다. 나도 그렇게 속상하고 애가 탔는데 고문을 받으면서도, 피난길 위에서도 20년 넘게 내 몸처럼 그것을 차고 계셨던 어머니는 얼마나 억울하셨을까. 소매치기를 당했다고는 하지만 모든 게 시계 하나 똑바로 간수하지 못한 내 잘못 같아 나는 며칠 동안 고개를 들고 다니지 못했다. 그 시계는 엄마가 목숨 걸고 싸워서 지켜내신 소중한 것이라 하며 안타까워하던 아버지의 목소리도 잊을 수가 없다. 그렇게 몇 달이 지나 사건이 잊혀가던 어느 여름밤, 아버지는 어머니에게 대뜸 "팔을 좀 내놓아요," 하고 말씀하신다. 어머니가 오른팔을 내미니 아버지는 "왼팔 말이야," 하시곤 대뜸 어머니의 왼팔 손목을 붙잡고서 새 시계를 채워 주셨다. 그러면서 이런 말씀을 하셨다.

"오늘 당신하고 약혼식을 또 한 번 올리는 거요."

김복순의 유품, 박수근미술관 소장

　이처럼 서로를 아끼고 위하는 부부가 나의 부모님이라니, 새삼 흐뭇해진다. 아버지는 어머니와 약혼한 이후로 어머니만을 마음에 담고 살았던 것이고, 그 증물인 시계가 없어진 것을 속으로 애달파하다가 기어이 다시 그날의 맹세를 재현한 것이다. 그날 이후로 시계를 잃어버렸던 내 부담감도 옅어졌지만, 동시에 부부가 서로를 아끼고 존중하며 산다는 것이 얼마나 중요한 일인지도 배우게 되었다. 어머니 아버지가 서로에 대한 사랑을 아낌없이 표현하실 때마다, 나는 우리를 지키고 있는 가정이라는 울타리가 얼마나 견고한지 그때마다 확인했다.

　어머니가 자랑처럼 말씀하시는, 아버지의 사랑을 몸소 느낀 추억은 또 있다. 당시에는 사대문 밖으로 멀리까지 전차가 다녔는데,

두 분이 볼일이 있어 함께 전차를 탈 때면 빼곡한 승객들 사이로 아버지가 두 팔로 어머니를 에워싸고 안간힘을 쓰셨다는 것이다. 사람들 많은 곳에는 서지도 못하게 하고 부득이 서서 가야 할 일이 생기면 어머님 뒤로 바짝 붙어 누구도 어머니와 접촉하지 못하도록 철벽 호위를 하셨다고 한다. 그러다 코너에 자리가 나면 먼저 앉게 한 뒤 양팔로 손잡이를 붙잡고서는, 다른 데 자리가 나도 앉지 않고 서서 목적지까지 가더라는 것이다. 어머니는 그때 느꼈던 아버지와의 밀착감과 보호받고 있다는 행복감을 결코 잊을 수 없노라 수줍게 되뇌셨다.

매일같이 우리 집에 드나들던 인화도 우리 어머니와 아버지의 애정행각을 목격한 적이 있다고 했다. 그 무렵 겨울이면 부엌에는 늘 안방을 덥히기 위해 연탄을 때고 그 위로 뜨거운 물을 채워두었다. 온 식구가 아침저녁으로 따뜻하게 사용할 수 있도록 데워둔 생활용수였던 셈이다. 조그마한 인화는 큰어머니가 들락거리던 따뜻한 주방 곁에 몸을 녹이고 있는데, 손을 씻기 위해 들어온 아버지가 식사를 준비하던 어머니와 장난을 치시다 갑자기 어머니의 귀를 잘근잘근 깨물었다는 것이다. 어머니는 수줍은 웃음을 터뜨리시고, 아버지가 흐뭇해하시며 밖으로 나가는데, 인화는 구석에서 어른들의 그런 모습을 목격하고 어린 마음에 기분이 얼마나 야릇했는지 모른단다. 인화 말로는 큰아버지가 저를 너무 어린 꼬마로 생각하고 대수롭지 않게 지나치신 것 같은데 보는 꼬마는 얼마나 설렜는지 나이가 든 지금까지도 똑똑히 기억하고 있다 하여 한바탕 웃음이 터졌다.

이러니 어머니가 아버지를 어찌 존경하고 사랑하지 않을 수 있을까. 매일같이 어떻게 하면 더 사랑할 수 있을까 고민하는 아버지와, 어떻게 하면 더 잘해드릴까 연구하는 어머니. 두 분의 이런 사랑을 떠올리고 있노라면 나도 몰래 미소가 떠오르다가도 모든 것을 흐릿하게 만든 세월 앞에서 괜스레 서글퍼지기도 한다.

인기폭발 내 아버지

인물이 좋고 인품마저 후덕한 아버지를 좋아했던 것은 어머니나 우리뿐만이 아니었다. 동네 아낙들도 아버지를 좋아했다. 당시 동네 사람들은 어머니더러 우스개로 미국 사람과 사는 여인이라고 했다. 아버지는 키가 크고 이목구비도 뚜렷한 데다 보고 듣는 성품이 워낙에 매력적이라 창신동에서 이사한 전농동 시절 이웃한 여인들이 저런 남자랑 한번 살아보면 소원이 없겠다, 수군거리는 게 어머니 귀에까지 들어갈 정도였다. 어느 저녁엔 아버지가 기분 좋게 취해 들어오셔서는 대뜸 어머니 귀에 대고 "당신 큰일 났어," 하신다. 무슨 일인가 빤히 쳐다보니 개구진 표정으로 "그러다 남편 뺏기는 수가 있어," 덧붙이신다. 어머니가 자초지종을 풀어보라 하니 늘 즐겨 가던 대폿집 주인 마담이 오늘따라 내 손을 붙들고 내 마음 좀 알아달라며 하소연을 하기에 그 맘 잘 안다며 등을 토닥여주고 왔다는 것이다. 아버지의 표정이 마치 어머니의 질투심이라도 부추기는 듯 얄미운데, 어머니는 당황하지도 않고 어머니답게 이렇게 대답하신다.

"술집 여자랑 제가 비교나 됩니까. 남편 잃으면 어쩔 수 없지요, 당신이 손해지."

그 대답이 틀린 것도 아니어서 나는 또 한 번 어머니의 재기발랄함에 무릎을 친다. 아버지도 속으로는 아무렴, 아내가 최고지, 하며 흐뭇해하셨을 것이 환하다.

뒤늦게 친척들이 모여앉아 옛이야기를 터놓다 보니 어머니 아버지 살아계실 때는 모두가 꾹 다물고 있었던 이야기들도 줄줄이 나온다. 어머니 귀에 들어가면 큰일 났지, 하며 쉬쉬한 여인들의 이름이 작은어머니 입에서 여럿 나오는 것이다. 창신동에서부터 전농동에 이르기까지 아버지를 따라다녔던 여자들이 제법 있었던 모양이다. 아버지는 그저 목석처럼 반응이 없는데, 여자들이 좋다고 그렇게 계속 찾아왔단다. 아버지 어릴 적 고향 양구공립보통학교 동창생이었던 은진이 고모도 그중 한 명이었다. 나는 고모, 고모, 하며 따랐던 분인데 아버지를 사모하고 있었다니 놀랄 일이다. 처녀 때부터 좋아해서 시집간 후에도 아버지가 즐겨 가는 다방에 찾아와서는 그렇게 곁에 머물다 갔단다. 아버지도 마음이 쓰였던지 돈까지 봉투에 넣어 챙겨줬다고 하는데, 얘기를 듣자니 밀가루죽 먹고 있었던 어머니나 늘 배고팠던 동생들 생각에 불쑥 화가 나려고 한다. 이런 일들을 어머니가 몰랐던 것이 천만다행한 일이다. 나는 이름도 모르는데 금옥이 엄마도 아버지를 만나러 왔단다. 아버지가 이 정도로 인기가 많았던가, 놀라다가도 새삼 돌이켜 생각해보니 그럴 만도 하다는 생각이 든다. 아버지의 수더분함은 매력 중의 매력이었다. 부드럽고 인자한 음성, 백 마디 말을 따스한 표정으로 대신하는 과묵함은 이성을 넘어서 만인의 호감을 이끌어내고도 남는 것이었다.

그 중엔 공식적으로 어머니의 묵인하에 아버지와 데이트를 즐겼던 사람도 있다. 어머니가 교회에서 알게 된 아가씨, 은숙 이모다. 은숙 이모는 이화여대를 나온 엘리트였는데 어머니와 교류하며 아버지를 알게 된 후부터는 창신동 우리 집에 수시로 드나들며 아버지와 친하게 지냈다. 한때는 건넌방에 그분의 식구들이 오래 머물며 한 지붕 생활을 했던 적도 있다. 은숙 이모는 아버지를 곧잘 따랐다. 좋아하는 기색이 역력해 누가 보아도 알아차릴 정도였으니 아마 두 사람이 처녀와 총각이었으면 사달이 나도 단단히 났을지 모를 일이다. 하지만 어머니가 계시니 더 가까워지지는 못하고, 대신 은숙 이모가 어머니에게 아버지랑 한 번만 시내에 다녀오면 안 되겠냐고 졸라 허락 하에 데이트를 즐기고 온 적이 있다. 요즘 사람들이 들으면 이게 무슨 경우냐고 펄쩍 뛸지도 모르겠다만, 세 분이 워낙에 친하다보니 장난삼아 가능했던 일이 아니었나 싶다. 그땐 몰랐는데 지금 생각해보니 대뜸 따라 나간 아버지가 얄밉기도 하고, 괜스레 어떤 데이트를 했을지 얄궂은 상상도 해보게 된다. 어머니는 무슨 생각으로 멋진 아버지를 그리 밖으로 돌리셨을까? 필시 세 분 사이에 두터운 신뢰가 있었기에 가능한 일이었을 것이다.

어머니도 가출을 한다

이렇게 금슬 좋은 두 분이 크게 다퉈 어머니가 가출까지 단행했던 적이 있다. 전농동에 살 때였을 것이다. 어떤 일이 어머니의 화를 그렇게까지 돋구었는지 모르겠지만 당시 어머니는 보름 이상을 용두동 작은아버지 댁에 가 계셨다. 옷가지와 집에 있던 쌀도 다 싸들고 가셨다. 상황은 심각한데 인화만 신이 났다. 늘 좋아하던 큰어머니가 쌀까지 들고 자기네 와 계시니 어린 마음에 좋을 수밖에. 반면 비가 오나 눈이 오나 아버지와 한마음 한뜻으로 생활해오신 어머니가 갑자기 사라진 우리 집은 난리가 났다. 어머니는 어떤 일이 있어도 우리 곁에 계실 줄로만 알았는데 이런 일이 다 있구나 싶어 장녀였던 나도 한참을 당황했더랬다. 술만 마시면 주정뱅이가 되지만 술을 안 드실 땐 아버지를 닮아 선비나 다름없는 작은아버지는, 어머니가 그렇게 찾아오니 단칸방의 가장 따뜻한 아랫목을 어머니에게 내어주셨다. 모두가 그 좁은 방에 칼같이 누워 있는데 어머니가 아버지하곤 못 살겠다며 서러움을 토해내신다. 가난한 형편에도 꿋꿋하게 살림을 꾸려오신 강인한 어머니지만, 때로는 감당할 수 없을 만큼 힘들 때도 있었을 것이다. 아버지가 미련하고 답답해 죽겠다는 어머니의 심정을 딸로서 이해 못 하

는 것도 아니다. 욕심도 없고 대책도 없고 늘 손해 보는 데다 급할
게 전혀 없는 분이시니 달리기 계주하듯 함께 허리띠 졸라매고 앞
만 보며 살림을 꾸리는 어머니 입장에서는 손발이 안 맞는 아버지
가 밉고 답답해 속이 타들어 갔을 것이다. 함께 가정을 꾸린 지 20
년이 넘었는데 가진 것도 모은 것도 없으니 악착같이 노력해온 어
머니에겐 지난 시간이 서럽고 허무했던 것이다. 어머니가 용두동
에 있으니 성남이도 나도 자연스럽게 용두동으로 걸음을 하게 되
었다. 아마 용두동 작은집이 이렇게 붐빈 적도 그때 말고는 없을
것이다. 우리는 하루하루 어머니의 기분을 살피며 정말 안 들어가
실 거냐고 슬며시 떠보곤 했다. 하지만 그때마다 아버지 보기 싫어
가지 않는다, 하신다. 그때만 해도 어머니는 진짜 영영 돌아오지
않을 것 같아 보였다.

하지만 시간이 약이라 했던가, 보름이 지날 무렵 어머니는 화
를 누그러뜨리셨는지 결단을 하셨다. 집으로 돌아오기로 한 것이
다. 다시 집으로 들어오던 날도 집을 나가던 날만큼이나 긴장감이
감돌았다. 어머니는 집을 나가던 날과 똑같이 양손에 쌀자루와 짐
꾸러미를 들고, 작은어머니는 지원군처럼 형님을 모셔다드리겠다
며 동행하셨다. 나는 혹시나 두 분이 다시 만나면 또다시 싸움이
벌어지는 않을까 걱정이 되었다. 그런데 웬걸, 대문을 열고 마주
본 두 분 사이의 기운이 묘하게 온화하다. 출발하실 때만 해도 성
난 용사 같던 어머니의 눈에는 아버지를 향한 연민이 그렁그렁하
고, 아버지는 애초에 화를 낸 적이 없던 건지, 풀린 건지, 만면에 반

색이 환했다. 한참을 두 분이 그렇게 마주 보시더니 아버지가 언제 무슨 일이 있었냐는 듯 그저 넓은 두 팔을 환하게 벌려서는 어머니 어깨를 감싸 안고 방으로 들어가시는 거다. 일생일대의 부부싸움이 그렇게 끝이 났다. 다시 고요하고 평범한 일상이 시작되었다. 인화는 그 보름간의 짧은 나날들을 굉장히 행복하게 기억하고 있다. 쌀자루도 있고 어머니랑 큰어머니랑 매일 저녁 동태국이며 배추전이며 소소한 요리를 해 먹으며 여자들끼리 도란도란 수다 삼매경에 빠졌으니 내가 생각해도 불행했다고 말할 날들은 아니었다. 그땐 심각했지만 지금 생각해보면 웃지 않을 도리가 없다. 하지만 소소한 갈등일지라도 두 분이 보내온 가난한 세월들을 빤히 아는 나는 사실 웃음을 짓다가도 금세 표정을 가다듬게 된다. 나도 어머니 마음처럼 행복한 마음 한구석 숨겨둔 서러움이 있기 때문이다. 아버지는 오늘날 대한민국이 인정하는 화가로 우뚝 섰는데, 두 분은 그것을 누리지도 못하고 너무 가난한 젊은 날을 보내다 가셨다. 이 시기가 조금 더 빨리 찾아왔으면 얼마나 좋았을까? 그토록 멀고 먼 고단한 길의 끝자락에 이런 달고 풍성한 결실이 있었다는 것을 두 분이 직접 확인하고 서로 축하하다 가셨으면 얼마나 좋았을까. 아무리 생각해도 아쉬운 일이 아닐 수 없다.

어머니의 달란트

　어머니는 아버지와 혼인할 때부터 독실한 기독교 신자였지만, 우리가 어느 정도 자라 집안일에서 많이 자유로워진 다음부터는 더욱 본격적으로 신앙생활을 하셨다. 돌아가시기 직전까지 사목 활동에 헌신하다 가셨는데, 얼마나 오랜 시간을 교회에서 보냈는지 나중에는 그저 어머니 주변을 감도는 풍채나 분위기에서도 종교에 대한 신심이 확연하게 느껴질 정도였다. 그러고 보면 우리 집 식구들은 어머니만 빼고 모두 기독교 모태신앙이었는데, 신앙의 깊이만큼은 어머니를 따라갈 사람이 없었다. 가끔 교회 활동을 하느라 어머니 없는 빈집에 들어올 때면 그렇게까지 시간을 할애하며 교회에 몰두하는 어머니가 이해되지 않았다. 불만도 생기고 교회가 무엇이기에 이렇게 가족들도 팽개치나, 원망스럽게 느껴지기도 하였다.

　우리 가족은 지금의 동신교회인 창신교회에 다니다 전농동으로 이사 간 이후부터 개척교회이던 중곡동 장로교회를 다녔는데, 거기에서는 어머니가 전도사 활동까지 하였다. 당시 중곡동교회의 김세진 목사님은 어머니의 신앙심을 굉장히 높이 사 평신도였던 어머니에게 전도사역까지 맡기셨다. 얼마나 신심이 깊었으면 신학대학도 나오지 않은 어머니에게 전도사 자격까지 주셨을까. 어머니가 사역하던 전도사실이 지금도 떠오른다. 어머니가 밤낮없이 교회에 계시다 보니 나도 자연스럽게 그 방을 들락거렸던 기억이 난다. 인자하고 단아한 한국적 외모와 늘 한결같이 쪽을 진 머리, 밝은색 계통의 한복은 종교 생활을 하면서 주변인들에게 더욱 무게감 있고 진중한 모습으로 비쳤다. 행동이나 말씀마저도 가볍지 않았다. 교회에서 굉장히 존경받는 어른이었던 것이다. 교회 전도사로 부임하면서부터 어머니는, 홀로 신앙생활을 하는 데 그치지 않고 대외적으로 봉사활동을 하고 다른 사람을 이롭게 하는데 정성을 쏟아부으며 신앙심을 키웠다.

김복순, 1950년대 후반

현재 캐나다 토론토에서 사역을 하는 김인환 목사와 어머니의 만남도 굉장히 의미 있는 것이었다. 당시 그는 집안 갈등을 이겨내지 못하고 집을 나와 그저 방황하고 있었다. 경상도 청년이 연고도 없이 서울까지 올라와 홀로 떠돌고 있었던 것이다. 그런데 어떤 인연의 이끌림이었는지 중곡동 교회에서 어머니를 만나면서 그 위태로운 시기를 이겨내었다. 한 뼘 더 성숙해졌고, 신앙에 더욱 파고들며 목회자의 길을 걸으며 새로운 인생을 맞이할 수 있었던 것이다. 신학 공부와 안정된 결혼, 목사 안수까지 어머니가 줄곧 옆에서 지켜봐 줬음은 물론이다.

또 교회에는 인생에 대한 비관으로 음독자살을 시도한 처녀가 있었다. 하지만 자살에 실패하면서 속을 다 버린 채 만신창이가 되어 겨우 교회에 의지하며 하루하루 목숨을 부지하고 있었다. 어머니는 그녀가 정신적, 육체적으로 다시 회복할 수 있을 때까지 매일 죽을 쑤어 먹이며 기도했다. 얼마나 정성을 쏟으셨는지, 시간이 흘러 정말로 기적이 왔다. 건강의 호전은 물론, 삶에 비관적이던 그녀의 태도까지 긍정적으로 바뀐 것이다. 그녀는 그 뒤 신실한 신앙인으로서 감사하는 삶을 살며 훗날 목사님과 혼인하여 행복한 성가정을 이룬다.

몇 가지 사례로 어머니의 사역 활동을 설명하기엔 너무 많은 사람이 어머니와 함께 삶의 의미를 찾았다. 어머니는 이런 얘기들을 마치 내 일처럼 기뻐하며 우리에게 조곤조곤 이야기해주셨다. 듣고 있으면 정말 신기하고 경이로운 일들이 많아 나도 손뼉 치며 함께 기뻐했던 생각이 난다. 그만큼 어머니는 최선을 다해 전도사역을 하셨다. 이렇게 뒤늦게 신앙 활동에 몰두하는 어머니를 보면 어머니가 그동안 얼마나 성취감에 목말라 있었는지를 어렴풋이 깨닫는다. 이전까지의 삶이 늘 가정에서 존재감을 숨긴 채 자식과 남편을 뒷바라지하며 그림자 같은 시간을 보낸 것이었다면, 교회에서의 활동은 주체적으로 당신을 드러내며 이로운 일을 하시고 그 성과와 노력을 안팎으로 인정받는 시간이었다. 여성의 사회활동이 제한된 시절에 이렇게나마 주어진 사명과 목표 의식은 어머니에게 어마어마한 해방구가 되어 주었을 것이다. 그것은 아주 오래전 어머니가 정치 활동을 적극적으로 했던 것과도 무관하지 않은 것 같다. 어린 마음에 교회가 가정에서 어머니를 빼앗았다고 생각하던 철없던 시절도 있었지만, 어머니가 신앙에 의지하며 버텨온 시간과 신앙생활로 인해 발견된 어머니의 달란트, 그것을 사회에 봉헌하며 되돌려 받았을 성취감 등을 생각하면 모든 것이 어머니가 당연히 받아야 마땅한 은총이자 은혜가 아니었나 싶다.

이중섭, 이응로, 시대의 예술가들

　어머니는 이 밖에도 내가 성장하는 과정에서 다양한 이야기들을 우리에게 들려주셨다. 그중의 하나가 제주도의 유명한 화가 이야기다. 아버지가 밖에서 듣고서 어머니에게 들려주신 것인데, 우리에게도 들려줄만한 것이다 싶으셨는지 온 가족이 앉은 자리에서 함께 슬퍼할 일이 있다며 어머니가 나지막이 들려주셨다. 지금도 이어지고 있는 현실이지만, 해방 이후의 한일관계는 나빠질 대로 나빠진 상황이었다. 일본인은 한국인을 업신여기고, 한국인은 일본인을 원수처럼 생각하는 것이 당연하게 생각되던 시절이었다. 그런데 일제 치하에서 한국 남자와 일본 여자가 서로 사랑하여 결혼했단다. 두 사람은 모든 시대적 편견을 이겨내고 가족을 일궜지만, 화가의 수입으로는 도저히 아내와 아이들을 건사할 수 없어 결국 아내는 아이들을 데리고 본국으로 돌아간다. 아내와 아이들이 보고 싶어 밤낮으로 울던 화가는 종이에다, 은박지에다, 어디에나 가족들을 그리며 그리움을 꾹꾹 눌렀다. 도저히 자신의 힘으로 슬픔을 이겨낼 수 없었던 어느날, 화가가 아내를 찾아 일본으로 떠난다. 극적으로 만난 가족들은 서로 부둥켜안고 상봉의 기쁨을 만끽했다. 하지만 그 후의 나날들은 이상하게 행복해지긴 커녕 더욱 처참해졌다. 아내는 홀로 바느질한 돈으로 겨우 아이들을 먹이고 있었는데, 화가가 문득 입 벌리는 아이들 옆에서 식충이 같은 자신을 깨닫게 된 것이다. 스스로에 대한 모멸감에 마음이 무너진 화가는 결국 되돌아가는 것을 선택했고, 제주도로 돌아와서는 지금도 가족이 그리워 그저 울고만 있다는 것이다. 그 비운의 주인공이 바로 이중섭 화가였다. 그 얘기를 듣고 있자니 우리 가족 모두 숙연해져서는 서로의 얼굴만 빤히 쳐다보게 되었다. 아무도 말은 안 했지만 속으로는 의미심장한 교훈을 새긴 것이다. 우리도 같은 시대에 태어나 가난한 화가 아버지 밑에서 매일 밀가루죽을 먹으며 살고 있는데, 이중섭 화가의 안타까운 사연이 마냥 남의 일이 아닌 것이다. 나는 나도 모르게 떠오르는 끔찍한 최악의 경우를 상상하다가 머리를 흔들어 털어냈다. 우리 가족은 절대 헤어지면 안 되겠다, 어떤 일이 있더라도 평생 함께 똘똘 뭉쳐야겠다. 아버지는 그날도 저쪽에서 묵묵히 그림을 그리고 계셨는데, 그날따라 가장의 짐을 짊어지고 계시던 아버지의 그 뒷모습이 얼마나 서글프고 또 든든했는지 모른다.

이중섭 선생님 이야기를 하니 성남이와 내가 언젠가 동백림사건으로 투옥되셨던 화가 이응로 선생님의 감옥 면회를 하러 갔던 일이 생각난다. 우리가 찾아뵈었을 때는 이미 아버지가 병환으로 돌아가신 이후였다. 두 분이 미처 만나지 못하고 우리 남매를 통해서나마 작별 인사를 주고받았던 것이다. 고단한 시대, 차디찬 면회실에서 나눈 안부는 그조차도 슬픈 소식이라 아쉬움을 달랠 길 없

〈할아버지와 손자〉, 캔버스에 유채, 65.1×45.5cm, 1960년대

다. 이응로 선생님은 시대의 현실을 담담히 받아들이고 고스란히 화폭에 옮겼던 아버지와 달리, 급변하는 시대 상황 속에서 늘 정의를 찾고 행동으로 움직이며 예술을 통해 사회에 저항하신 분이었다. 그러다 보니 활동하시던 프랑스에서도, 돌아온 이승만 정권하에서도 옥살이를 면치 못하셨다. 우리가 가서 찾아뵈니 굉장히 반가워하셨는데, 그때 감옥 안에서 신문지로 종이풀을 쑤어 굳혀 만든 조각품을 기념품으로 주셨던 기억이 난다. 그러고 보면 수많은 예술가가 격변을 거치며 다양한 시각으로 세상을 해석하고 재능으로 인생을 노래했다. 나의 아버지도 그즈음 어딘가에 계셨을 것이다. 아버지는 무엇을 말하고 싶으셨을까. 막연한 시간 속에 대책 없이 노출된 아낙과 소녀, 노인들과 유동. 그 티 없이 맑은 순수함을 보다 보면 문득 아버지가 말하고 싶었던 것은 우리는 죄가 없습니다, 하는 항변이 아니었을까, 하는 생각도 해본다.

그래도 어머니보다 아버지가 더 좋아

결혼을 하고 가정을 꾸리고 아이를 낳아 키워보니 그 일만큼 내 맘대로 되지 않는 것도 없다. 쑥쑥 자라는 아이들과 한바탕 시간을 보내고 나면 나는 어릴 적 어떤 자녀였을까 곰곰이 생각해보게 된다. 아버지와 어머니의 성격 차이가 확연히 달랐던 만큼 두 분이 우리를 대하는 태도나 훈육 방식도 다를 수밖에 없었는데, 난 개인적으로 잔소리를 많이 하던 어머니보다 단호하고 조용한 아버지를 더 좋아했다. 동생들은 어땠는지 모르겠는데 어머니도 그렇게 잔소리를 많이 하시던 편은 아니었지만, 아버지가 워낙에 지시하거나 강요하는 게 없다 보니 상대적으로 어머니의 잔소리를 듣기 싫어했던 것 같다.

아버지가 주로 내게 시키던 심부름 중 하나는 붓을 빨아달라는 것이었다. 일상이 그림 그리는 일인 화가의 집에서는 붓 빠는 일도 설거지처럼 매일매일 반복되는 당연한 일상이었다. 늘 아버지가 하셨던 일이지만 차츰 자라며 그 몫은 내게도 돌아왔는데, 수시로 내게 그런 심부름을 시키시니 언젠가부터는 꼼꼼히 하기보다 대충하는 것이 습관이 되었다. 어느 날은 아버지가 내가 빨아온 붓을 보더니 못쓰겠다 싶었던지 다시 빨아오라 하신다. 나는 귀찮은 마

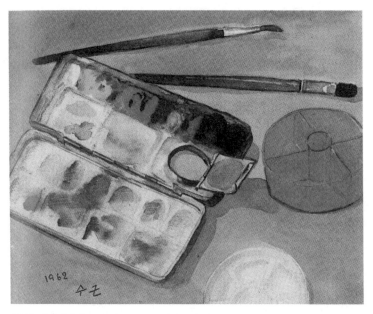

〈화구〉, 종이에 수채, 1962년

음을 안고 다시 붓을 빨아갔는데, 이번에도 마음에 안 드셨던 모양
이다. 나는 또 뾰로통해서 후닥닥 붓을 빨아 가져다드렸는데, 못마
땅한 눈치 같지만 왜인지 다시 빨아오라는 말도, 잔소리도 없으시
다. 나는 그러려니 하고 방에 쏙 들어가 버렸는데, 아무리 생각해
도 기분이 찜찜해 나와 보니 내가 붓을 씻던 바로 그 자리에서 아
버지가 허리를 굽히고 붓을 다시 씻고 계셨다. 내가 세 번이나 빤
붓인데 군데군데 붓 사이에서 물감이 묻어나온다. 그것을 보고 있
자니 나는 혼나지도 않았는데 속으로 죄송한 마음이 마구마구 솟
구쳐 안절부절못하게 되었다. '세 번이나 빨았는데 그걸 하나 제대

로 못 하냐' 하던 말은 아버지가 내게 했던 말이 아니라 내 마음이 내게 했던 말이다. 혼자서 나 자신을 얼마나 한심해했던지, 그 뒤로 나는 아버지 붓 빠는 일 하나 만큼은 아주 꼼꼼하고 세심하게 신경 써서 하게 되었다. 아버지는 왜 내게 붓을 다시 빨아오라는 말을 하지 않으셨을까? 내가 그런 실망스러운 딸이라는 게 그땐 그렇게 견딜 수가 없었다. 아버지는 붓 빠는 일뿐만 아니라 다른 심부름을 시키실 때도 강요하고 지시하기보다는, 권위를 내려놓거나 포기함으로써 나를 움직이게 만드셨다. 아버지가 이렇게 자신을 낮추는 모습은 나를 본능적으로 행동하게 만든다. 아버지가 붓을 씻거나 걸레를 들고 계시는 모습만 보아도 나도 모르게 '제가 할게요' 하고 나서게 되는 것이다.

반면, 심했다고는 할 수 없지만, 어머니의 말투나 억양에는 기숙사 사감이나 매서운 교관 같은 깐깐함이 있었다. 모처럼 공을 들여 열심히 걸레질하고 있는데도 어머니가 "걸레질 똑바로 해라." 하시면 그 순간 의욕이 뚝 사라져버리는 것이, 흔히 알고 있는 우리네 평범한 어머니였다. 그러니 부드러운 눈빛만으로 나를 움직이게 하는 아버지를 더 좋아할 수밖에. 그러고 보면 두 분의 성격이 이렇게 다른데 어떻게 한평생 같이 사셨을까 싶다. 한편으론 상호보완적인 성격이니 서로 의지하며 살 수 있었겠구나 싶기도 하고, 나로서는 알쏭달쏭할 뿐이다. 성질이 전혀 다른 토끼와 거북이가 한집에 살며 누가 더 답답할지는 당사자가 되어보지 않고서는 아무도 모를 일이다.

가끔 아버지도 회초리를 드시는 때가 있었다. 우리 집은 어린 인애부터 고등학생인 나까지 다양한 연령대의 4남매와 사촌 동생들이 드나드는 집이었고, 집안은 자고로 절간같이 조용해야 한다는 것이 기본 철칙이었다. 이것을 어기면 어김없이 혼나야 했다. 주로 또래였던 사촌 인화와 성민이가 매를 맞았는데, 마루와 마당을 넘나들며 정신없이 뛰놀다가도 아버지가 "회초리 가져와," 하면 두 녀석이 고개를 푹 숙이고 아버지 앞에 섰다. 인화는 조카라 그런지 크게 혼내진 않으셨는데, 대신 성민이가 인화 몫의 벌까지 뒤집어쓰곤 했다. 회초리를 직접 꺾어오라 하신 후 그걸로 종아리를 때리는 것이다. 그러고 나면 다들 어디로 숨었는지 하루 동안은 집안이 고요해졌다. 회초리의 맛이 확실히 맵긴 매웠던 모양이다.

그런 소소한 사건들을 빼면 우리 4남매가 모두 착하게 잘 자랐는지 살면서 한 번도 부모 속을 썩여 집안을 떠들썩하게 했던 적이 없다. 내성적이고 조용했던 나는 큰 사고는커녕 존재감도 없는 온순한 딸이었고, 성남이도 진중한 면이 있어 또래처럼 가볍거나 충동적이지 않았다. 우리는 잔소리할 필요도 없이 알아서 제 할 일을 하고 제시간에 들어오고 부모님께 걱정을 끼치지 않는 착한 자녀들이었다. 하지만 사실대로 말하자면 우리가 착해서 그랬다기보다는 특유의 유전적 내력이나 몸에 밴 집안 분위기가 우리를 그렇게 만든 것이 아닌가 싶다.

성민이는 나랑 아홉 살이나 차이가 나 어릴 적 직접 업고 다녔던 동생인데, 호기심이 많고 장난질이 심해서 우리 중에서 아버지한테 제일 혼이 많이 났던 녀석이다. 말을 재밌게 하고 재간둥이인데다 웃는 모습이 어찌나 해맑은지 어머니 아버지를 비롯해 온 가족이 성민이를 '쩍쩍이'라고 불렀다. 무슨 잘못을 했는지는 모르겠지만 아버지한테 회초리를 맞던 날 어머니가 방 안에서 "이제 그만하세요!" 하고 소리쳤던 게 생각난다. 회초리를 자주 맞긴 했지만, 성민이는 두 분의 사랑을 온몸으로 받고 자란 아이였다. 그러고 보면 우리 모두 회초리를 한 번씩 맞기는 맞았는데 무얼 잘못해서 맞았냐고 물어보면 아무도 기억하는 이가 없다. 나는 맞았던 기억이 없는데 성남이는 내가 맞는 것을 보았다고 하니 신기한 노릇이다.

창신동집 마루에서 환하게 웃고 있는 박수근과 성민, 인애

천사가 된 내 동생, 인애

막내 인애는 아버지가 가장 예뻐했던 딸이다. 나랑은 열두 살 차이가 난다. 아마 나도 인애만 할 때는 그에 못지않은 사랑을 받았을지도 모르겠다. 인애는 눈이 크고 서구적으로 생긴 나와 달리 눈매가 얇고 고전적인 매력을 가져 아버지의 사랑을 많이 받았다. 어머니를 닮아 춘향이 같은 외모가 아버지가 평소에 늘 선호하던 이상형이었던 것이다. 아버지와 인애가 함께 찍힌 사진만 봐도 아버지가 얼마나 인애를 예뻐하셨는지 눈빛으로 확인할 수 있다. 인애는 막내인지라 아버지뿐만 아니라 가족 모두의 사랑을 받았는데, 안타깝게도 아버지가 돌아가신 다음 해에 먼저 하늘나라로 갔다. 고작 열 살, 아직도 어린 나이였다.

인애는 해삼을 그렇게 잘 먹었다. 나이 많은 나는 징그러워서 제대로 쳐다보지도 못하겠는데 어린 인애는 그것을 고추장에 듬뿍 찍어서는 오물오물 씹어 맛있게 먹었다. 나는 아이 입으로 해삼이 들어가는 게 어찌나 신기한지 지금도 인애 하면 해삼이 생각난다. 마찬가지로 우연히 시장 좌판에서 해삼을 보면 인애가 떠오르곤 한다. 전농동에 살 때 아르바이트로 과외를 한다고 인애와 인애 친구들을 가르쳤던 적이 있다. 공부만 했던 것이 아니라 간식과 도시락을 싸서 아이들을 다 데리고 정릉으로 소풍을 가 함께 기념사진을 찍기도 했었다.

인애는 국립중앙병원에서 병으로 죽었다. 그날 이후로 아무도 인애 이야기를 꺼내지 않았으니 어떤 병명이었는지도 정확히 기억이 나지 않는다. 다들 경황이 없는 가운데 어머니와 작은어머니가 인애를 데리고 황급히 병원에 갔는데, 의사가 와서 보시더니 가망이 없다며 준비하라는 말만 하셨다. 인애는 어린 나이에도 자기가 어떻게 될지 이미 분위기를 간파하고서 계속해서 울부짖었다. 고열 속에 숨을 헐떡이며 그 작은 입으로 살고 싶다고, 학교에 갈 거라고 했다. 학교에 가고 싶다는 것이 그렇게 가슴 아픈 말인지 나는 그때 처음 알았다. 작은어머니는 평생 인애가 죽던 날을 잊지 못하신다고 했다. 울며 애원하는 인애를 어머니는 도저히 볼 수 없어 밖으로 나가버리셨고, 작은어머니만이 인애의 곁을 지켰다. 고통스러워하는 인애 옆에서 뒤늦게 겁이 난 작은어머니가 어머니를 찾아 밖으로 뛰어나갔을 땐 이미 사람 한 명 다니지 않는 깜깜한 밤이었다고 한다. 병원 로비에서 어머니를 찾다가 홀로 마음을 다잡고 다시 병실로 돌아왔을 때, 의료진들도 인애의 마지막을 재촉하는 작업을 하러 병실에 들어왔다. 고통스러운 과정이나마 최소한으로 줄이기 위해 의도적으로 호흡을 제한하는 것이다. 가는 숨이 이어지는가 싶더니 어느새 잠잠히 눈을 감고 그렇게 인애는 떠났다. 같은 방 안에 분명히 여전히 누워 있는데 무언가가 홀연히 사라져버렸다. 작은어머니는 지금도 몸살을 앓는 밤이면 인애가 작은엄마, 작은엄마, 하고 간절하게 부르는 그 소리가 여전히 들려온다고 하신다. 그 후로 우리는 그냥 인애가 원래 없었던 것처럼 침묵 속에 살았다. 아버지가 돌아가신 지 얼마 되지 않은 때라 인애의 죽음은 비극의 연장이나 다름없었다. 그저 모두 애통함에 젖어 있었다. 그 시절은 아마 어머니에게는 살면서 가장 힘든 몇 년 간이었을 것이다. 지금 생각해보면 그날 어머니가 병실을 벗어나지 않았더라면 어머니는 다시 회복할 수 없는 지경까지 무너졌을지도 모르겠다. 작은어머니는 인애와 아버지가 나란히 함께 찍은 사진을 보면서 아버지가 정말 사랑했던 아이라 떠난 후 제일 먼저 데려가신 것 같다고 하였다. 어쩌면 아버지는 인애가 이렇게 우리를 떠날 줄 알고 먼저 가 계셨던 건지도 모른다. 아마 멀리 마을 가운데 푸근하게 보이던 창신동 우리 집처럼, 어린 인애가 헤매지 않도록 제일 먼저 마중 나와 계셨을 것이다.

술이라도 먹지 않으면
미칠 것 같다

아버지가 술을 갑자기 많이 드시기 시작한 건 창신동에서 내가 중학교 입학을 앞두던 57년 무렵부터였다. 그때부터 전농동으로 이사를 가서 돌아가실 때까지 계속해서 술을 드셨다. 여느 때처럼 국전에 〈세 여인〉을 출품하고 결과를 기다리고 있는데, 아버지 보시기에 그 과정이 꽤 석연치 않았던 모양이다. 아니나 다를까, 실제로 아버지의 작품은 떨어지고 말았다. 도무지 납득할 수 없지만, 그 이유와 과정을 확인할 방법도 없었던 아버지는 뭉게뭉게 피어나는 의심과 심증 속에 낙심하여 생전 마시지 않던 술을 잔뜩 먹고서 어머니 앞에 엎드려 울었다. 우는 아버지에게 어머니는 "다음에 또 출품하면 되지요." 하고 몇 번이고 등을 쓸어주었다. 하지만 아버지는 너무 실망한 나머지 이듬해는 아예 국전 출품을 하지 않으셨다. 미술계 사람들 사이에 우리가 모르는 내막이나 거래가 있었던 것 같다. 그것이 아버지가 술을 많이 마시게 된 계기였다. 아버지 인생에 있어 그토록 믿어왔던 국전의 권위와 당위가 흔들리기 시작하면서, 그동안 쌓아온 결실이나 출품에 대한 의의도 모두 부질없는 것이 된 것 같았다.

명예와 돈이 있는 곳에는 어김없이 쟁탈전이 벌어진다. 미술계도 마찬가지였다. 권력이 뭉쳤다 흩어지길 반복하며 세력과 파벌을 형성했다. 아버지는 그 속물적 속성에 쉽게 타협하고 적응할 수 있는 분이 아니었다. 누구보다 깊이 좌절하고 실망하였다. 실제로 그 후 아버지의 국전 입선의 기록은 찾아보기 어렵다. 당시 아버지가 느꼈던 심증은 뚜렷하게 해소되지 못한 채 그저 묻혀버렸다. 그저 열심히 그림을 그리실 뿐이었다. 국전 추천작가로 통고받아 그림을 출품하였고, 그 외의 다양한 전시회에도 그림을 출품하셨다. 이전과 달라진 게 있다면 술을 많이 드셨다는 것이다. 원래 술을 잘 못 드시는 체질이어서 그런지 몸이 점점 망가졌다. 건강이 날로 안 좋아지니 우리 가족 모두 바짝 긴장할 수밖에 없었다.

시간이 흘러 1962년도 국전의 심사위원을 직접 맡게 된 아버지는 그 심증의 썩은 뿌리를 직접 두 눈으로 목격하게 된다. 그곳에서 미를 겨루는 절대적 기준은 돈과 권력으로 만들어졌다. 예술가 고유의 정신은 돈만 있으면 쉽게 만들어 누릴 수 있었다. 수많은 젊은 화가들이 경쟁을 준비하는 동안에도 어디선가 입김을 불어 넣으면 이름 모를 아무개가 근거도 없이 입선의 영광을 덥석 물었다. 과거 낙선의 과정에 이런 배경이 있었다는 것을 심사위원을 하면서 깨달은 아버지는 매우 큰 배신감을 느끼셨다. 심사를 보시던 날 술을 잔뜩 드시고 들어온 아버지는 앞으로 두 번 다시 심사위원을 하지 않겠다며 혼자 분을 삭이셨다. 심사위원이 이런 것일 줄 알았다면 안 하는 게 백번 나았다는 것이다. 감정 기복이 없는

〈세 여인〉, 캔버스에 유채, 19×33cm, 1960년대

분이신데 아버지가 이 정도까지 표현하신 걸 보면 정말 화가 많이 나셨던 모양이다. 술도 예전보다 더 많이 마시고, 병세도 깊어지기 시작했다.

당시에는 '야간통행금지'라는 게 있었는데, 아버지가 간혹 술을 과하게 드시는 날은 피치 못하게 집에 못 들어오는 일도 생겼다. 아버지의 통행금지 위반은 살면서 딱 세 번 있었던 일이다. 밤이 늦도록 들어오지 않으시니 우리들은 점점 불안해지기 시작하고, 어머니는 통행금지 때문에 발이 묶이셨나 보다 하며 애써 우리를 달래주시곤 했다. 하지만 통금시간이 끝난 새벽 네 시가 한참 지나서도 아버지는 들어오지 않았다. 해는 점점 아침을 지나 중천으로 향하는데 어머니는 그제야 필시 무슨 일이 난 거라며 불안해하기 시작했다. 어머니가 동대문경찰서에 전화해 실종신고를 하니 형사가 말하길, 통행금지 위반자 명단에 아버지 이름이 있으니 벌금을 내고 데려가라고 했다. 안도의 한숨을 쓸어내리는 와중에도 한편으로 얼마나 어이가 없는지 우리 모두 원망을 토해냈다. 어머니가 부랴부랴 석방금을 구해 경찰서로 가니, 형사가 노숙자 몰골로 여전히 숙취에서 깨어나지 못한 아버지를 데리고 나왔다. 처음에는 놀라 걱정하던 어머니의 표정도 어느새 매서운 잔소리꾼으로 변했음은 물론이다. 그 잔소리야말로 엄마의 불안이 해소된 신호라는 것을 우리는 잘 안다. 얼마나 걱정을 했던지 우리는 그 잔소리가 마냥 편안하고 행복하게 들렸다. 그 이후에도 어머니가 동대문

경찰서에서, 종로경찰서에서, 그렇게 아버지를 몇 번 찾아오신 적이 있다.

그런데 어느 날은 통행금지가 시행되던 날도 아니었는데 아버지가 집에 들어오지 않으셨다. 이걸 또 경찰에 전화해서 물어봐야 하나, 고민하고 있는데 이번에는 순경이 먼저 집으로 찾아왔다. 박수근 씨가 눈길에 넘어지는 바람에 머리가 깨져 주변 학생들이 업고서 병원으로 갔다는 것이다. 그야말로 날벼락이었다. 어머니가 주소를 물어 택시를 타고 명동의 병원으로 가니 실제로 아버지가 피가 철철 흐르는 머리에 붕대를 감고 누워계셨다. 옷이며 손이며 피가 흥건했다. 넘어지면서 놀랐던 것은 아버지도 마찬가지였는지, 어머니를 본 아버지가 깊이 안도하며 그만 펑펑 우시고 만다. 어떤 경위로 다치셨는지는 말씀도 하지 않으시고, 놀란 어머니를 달래줄 생각도 없이 그냥 어머니를 보곤 우셨다. 간호사들이 자신을 박대한다며 마치 어린아이가 투정하듯 우시는 것이다. 늘 강인했던 모습도 찾아볼 수가 없었다. 아무리 생각해도 마음이 많이 약해진 아버지가 어머니에게 의지하고자 한 것 같았다. 술을 한잔 걸치고 들어오시다 눈길에 그만 넘어진 것 같은데, 그 무렵 아버지에겐 왜 그렇게 사건사고가 많았는지 돌아보면 세상이 야속하기만 하다. 술은 안 마셔도 술자리는 늘 찾던 아버지였는데, 돌아보면 유쾌한 술자리란 거의 없었던 것 같고 누구와 술을 마시는지 늘 슬픔에 취해 돌아오셨다. 나는 그런 아버지가 가엾게 느껴졌다. 그냥 아버지 마음속에 깊은 슬픔이 있는 것처럼 느껴졌다. 어머니도 그

걸 모르시진 않았을 것이다. 어머니가 아버지께 몸도 좋지 않으니 술을 좀 줄이시는 게 어떠냐, 물으면 아버지는 "술이라도 먹지 않으면 미칠 것 같아," 하고 짧게 대답하셨다. 그래서인지 아버지가 술을 드시면, 나는 이유도 없이 같이 슬퍼지곤 했다. 아버지가 지금 많이 슬프신 모양이구나, 싶어 내 가슴이 마구 아프곤 했다.

병마는 떠날 줄을 모르고

아버지는 안질을 앓고 계셨다. 창신동에서부터 서서히 병이 깊어졌는데, 왼쪽 눈동자 앞으로 하얀 안개 같은 게 서리나 싶더니 전농동으로 이사 오던 무렵부터는 완전히 한쪽 눈동자를 뿌옇게 가려버렸다. 안과에서는 백내장 진단을 내리고 수술을 권했다. 그림이 하나 팔리기만 하면 그 돈으로 수술을 할 예정이었다. 가족 모두가 그런 아버지의 상황을 알고서 그림 팔리는 날만 기다리고 있었는데, 어느 날 뜬금없이 누군가로부터 전화가 와서는 아버지가 눈 수술을 해서 병원에 있으니 걱정하지 말라 전한다. 아버지가 우리들 몰래 수술을 해버린 것이다. 아버지가 무슨 의도로 그리했는지는 잘 알겠으나 아버지의 그런 결정은 사실 가족을 더욱 불안하게 하는 것이다. 1분이라도 아버지 곁에서 걱정을 함께 나눴어야 지금의 내 마음이 조금이라도 편할 것 같은데, 아버지는 왜 그렇게 미련하게 통증도 두려움도 홀로 짊어지려 했는지 모르겠다. 그렇다고 몰래 받은 수술이 성공적이었던 것도 아니었다. 병원에서는 수술이 잘되었다고 하는데, 아버지는 수술을 받은 날부터 매일매일 눈의 통증을 호소하셨다. 며칠을 그렇게 괴로워하던 아버지는 다른 안과에 가셨다. 그 병원에서는 이미 칼을 댄 눈은 다른 방법으로 치료할 수도, 시력을 되살릴 방법도 없으니, 우선 급한 대로 통증을 멈추기 위해 시신경을 끊자고 하였다. 또 한 번의 안과 수술이 진행되었다. 그 후 의사의 말대로 통증은 가라앉았지만, 아버지는 왼쪽 눈의 시력을 완전히 잃게 되었다. 통증이 없어진 걸 다행이라고 해야 할지 불행이라고 해야 할지 우리도 잘 구분이 서지 않는 상황이었다. 그 후부터 아버지는 돌아가실 때까지 한쪽 눈으로 그림을 그리셨다. 내가 전농동에서 보았던 아버지의 뒷모습은, 한쪽 눈을 실명하신 아버지의 모습이었다. 그래서인지 아버지의 후기 작품 속 인물이나 사물들은 선과 색이 흐릿하게 표현되었다. 어떤 평론가들은 그러한 변화에 대해 왼쪽 눈의 실명에서 그 원인을 찾기도 한다.

나는 아버지의 실명을 떠올릴 때면 조물주가 인간을 창조할 때 두 개의 눈을 부여한 이유에 대해 묻곤 한다. 과학계에서는 그 연유를 멀고 가까움, '원근'을 구분해내기 위해서라고 설명한다. 두 개의 눈동자로 사물간의 거리를 측정하는 것이다. 이 사실은 신기하게도 아버지가 잃어버린 한쪽 눈의 시력과 무관하지 않다. 사는 동안 대부분 원근이 없는 그림을 그려오셨기 때문이다. 나무와 여인, 유동과 노인, 아버지가 붓으로 걷어버린 서로간의 물리적 거리는 눈에 보이는 모든 세상을 같은 선상에 놓음으로써 친근함을 극대화한다. 아버지의 그림이 정겨운 이유도 아버지가 만든 거리감 없는 세상 때문일 것이다. 아픈 몸, 불편한 눈으로 붓을 다시 들었을 때 아버지는 원근이 사라진 세상을 보며 어떤 생각을 하셨을까.

어쩌면 언제나 그리던 그림 속 세상에 비로소 발을 들이셨던 건 아닐까.

시력을 잃은 슬픔도 잠시, 얼마 지나지 않아 아버지의 병변은 눈이 아닌 다른 곳에서 나타난다. 외출을 하던 중 극심한 복통이 찾아와 한참을 홀로 시내에서 고생하시다 약국에서 급히 진통제를 처방받고 겨우 몸을 추슬러 집으로 돌아오셨다는 것이다. 그때만 해도 아버지는 소화가 잘 안 되나 보다, 배탈이 났나보다 하시며 대책 없이 방에만 누워계셨다. 우리도 그런 줄로만 알고 마냥 지켜보고만 있었다. 하지만 아버지의 통증은 며칠을 기다려도 나아질 기미가 보이지 않았고, 급기야 몸을 가누지 못하고 졸도를 하시기

박수근, 1950년대

에 급하게 큰 병원을 찾게 되었다. 진단해보니 오랫동안 잠복해 있던 간염이 심해져 신장염과 간부전에 이르렀고, 이것이 비로소 복통으로 나타난 것이었다. 눈에 나타났던 증상도 사실은 간염에 의한 합병증이라고 했다. 가장 근본 원인이었던 간을 먼저 치료해야 할 것을, 당장 급한 눈만 들여다보고 있었던 셈이다. 이렇게 참아낼 수 없을 정도로 증상이 드러날 지경이면 이미 병이 깊어졌다는 것인데, 병원에서는 이제 아버지가 얼마나 의지를 갖고 병마에 맞서 싸우느냐 하는 데 남은 시간이 달려 있다고 한다. 의학이 발달한 요즘에 살면서 그 시절을 돌아보면 이것을 시대 탓을 해야 할지, 무식한 우리 탓을 해야 할지 종잡을 수가 없다. 사실 간염이라는 것도 빨리 돌보면 죽을병으로 분류되는 무서운 질병은 아니다. 아버지의 경우처럼 마냥 방치했을 때 그 마수가 생명을 위협해오는 것이다. 그 시절에 우리가 조금만 더 경제적으로 여유가 있었으면 상황이 달랐을까? 조금만 빨리 진단을 받았더라면 꾸준히 건강관리도 하고 간 건강도 챙기며 시력이 망가지는 것도 막을 수 있지 않았을까? 몸이 그런 줄도 모르고 술만 계속 마셨으니 간이 버텨줬을 리도 없다. 화를 내서라도 말렸어야 했나, 모든 게 안타깝고 서럽다. 어디에든 원망을 하려다 보니 결국엔 그저 애꿎은 내 탓만 하게 된다.

병원에서 약을 받아 나온 후부터, 아버지는 아주 눕지는 않았지만, 통원치료를 하며 오랫동안 힘든 생활을 하셨다. 전농동에서 살던 나날들은 아버지의 요양 시절이라고 봐도 무관하다. 신장이 안 좋은 탓에 몸도 전체적으로 부어 있었다. 나는 아파 누워계시던 아버지가 일어나 그림을 그리고 계시면 그렇게 좋을 수가 없었다. 아버지가 오늘은 그래도 기운을 좀 차리셨나 싶어 반가운 것이다. 당시만 해도 아버지가 돌아가실 거라는 상상은 해본 적도 없다. 따로 아프다 표현도 하지 않으시니 외출을 하시거나 그림을 그리고 붓을 빼는 모습만 보아도 다 나은 것 마냥 안심이 되었다. 마찬가지로 하루 종일 늘 그림을 그리시던 분이 날도 저물지 않았는데 방에 들어가 누우시면, 나는 또 덜컥 불안해져서는 아버지를 따라 방으로 들어가곤 했다. 전농동에서의 아버지는 늘 그렇게 위태위태했다.

앞에서도 기술했지만, 아버지가 늘 다니시던 반도호텔에서 용변을 보기 시작한 것도 이 무렵이다. 나도 아버지 계실 때는 몰랐던 사실이었고, 시간이 지난 뒤에야 어머니에게서 들을 수 있었다. 항문이 부어 가라앉지 않아 집에서 볼일을 볼 때는 자세가 많이 불편하셨던 것이다. 언제부터인지는 정확히 모르겠지만, 아버지가 병환으로 꼼짝없이 눕기 전까지는 늘 그렇게 그림도 볼 겸 수세식 좌변기를 사용할 겸 하루에 한 번씩 꼭 반도호텔에 들르셨다고 한다. 지하철 화장실도 수세식 변기를 놓는 요즘 세상에, 용변을 보기 위해 불편한 몸으로 집에서 한참 떨어진 반도호텔까지 가셨다는 사실은 아무리 생각해도 이건 시대를 탓하는 게 맞는 것 같다. 아니라면 유창훈 장군님 집처럼 수세식 변기를 집에 놓았어야 했는데, 이런저런 생각을 하고 있자니 그 시절 찰거머리같이 붙어있던 가난이 미워진다.

아버지는 이런 와중에도 술을 끊지 못하셨다. 지속되는 간의 통증을 버티며 한쪽 눈으로 꾸준히 그림을 그리셨고, 오후에는 외출하신 후 술을 잔뜩 먹고 들어오셨다. 병원에서도 술을 끊어야 한다고 말했지만, 아버지는 듣지 않았다. 그러다 큰일 난다며 모두가 말려도 소용없었다. 감정의 기복 없이 담대한 모습은 예전이나 다름없었지만, 그 무렵 아버지의 모습은 어딘가 달라져 있었다. 꿋꿋하다기보다는 모든 걸 체념하거나 혹은 초연한 사람 같았다. 겉으로 드러내지 않아도 속으로는 얼마나 많은 생각을 하고 계실까. 술을 마시면서 또 얼마나 많은 슬픔을 잊어내셨을까.

5장

전
농
동

또 다른 시작과 끝, 이사

나의 대학 입학을 앞두고 우리 가족은 전농동으로 이사를 했다. 창신동 집보다 훨씬 깔끔한 양옥집이었는데, 마당 수돗가 앞쪽으로 방이 따로 있어 아버지는 그곳을 화실로 이용했다. 안방을 차지하고 있던 아버지의 책장도 화실로 옮겨가고, 마당과 마루를 메우던 그림들도 위치를 분산하면서 훨씬 쾌적한 환경이 만들어졌다. 규모도 창신동 집보다는 큰 편이어서 나는 새로 이사 간 전농동 집이 굉장히 마음에 들었다. 아버지도 아버지만의 공간이 생긴 셈이니 나만큼이나 좋으셨을 것이다. 나는 학창 시절 나만의 방을 내려주세요, 하고 밤새 소망했는데, 사실 그런 소망을 더 간절히 빌어온 건 내가 아닌 아버지였는지도 모르겠다.

들뜬 마음과는 별개로, 당시 아버지의 건강은 굉장히 나빠진 상태였다. 또한 창신동 집을 나오며 몇 가지 송사에 휘말려 크게 마음고생을 하던 시기이기도 했다. 도시계획을 하면서 창신동 집 앞으로 도로가 생기고 집이 반 토막이 났는데, 아버지는 이 잘려 나간 공간을 점포로 만들어 작은아버지에게 내어주었다. 그런데 그것이 화근이 되어 그날부터 구청, 동사무소에서 공무원이 건축물 용도변경 문제로 날이면 날마다 찾아오는 것이었다. 아버지는 최대한 문제 되는 부분을 교정하고 절차대로 신고하며 사태를 수습하느라 무진장 애를 쓰셨다. 그러니 전농동에 이사 올 때는 살림을 옮기느라, 공무원들을 상대하느라 진이 다 빠진 상태였던 것이다. 우리는 어른들의 그런 사정은 모르고 그저 양옥집으로 이사 간다는 생각에 마냥 들떠 있었다. 인화는 작은아버지가 창신동을 떠난 이후로도 시계포의 기름 냄새를 맡으러 자주 창신동을 방문했노라 한다. 늘 드나들던 큰집 생각도 나고 이상하게 그 냄새가 그리워 그렇게 그 앞을 지났다고 한다. 그 낡은 옛집 앞에서 향수를 즐기다 왔다니 듣다 보면 인화야말로 우리 가문의 예술적 감수성을 제대로 물려받은 게 아닌가 싶기도 하다. 인화 말대로 미술을 했으면 말마따나 큰일을 이뤘을지도 모르겠다.

전농동 집은 내가 성인이 되어 부모님 품을 떠나고, 아버지의 인생에서도 마지막 대단원을 올렸던 중요한 공간이다. 연극으로 치면 몇 편의 막과 장으로 이루어진 창신동 단원이 막을 내리고, 크고 작은 낯선 소품들로 바쁘게 채워진 새로운 단원이 시작되는 주요 배경인 것이다. 하지만 그렇게 펼쳐진 극의 분위기는 결코 밝지가 않다.

아버지의 방, 비밀의 화실

어머니는 새롭게 꾸며진 아버지의 화실에 절대 들어가지 못하게 하였다. 특히 그림을 그릴 때는 얼씬도 못 하게 쫓으셔서 아버지의 화실은 마치 유명한 미국의 동화책, 비밀의 화원을 떠올리게 했다. 실제로 아버지의 그림 속에 나무도, 사람들도, 냇가도, 꽃들도 화실 여기저기 세워져 있어서 작은 공간에는 알 수 없는 신비감이 감돌고 있었다. 입구 오른편으로 동남향의 작은 창이 나 있고, 커다란 그림을 이고 선 이젤과 아버지가 마주 보고 있었다. 나른한 라디오 소리가 화실에서 마당으로 흘러나온다. 빼꼼 들여다보면 무엇을 그리시는지 아버지의 커다랗고 둥근 등만 온 방에 가득했다. 작은 먼지들이 유영하는 빛 속에 아버지가 앉아 계셨다. 고백실의 고요함과도 같은 시간 앞에서 우리는 어머니의 말씀대로 모두 약속이라도 한 듯 숨죽여 걸었다.

나는 아버지가 외출하시기만 하면 호기심 많은 생쥐처럼 아버지 몰래 이곳에 들어왔다. 창신동 안방에서 늘 마주치던 가구, 매일 보던 책장이었는데도 화실로 따로 옮기고 나니 왜 이렇게 궁금한지, 서랍 하나하나를 다 열어보고픈 욕심이 마구마구 샘솟았다. 아버지가 안 계시니 당연히 라디오도 조용하고, 살금살금 들어가

라디오 옆의 상자부터 하나씩 하나씩 뒤져보았다. 상자를 열자 어릴 적 내가 쓰다만 몽당연필들이 가득 들어 있는데, 그 발견이 얼마나 마법 같은지 어릴 적 친구를 만난 듯 기뻤더랬다. 아버지는 이런 사소한 것들도 버리지 않고 다 써오셨구나, 반가움과 함께 뭉클한 감동 같은 것도 울컥 밀려왔다. 옆에는 구겨진 자국이 선명한 종이들이 차곡차곡 쌓여 있었다. 아주 작은 면적의 백지라도 그림 그릴 공간만 있으면 아버지는 그것을 다 모아뒀다가 스케치할 때 사용하셨다. 그리고 그 옆에는 이미 스케치 된 종이들이 빼곡히 쌓여있었다. 낡고 닳고 헌것들이 모두 이곳에 모여 있었지만 그럼에도 불구하고 정리정돈을 얼마나 열심히 하셨는지 지저분하다는 생

작고하기 두 달 전 전농동 집에서, 1965년

각은 전혀 들지 않았다. 책장에는 아버지가 스크랩해 둔 노트들과
애지중지하던 책들이 꽂혀 있었다. 그동안 급전이 필요할 때마다
이 책들을 가져다 헌책방에서 돈으로 바꿔오곤 하셨으니 지금 남
은 것들은 아마 아버지가 도저히 포기 못 한 애장품일 것이다. 아
버지는 장업계, 한국전력, 교통지, 전매 등 당시 간행되는 잡지에
정기적으로 삽화를 게재하는 일을 하고 계셨기 때문에 그간 그려
온 삽화들이 굉장히 많았다. 서랍을 열 때마다 아버지의 손길이 오

장업계에 실린 박수근의 삽화, 1960년 2월호

간 다양한 삽화들이 나온다. 그런데 어떤 서랍에서 나온 것들은 자세히 보니 야릇한 춘화가 아닌가! 당시에는 어린 맘에 쿵쾅쿵쾅 얼마나 심장이 뛰었는지 모른다. 하지만 화가의 딸로서 성인이 된 지금 그때 당시를 떠올려보면 호들갑을 떨 일도 아니었구나 싶다. 오히려 건강한 한 남자로서 아버지의 인간미를 확인할 수 있는 재미난 일화가 아닌가! 하지만 몸이 아픈 아버지와 혈기왕성한 건강한 아버지를 번갈아 떠올리자니, 젊은 아버지의 춘화가 괜히 나를 서글프게 만든다.

그저 당신의 무엇이 되고 싶습니다

아버지의 건강이 악화된 것을 빼면 창신동의 평화로운 날들은 전농동에서도 이어졌다. 여전히 어린 성민이와 인애가 아버지 곁에 맴돌며 마루에서 장난을 치고, 사촌인 인화도 매일같이 우리 집에 놀러 왔다. 인화는 전농동 집을 떠올리면 오징어 심부름했던 게 떠오른다고 한다. 하루는 인화가 오징어 한 봉지를 사서 들어가니 집에 있던 모두가 개미 떼처럼 모여들어 오징어 다리를 하나씩 뺏어 들고 질겅질겅 씹어 먹더란다. 아버지는 그 오징어가 맛있었던지 인화에게 돈을 쥐어주시며 하나 더 사 오너라, 심부름을 시키셨다. 인화는 무언가 큰 임무를 부여받은 양 자랑스럽게 오징어 한 마리를 더 사서 돌아왔다. 아버지는 그것을 그 자리에서 시원하게 통째 씹어 드셨는데, 어찌나 맛있게 드셨는지 그렇게 한 마리를 다 잡수신 후에도 한 마리를 또 주문하셨다는 거다. 아버지는 그날 인화에게 세 번이나 오징어 심부름을 시키셨고, 인화는 그런 아버지가 좋아서 온종일 즐겁게 오징어를 사러 다녔다고 한다.

나는 당시 대학 생활을 즐기느라 한창 바쁜 나날을 보내고 있었는데, 집에 있을 때면 아버지가 일부러 나를 불러 시키는 것이 있었다. 붓 빠는 일처럼 평범한 심부름이 아닌, 이를 쑤셔달라는 특이한 부탁이었다. 지금 생각하면 일부러 나를 콕 찍어 부탁한 것이, 꼭 내가 해줬으면 싶어 나를 부른 것이 아닌가 싶다. 아버지는 "인숙아, 이리 들어와 봐라," 하고 방바닥에 누우신 다음 입을 크게 벌리고 안쪽 어금니 사이에 뭐가 낀 것 같으니 잘 좀 파보라고 하신다. 나는 이쑤시개를 들고 아버지의 커다란 입을 들여다보며 아버지가 가리키는 곳을 살살 긁어드렸다. 내 눈에는 안 보이는데 자꾸만 파 달라고 하시니 쑤시긴 해도 이물질이 빠져나왔는지는 알 길이 없다. 그때는 아버지가 이런 부탁을 하는 게 웃기고 황당하기도 했는데, 지금 그 시간을 되감아보니 세상 어디에 그런 예쁜 부녀의 시간이 있을까 싶어 한없이 마음이 벅차오른다. 당신의 내밀한 부분까지 나한테 서슴없이 맡겼던 그날을 통해 내가 얼마나 아버지에게 허물없고 편안한 딸이었는지 다시금 확인하게 된다. 오징어 심부름을 세 번이나 했던 인화도 이런 기분이었을까. 다 지나고서야 드는 생각일 테지만 그냥 아버지에게 무엇이 되어드렸다는 작은 사실이 이렇게 특별할 수가 없다.

아버지는 돌아가시기 전 전농동의 화실에서 새를 그렸다. 많은 그림을 그리셨지만, 나는 새를 그릴 때의 아버지 모습을 잊을 수가 없다. 그때 아버지는 아주 건강해 보였고 기분도 좋아 보였다. 나는 반드시 그 새가 완성될 거라고 믿어 의심치 않았다.

내 아버지, 화가 박수근의 죽음

이제는 아버지가 돌아가신 그날을 떠올려야 할 때가 된 것 같다. 전농동에 있을 때 나는 대학 신입생으로 한창 캠퍼스 생활에 흠뻑 빠져 있었다. 아침에 어머니에게 왕복 버스비로 60원을 받으면, 온종일 캠퍼스 안팎으로 같은 과 친구들과 떼를 지어 몰려다녔다. 화구 박스를 들고 미대생임을 과시하며 명동거리를 활보하고, 음악다방에 들어가 클래식을 듣거나 디스코를 즐기기도 했다. 저마다 개성을 뽐내고 사랑을 시작하거나 새로운 인연을 소개받았다. 나는 대학에 들어가서도 돈이 궁해 어김없이 검정 치마에 검은색 운동화를 신고 다녔는데, 그럼에도 그런 나를 묘사한 스케치와 함께 사랑을 고백하던 남자애도 있었다. 그렇게 나도 첫사랑이라는 것을 했고 매일 매일을 신나게 보냈다.

그러던 어느 날, 우리 고양이가 언젠가부터 심하게 울기 시작했다. 여고 때 친구가 나에게 선물해 새끼 때부터 기르던 고양이로 담벼락에 올라앉아 있으면 아버지도 즐겨 그리곤 했던 녀석이었다. 고양이는 그날부터 일주일이 넘도록 밤만 되면 담벼락 아래에서 울었다. 나는 직감적으로 저 울음소리가 불길한 기운을 몰고 오는 것 같아 한없이 불안하고 초조했다. 고양이가 울면 울 수록 아버지의 병세도 급격히 나빠졌다. 동물들은 인간이 느끼지 못하는 초자연적인 감각이라도 있는 걸까. 제발 울지 말라고 속으로 부탁하며 그렇게 혼자 귀를 틀어막곤 했는데, 아버지가 돌아가시던 그날부터 그 고양이를 다시 볼 수 없었다. 그래서인지 나는 지금도 고양이가 무섭고 너무 싫다.

교내 문학 공모전에 내가 응모한 시가 당선되던 날, 아버지는 병세가 위중해 급히 병원으로 실려 갔다. 아버지는 사경을 헤매면서도 병원이 싫다고 하셨다. 집으로 돌아가자고, 병원은 너무 춥다며 자꾸만 조르며 애원하시니 어머니도 어쩔 수 없이 아버지를 데리고 집으로 돌아오셨다. 나는 그날 하루 상금 5만 원을 받고서 무엇을 할까 고민하다 멋진 구두를 한 켤레 샀다. 내 힘으로 새 구두를 사 신은 사실이 얼마나 대견한지, 시커먼 운동화를 벗어 던지고 신나서 시내를 돌아다니다 저녁때가 되어서 들어왔다. 집에 들어가니 온 집안이 절간같이 고요한데 아버지 머리맡으로 어머니가 생기도 없이 앉아계셨다. 어머니가 아버지 발이 차다며 만져보라고 하기에 이불속으로 손을 넣어 만져보니 정말 얼음장같이 차다. 급히 다리미를 미지근하게 데워서 아버지 발에 갖다 대어드리는데, 아버지가 감은 눈으로 무엇을 보고 계신 지 생긋생긋 웃으셨다. 어머니가 그 표정에서 직감적으로 무언가 느끼셨는지 아버지를 막 깨우며 울부짖는데, 의식을 잃은 듯 보였던 아버지가 놀랍게도 말씀을 하셨다.

"내가 죽긴 왜 죽어. 걱정들 하지 마."

너무나 아버지다운 아주 의연하고 나지막한 목소리였다. 그 느린 말투나 목소리가 어찌나 평온한지 생전 보여주시던 모습 그대로였다. 그러곤 또 생긋생긋 웃으신다. 아버지가 지금 보고 계신 세계는 이곳이 아닌 모양이다. 평안하게 웃으시는 걸 보니 그곳의 또 다른 사람들이 아버지를 마중 나와 계신가보다. 시간이 멈춘 듯 한참 아버지 곁에 있는데 또 한 번 아버지의 목소리가 들려왔다.

"천당이 가까운 줄 알았는데 멀어."

그것이 내 아버지 박수근이 이생에 남긴 마지막 말씀이었다.

그때 아버지는 어디쯤 계셨던 걸까. 어디에 서서 가야 할 길을 헤아려 보셨던 걸까. 이승과 저승의 아득한 경계에서 꽃마차에 올라 천국으로 가는 정거장을 세어보고 계셨던 건 아닐까. 오늘은 나의 시가 당선되었던 날이고, 새 신발을 신고 거리를 활보했던 날이고, 나의 아버지가 돌아가신 날이다. 운수 좋은 날 치고는 너무나 슬픈 날이었다. 오늘 내가 신은 신발은 사실 아버지에게 드릴 선물이 되었어야 했던 게 아닐까, 나는 낮 동안 철없이 돌아다녔던 내 하루가 너무 부끄러워 한참을 울었다. 어머니는 제정신이 아니었다. 정말 정신이 나가신 것 같았다. 아버지는 마지막 숨을 거두고 있는데 어머니는 그 곁을 지키지도 못하셨다. 갑자기 장롱 서랍을 뒤지는가 싶더니 수돗가로 나가 정신없이 빨래를 하기도 하였다. 우리는 어머니를 말리지도 못하고 그냥 두었다. 아이들은 건넌방에서 나오지 않았다. 그저 밖에서 들려오는 소리 들을 숨죽여 듣고 있었다.

1965년 5월 6일 새벽 1시, 향년 51세, 아버지는 늘 주무시던 그 자리에서 그렇게 편안히 숨을 거두셨다.

새벽 네 시 무렵, 여전히 사위가 어두운 가운데 라디오에서는 첫 뉴스가 흘러나왔다. 화가 박수근 씨가 자택에서 오늘 새벽 운명하셨다는 부고였다. 동이 터오고 통금이 풀리자 제일 먼저 박성삼 선생님이 백합 한 송이를 들고 집을 찾아오셨다. 어릴 적 성남이와 내 책상을 짜주신 공예가 선생님으로 아버지하고는 둘도 없는 친구였다. 아버지와 한 송이 백합은 너무나 비슷한 이미지여서, 그때부터는 아버지의 죽음이 무섭게 실감 나기 시작했다. 우리 집은 완전한 초상집이 되었다. 그 뒤로 황유엽 선생님, 장리석 선생님, 최영림 선생님, 김기창 선생님, 늘 다니시던 보리수 다방의 모든 화가 선생님들이 집으로 찾아왔다. 아버지와 친분이 있었던 많은 분이 전부 모여 아버지의 마지막 발걸음을 우리 가족과 함께 해 주셨다. 한 인물이 누린 어느 시대가 까맣게 저문 것이다.

하지만 수십 년이 지난 지금 아버지가 과연 우리의 곁을 떠났다고 말할 수 있는가. 당시엔 우리 가족을 포함해 가난한 아버지의 장례식에 참여했던 그 어떤 사람도, 나조차도 훗날 아버지가 이렇게 대한민국을 대표하는 화가가 될 거라고는 예상하지 못했다. 모두가 아버지의 쓸쓸한 죽음과 함께 화가 박수근이라는 이름도 그 시대에 머물 줄 알았을 것이다. 아버지는 내 곁을 떠났고 그 시대의 사람들도 모두 세상을 떠났는데, 화가 박수근만은 새 시대에 여전히 살아 새 사람들을 맞이하고 감동을 주고 있다. 아마 내가 세상을 떠난 뒤에도 아버지는 살아계실 것이다. 영원히 죽지 않는 화가가 되셨다.

유작전에서 어머니와 함께, 중앙공보관, 1965년

6장

낯선 세상

홀로, 다시 또 함께

아버지가 돌아가시고, 나는 대학을 졸업한 후 경기도 시흥의 군자 중고등학교의 미술 교사로 부임해 집을 떠났다. 어머니와 함께 시흥으로 떠나던 첫날이 생각난다. 살면서 처음으로 집을 떠나 독립하는 길이었다. 어머니가 그 길을 함께 해 주신 것이다. 어머니와 나는 버스를 타고 산과 들을 몇 번을 지나 꼬불꼬불한 길을 거쳐 학교에 도착했다. 얼마나 굽이굽이 들어가는지 다시는 못 돌아오는 게 아닌가 싶어 겁이 날 정도였다. 서울에서 자란 도시인이었던 내가 첫 사회생활을 시골에서 시작하는 셈이었다. 거기서 지금의 남편을 만났다. 남편은 같은 학교의 영어 교사였는데, 발령받아 처음 출근하던 첫날부터 내게 큰 관심을 보였다. 낯선 곳에서의 첫 사회생활도 그런 남편 덕분에 쉽게 적응할 수 있었다. 같은 근무지에서 매일 아침저녁으로 만나다 보니 금세 정이 쌓였고, 얼마 지나지 않아 결혼이야기가 흘러나오게 되었다. 남편은 아버지와는 성격이 전혀 다른 사람이었다. 지난 20년을 조용하고 답답한 아버지와 지내다 보니 결혼만큼은 아버지와 다른 성격의 사람과 하겠다고 다짐하던 차였다. 아버지의 조용한 성격과 늘 양보하고 손해 보는 낮은 자세, 현실적이지 못해 자신의 이상향만 고집하면서 가족들을 근근이 먹여 살리는 가난한 예술가 부류와는 절대 결혼하지 않겠노라고, 고생하는 어머니를 보며 오래전부터 결심해 왔던 것이다. 결혼은 일사천리로 진행되었다. 우리 집은 가진 것이 없어 결혼하며 준비해 가는 것도 전혀 없었다. 나도 어머니에게 혼수 이야기는 꺼내지 않았다. 그저 어머니가 준비해 주시는 대로 받아왔을 뿐이다. 사실 그 부분에 대해서는 어머니에게 죄송해서 아무 말도 꺼낼 수가 없었다. 아버지가 돌아가신 후 집안의 가장 역할은 실질적으로 내가 맡아야 했고, 교사가 된 이후부터는 매달 받는 월급을 전부 어머니에게로 부쳐드리고 있었다. 결혼을 준비하면서 다시 홀로될 어머니를 생각하니 가슴이 미어지는 것이다. 어머니에 대한 걱정은 결혼을 한 후에도 계속 내 죄책감을 부추겨 오랜 시간이 지난 지금까지도 늘 죄송한 마음으로 남아 있다. 내가 조금이라도 곁에서 모셨어야 했나, 내가 너무 시집을 일찍 가는 건 아닐까, 내가 없으면 누가 어머니를 돌봐드릴까, 매일 밤마다 걱정했던 것이다. 그러니 집을 떠나는 내가 어머니에게 무엇을 요구한다는 것은 어불성설이었다. 대신 어머니는 화려한 혼수품 대신 아버지의 그림 한 점을 챙겨주셨다. 나는 그 그림 한 점만 소중히 받아 집을 떠나왔다. 아버지의 이름이 재평가 된 지금에 다시 생각해보면, 내가 아버지로부터 얼마나 값진 선물을 받아 떠나온 건지 도무지 헤아릴 길이 없다.

사실 남편은 나를 만나기 전까지 다른 여자와 결혼을 준비하고 있었다고 한다. 중매 결혼이라 상대를 크게 마음에 두지 않은 채

박수근 10주기 전시, 현대화랑, 1975년

집안의 권유로 결혼을 마음먹고 있었는데, 그사이 내가 그의 마음
에 들어서 버린 것이다. 내게 말은 안 했지만 남편은 결혼을 준비
하면서 동시에 파혼도 진행하고 있었다. 그러니 내가 시집을 오면
서 무엇을 준비해오는가에 대해서는 아무런 말도 하지 않았다. 결
혼도 나쁘지 않았다. 좋은 사람을 만나 오래오래 부부의 연을 이었
다. 하지만 완전히 다른 환경에서 20년 이상을 살아온 두 사람이
한집에 살며 서로의 성격을 맞춰가며 산다는 것은 쉬운 일이 아니
었다. 그때마다 아버지를 얼마나 그리워했는지 모른다. 아버지 같
은 남자를 만나면 안 되겠다는 생각이 얼마나 짧고 섣부른 생각이

었는지를 깨닫게 된 것이다. 아버지의 답답한 성격은 사실 모든 선택권을 상대방에게 양보한다는 것이었고 표현 없고 기복 없던 성격도 범사에 만족하며 감사를 표하는 또 하나의 방식이었다. 가난하고 무능한 생활도 물론 쉽지 않겠지만 그렇다고 돈을 좇으며 사는 삶이 마냥 편한 것은 아니다. 한눈에 반했던 남자다움과 강한 생활력은 살면서 자주 부딪히는 단점이 되기도 하였다. 취향도 다르고 성격도 달랐다. 정서적으로 완전히 다른 극과 극의 부부였다. 울기도 많이 울었다. 그럴 때면 아버지 생각이 나지 않을 수가 없었다. 늘 부드럽고 모든 걸 포용해주시던 인자한 아버지, 나의 어떤 말이나 선택도 늘 지지하며 다정하게 받아주시던 아버지가 그리워 눈물을 쏟았던 날이 하루 이틀이 아니다. 하지만 남편이라고 이런 나와 함께 사는 것이 마냥 편했을 거라고 생각하지는 않는다. 부부의 연이라는 건 하늘에서 맺어주는 것이 아니라 서로가 노력하고 만들어가는 것이 아니던가.

그렇게 미술 교사로서 가정을 꾸리고 일하는 주부의 삶을 살며 아들도 둘이나 낳았다. 나중에는 전문직 시험을 치르고 교육원의 연구사로도 일했고, 교육청 장학사를 거쳐 교감과 교장직을 역임하며 교직을 은퇴했다. 남편도 마찬가지로 교장을 끝으로 교직 생활을 마무리했다. 그러고 보면 나는 살면서 내가 목표한 것을 다 이룬 셈이다. 누가 보아도 무난하고 성공적인 삶을 살아낸 것이다. 사람들이 사회에 발을 들이면서 이룩해 내는 모든 것의 바탕에는 어린 시절 자신을 지탱해준 저마다의 환경과 정서가 있다. 유쾌하

고 건강한 삶을 사는 지금의 내 모습도 어머니와 아버지가 만들어
준 어린 날의 따스한 사랑 때문에 가능했던 것일 것이다. 직접 결
혼하고 자식을 낳아 길러보니 힘들다고 투정하는 것은 감히 두 분
앞에서 꺼내지도 못할 얘기다. 내가 할 수 있는 건 그저 감사드리
는 것밖에 없다.

동신교회 묘지에서 화우들이 새겨준 비석 앞에 서있는 김복순, 1978

내 동생 박성남, 그리고 나 박인숙

　형제들이 하나 둘, 먼저 세상을 떠나고 지금 내 곁에는 유일하게
남동생 성남이가 남아있다. 성남이를 생각하면 늘 미안함과 고마
움이 동시에 일어난다. 내가 가정과 직장생활에 충실하며 하루하
루 나의 일상을 열심히 살 때, 성남이는 아버지의 그림과 아버지의
뜻이 더 널리 가치있게 알려질 수 있도록 최선을 다했다. 그것은 어
쩌면 아버지의 자녀로서 나도 함께 동참했어야 할 부분이었는데,
그 모든 과정을 성남이가 짊어졌다는 사실을 생각하면 늘 누나로
서 미안한 마음이 앞선다. 성남이가 발로 뛰며 아버지의 그림을 수
집하고 정리하는 오랜 과정을 통해 아버지의 그림에 대한 심도있
는 공부가 함께 이루어졌고, 이로써 아버지의 미학이나 철학도 정
립될 수 있었다. 지금 화가 박수근이라는 인물이 우리 세대를 넘어
젊은 세대들에게, 또 다음 세대들에게까지 온전한 가치로 전달될
수 있는 이유도 바로 성남이의 노력 덕분이라고 할 수 있을 것이다.
그러고 보면 성남이는 아버지에 대한 입장이 나보다 더 각별할 거
라는 생각이 든다. 아들로서 꼭 지켜내고 싶었던 아버지의 그림과
그 가치는 그 동안 누적된 시간과 함께 얼마나 소중한 것으로 자
리 잡았을까. 내가 부녀간의 정을 이토록 그리워하는 만큼, 내가 가

늠할 수 없는 부자라는 군건함이 성남이의 인생을 지탱해줬을지도 모르겠다. 성남에게서 가끔 아버지의 모습을 본다. 일생을 '진실'과 '선함'이라는 아버지의 가치를 알리는 데 썼던 만큼, 그에게서 자연스레 배어나오는 신념은 정말 아버지의 삶, 그대로다. 거창하진 않지만 우리 둘, 당신의 자녀들은 아버지를 본받아 평범하고 소박하게 일상을 잘 살고 있습니다, 당당히 말할 수 있을 것만 같다.

성남이가 갖고 있는 아버지의 숭고한 미술세계에 대한 깊이는 대단한 것이어서, 그 부분에 있어서는 나도 혀를 내두를 만큼 감탄을 자아낸다. 내가 인상적으로 기억하고 있는 건 성남이가 어떤 인터뷰에서 했던 다음과 같은 말이다. 좀 길더라도 직접 인용해보려고 한다.

"아버지의 세계관은 뚜렷합니다. 아버지는 삶을 드라마틱하게 살지 않으셨어요. 정말 단순하고 소박하게 사셨습니다. 아버지는, 인간의 선함과 진실함을 그려야 한다라는 대단히 평범한 견해를 가지고 있었어요. '내가 그리고자 하는 인간상은 단순하고 다채롭지 않다. 나는 저들의 가정에 있는 할아버지 할머니, 그리고 물론 어린 아이의 이미지를 즐겨 그린다.' 아버지의 이 말씀처럼, 아버지는 그림 속에서 어린 아이가 무엇인지, 할아버지 할머니가 무엇인지를 시각적인 언어로 속풀이 하듯이 표현해 주셨습니다. 영이라는 것을 마음이라고 하고, 생각과 판단을 하는 머리를 혼이라고 한다면, 아버지는 혼으로 그린 작가가 아니고 영, 마음으로 작품을 그린 분이었어요. 아버지의 마음속엔 인간에 대한 절절한 그리움이 있었죠. 아버지는 자신을 소개하는 문서의 학력란에 '독학'이라고 쓰신 적이 있어요. 독학이라는 것은 그림에만 국한된 게 아닙니다. 사람에 대한, 세상에 대한 진득한 그리움이 늘 독학이라는 하나의 출발점에서 시작해 완성될 때까지 계속 되었어요. 연극으로 얘기하면 모노드라마라고 할 수 있을까요? 단색화 같기도 하고 정물화 같기도 한 변함없는, 끊임없이 도전하고 도전받으며 마음이라는 우물을 끝없이 홀로 길어 올리는 것, 저는 아버지의 '독학'에서 그런 의미를 읽어냅니다. 그리고 또 아버지의 어떤 메모에는 'naive'라는 단어가 들어 있어요. 이것이 독학과 절묘하게 어우러지죠. 순진함과 천진함. 이 'naive'라는 단어로 아버지는 생애를 마칠 수밖에 없는, 숙명도 아니면서 숙명 같은 하나의 궤도를 사셨어요. 소처럼 성실하게 되새김질 하는 일상을 다람쥐 쳇바퀴 돌 듯 그렇게 하나의 굵직한 삶을 살아내셨어요."

나도 성남이의 견해에 완전히 동의한다. 사실 미술이든 다른 예술이든 요즘은 학습과 교육을 통해 많은 작가들이 배출되는데, 원칙적으로 이것은 예술이 처음 발생하던 때의 원리를 생각하면 상당히 부자연스럽고 인위적인 것이다. 좀 위트가 섞인 예를 들면, 위대한 음악가로 불리는 쇼팽은 쇼팽 콩쿠르에서 우승한 적이 없고, 세계적으로 위대한 작가, 예컨대 톨스토이 같은 사람은 문창과를 다닌 적이 없다. 그들은 모두 작자의 원칙과 준거를 가지고 이 삶을 대하면서 모두 독학을 통해 자신만의 독창적인 예술세계를 구축했다. 서두 부분에서 얘기한 것처럼 젊은 시절 홀로 강원도 일대와 경기도, 서울로 거처를 옮겨가며 치열하게 습작을 했던 것이 아버지의 작품 세계의 근원이 된 셈이다. 내 아버지를 보더라도 무릇 예술가의 오리지널리티란 독학이 바탕이 되는 것이란 사실을 확인할 수 있다. 성남이가 아버지의 작품에서 발견한 것 역시 바로 그것이다. 내 아버지여서가 아니라 박수근의 작품에는 누구도 흉내낼 수 없는, 그리고 어디에서도 감염된 흔적이 없는 독창적인 세계가 들어 있다. 혼자서 묵묵히, 그러니까 성남이의 표현처럼 소가 되새김질 하듯이 그렇게 진실과 선함의 세계를 파고들어 아버지만의 숭고한 세계가 탄생한 것이다. 그런데 오늘날의 예술가들은 다양한 교육 기관을 통해 대량으로 배출되는 과정에서 서로가 서로를 닮고 모방하는 듯한 분위기, 독창적인 것이 훼손되는 분위기가 분명히 있다. 화가의 한 사람으로서 나는 이 점이 상당히 우려스럽다.

사실 내가 성남이에게 가장 고마워하는 부분은 무엇보다도 아버지의 작품을 한국에 들여오는 데 성남이가 너무나도 많은 노력을 기울여준 부분이다. 성남이가 아니었다면, 아버지의 그림을 우리는 지금처럼 눈앞에서 보기 힘들었을 것이고 강원도 양구에 박수근미술관이 만들어지는 일도 없었을 것이다. 아버지가 돌아가신 1965년도까지만 해도 우리나라에서 아버지 그림을 이해하는 사람은 대략 손가락에 꼽을 정도밖에 안 됐고, 마거릿 밀러, 짐머맨 등 일부 외국인들만이 아버지 그림의 작품성을 인정했다. 당시 내 동생 성남이는 아버지의 작품성을 알리고 지키기 위해 백방으로 노력했다. 여러 분들의 도움을 받아 아버지의 작품을 추적해서 샌

프란시스코에 있던 40점이 넘는 작품을 한국으로 들여왔고, 어머니와 마거릿 밀러 부인과의 소통을 주선해 아버지의 그림이 왜 한국으로 돌아와야 하는지를 설득력 있는 논리로 호소했다. 성남이는 아버지 작품이 계속 미국에 있어서 미술관의 수장고 같은 데 들어가면 영영 못 돌아온다는 생각을 했다고 한다. 소장자들이 나이가 들어서 2세들한테 그 그림이 넘어가면 그림의 가치가 잘못 판단되어 쓰레기통에 들어가서 없어질지도 모른다고 생각했다는 것이다.

그때 성남이가 아버지 그림을 한국에 들여오기 위해 보여준 열정과 책임감은 정말이지 대단했다. 성남이는 어머니가 돌아가시면 작품을 한국에 들여오는 것이 훨씬 어려워질 거라고 판단해 이 모든 작업을 조바심이 날 정도로 서둘러 진행했다. 성남이는 마거릿 밀러 부인을 비롯한 미국의 소장자들에게 아버지의 작품은 한국의 문화유산과도 같은 가치를 지니므로 한국에 들여올 수 있게 해달라는 편지를 썼다. 결국 성남의 노력에 감복한 소장자들의 도움으로 어머니와 함께 미국에 가서 작품 40여 점을 들여오게 됐던 것이다. 아버지 작품은 한국에 들어온 이후 대부분 개인소장과 일부 사립미술관에 소장되었고 그렇게 해서 바다 건너 타국에 흩어져 있던 작품들이 한자리에 모아져서 한국 사람들에게 선보일 수 있었다. 그리고 아울러 그 연쇄 효과로 아버지의 미학이 제대로 조명받게 된 것이다. 그 모든 시간들이 주마등처럼 스쳐지나간다. 현재 우리가 개인적으로 소장한 아버지의 그림은 단 한 점도 없다. 오직 아버지의 그림이 한 자리에 모여 모두가 오래토록 기억할 수 있는 예술로 남아 주기를, 그것 하나만 보며 달려와 이룬 결과인 것이다. 이 수많은 과정들과 함께 동생을 떠올리면 어쩔 수 없이 솟는 미안함과 고마움을 억누를 수가 없다.

내 어머니 김복순은 아버지가 돌아가시고 14년이 지난 1979년도에 작고하셨는데, 앞에서 말한 대로 성남이의 노력으로 아버지의 그림이 한국에 막 들어온 직후여서 화가로서 아버지의 이름이 제대로 조명되지 않은 시점에 돌아가셨다. 그러니 아버지도 어머니도, 두 분이 살면서 한국 미술계에 어떤 업적을 남기고 또 인정받게 되었는지, 세상 사람들이 다 아는 것을 두 분만 확인하지 못한 채 돌아가신 셈이다. 나도 이제 70대 중반인데 이것을 생각할 때마다 마음 한쪽이 저리도록 아픈 것은 어찌할 수 없다. 아버지의 그림은 돌아가신 직후부터 조금씩 인정받기 시작했는데, 본격적으로 그 가치가 드러나기 시작했던 시점은 1990년대에 들어선 이후부터라고 봐야 한다. 두 분이 살아계실 때 반도화랑에서 외국인들을 통해 한 달에 두어 점씩 나가던 호당 5천 원 상당의 그림들은, 현재 미술품 경매시장에서 호당 3억 원, 작품 당 몇십 억을 호가하며 국내 미술품으로써 최고가를 기록하고 있다.

말하기를 좋아하는 호사가들은 유족이고 장녀인 내가 이러한 현실을 어떻게 받아들이고 있는지 매우 궁금해하곤 했다. 그런데 사실 이러한 숫자들은 나에게 아무런 의미가 없다. 그리고 그러한 숫자들이 내 삶에 영향을 안겨주지도 않았다. 나는, 당신의 지나온 나날들을 회고 형식의 토막글로 연재하며 삶을 증명해주신 어머니처럼, 추억을 공유하고 이어갈 수 있는 몇 안 되는 유족으로서 화가 박수근의 삶을 알리는 또 하나의 '공증인' 같은 역할을 하고 싶을 뿐이다. 그토록 가난에 시달리고 시대의 비극에 휘말렸던 아버지가, 살면서는 고생만 하시다 이 모든 영광을 두 눈으로 직접 보지 못하고 가셨다는 게 아쉽기는 하지만 그것 역시 뛰어난 예술가의 숙명 같은 것이라고 생각한다. 앞에서도 잠깐 언급했지만, 가족과 떨어져서 외로움과 빈곤 속에서 짧은 삶을 살다 가신, 거의 아버지와 동년배인 이중섭 선생님 같은 분을 생각하면, 그래도 내 아버지는 사정이 좀 나은 편 아닌가라는 생각도 든다. 불우하다는 건 위대한 예술이 갖는 속성인지도 모르겠다. 아니 연역적으로 보면 불우한 상황 속에서 태어난 작품들이기에 세속의 광풍을 이겨낼 수 있는 내성을 가지고 있는지도 모르겠다. 아버지가 꿋꿋이 걸어오셨던 그 길이 결코 틀리지 않았음을, 모든 이가 아버지의 그림을 통해 위로받고 있음을 직접 보고 느끼며 확인하고 가셨다면 얼마나 좋을까.

나는 거인의 발자국을 따라가는 사람

아버지가 돌아가신 후 많은 것이 바뀌었다. 미술 교사인 나는 교과서에 실린 내 아버지의 그림을 자연스레 아이들에게 직접 가르쳤다. 〈독서〉, 〈아기 업은 소녀〉 등의 작품 속 주인공이 나라는 것을 아이들이 알게 되면 얼마나 놀라워하며 환호하는지 모른다. 이제는 그런 시선들도 익숙해졌다. 아버지의 위상이 높아지면 높아질수록, 그림 속의 나도 아버지와 함께 주목받았다.

나는 아이들에게 화가 박수근이 생전 주목받지 못하던 가난하고 불우한 예술가였다는 것을 알려준다. 하지만 수업은 반드시 위대한 한국의 화가라는 것으로 마무리된다. 아버지가 난관 속에서도 얼마나 치열하게 자기만의 길을 개척해왔는지, 끝까지 포기하지 않았던 결실이 어떻게 이뤄지는지, 꾸준히 사랑하면서 열심히 사는 삶이 얼마나 소중한 것인지 아이들에게 설명할 때 이 아이들이 어떻게 자랄지 기대해 보는 것은 너무나도 매력적인 일이다. 아버지는 화가이기도 했지만 한 시대를 바르게 살아냈던 하나의 표본이기도 했다.

언젠가 초등학생들과 함께 '박수근 그림 따라 그리기'라는 수업을 진행했던 적이 있다. 단순한 선과 색으로 이루어진 아버지의 그림들을 아이들은 곧잘 따라 그렸다. 그림을 그리며 어떤 생각을 하고 무엇이 떠올랐는지 묻는 과정에서 아이들은 모두가 비슷한 대답을 했다. 동생, 엄마, 가족, 사랑, 자연, 시골, 집……. 아이들은 그림을 통해 모두 편안하고 부드러운, 서정적이고 아늑한 따뜻함을 느꼈다. 아버지가 전달하고자 한 것들을 아이들이 고스란히 느끼고 있었다. 오순도순 피어나는 가족의 사랑과 익숙하고 평범한 것이 주는 소중함, 가난 속에서도 포기하지 않고 주어진 생을 겸허히 받아들였던 아버지의 삶을 모두가 존경하고 인정하는 것을 보며 나는 무한한 행복을 느꼈다. 아버지가 옳았던 것이다.

아버지가 너무 일찍 돌아가신 것이 한탄스럽다. 주변 사람들에게 그림만 남기고서 홀연히 떠나버리셨다. 특히 생전에 아버지와 생사고락을 함께했던 어머니는 여생을 홀로 외롭고 쓸쓸하게 버티시다 뒤늦게 아버지를 따라가셨다. 일평생 고생만 하시다 돌아간 어머니를 생각하면 어떤 방법으로도 위로할 길이 없어 더욱더 서러워진다. 하지만 아버지의 그림은 그런 현실을 원망하고 탄식하라고 가르쳐주지 않는다. 그것도 인생이라고, 현실을 있는 그대로 받아들이며 겸허히 살자 말씀하시는 것 같아 모든 아쉬움도 누르게 된다.

나는 아버지의 그림을 어릴 때부터 공기처럼 접하고 자랐지만, 불혹을 넘겨 칠순이 되어도 그것이 늘 새롭다. 명작 영화나 소설들이 다시 볼 때마다 늘 새로운 깨달음과 감동을 주는 것처럼, 나에게는 아버지의 그림이 그렇다. 인생의 굽이마다 그림 앞에 마주한 나에게 아버지는 늘 지금의 내게 필요한 다른 이야기들을 속삭여 주셨다.

남겨진 이야기,
그리고 이어질 이야기

아버지가 돌아가시고 화가 박수근에 대한 관심이 높아지면서 아버지를 기념하는 다양한 행사들이나 기념사업들도 추진되기 시작했다. 아버지의 고향 양구에서는 아버지를 기리는 사업을 적극적으로 환영하고 진행하고자 하였다. 언젠가 인터뷰를 할 때 아버지에 대해서 어떤 것을 하고 싶으냐, 하는 질문을 받은 적이 있다. 어머니 돌아가시기 전에 미술관을 짓는 것이라고 대답했는데, 그 당시 곧바로 미술관을 짓는 단계까지는 못 갔지만, 양구 임경순 군수님과 강원일보 한영달 이사님이 함께 힘을 써 비봉공원에 아버지의 동상을 세울 수 있었다. 1990년 10월, 가로 2m, 세로 1.9m, 두께 1m의 화강암으로 제작된 동상이 그렇게 아버지의 고향 땅에 들어섰다. 그리고 동상이 세워진지 딱 10년이 지난 해, 비로소 미술관 건립이 추진되었다. 미술관은 여러 자문위원의 연구와 계획을 거쳐 위치나 구조나 분위기를 모두 아버지를 연상케 하는 스타일로 설계되었다. 2002년 10월에 아버지 고향 양구에 박수근 미술관이 개관한 것이다. 유홍준 전 문화재청장님이 미술관을 짓는데 준비 단계에서부터 명예 관장을 맡아 물심양면으로 많은 도움을 주셨다. 어머니가 돌아가시기 전에 아버지 미술관을 짓고 싶다

박수근미술관

는 꿈은 이뤄지지 못했지만, 그래도 뒤늦게나마 미술관이 건립되어 하늘에서라도 어머니가 기분 좋게 보실 거라는 생각에 얼마나 기쁜지 모른다. 이제는 아버지를 궁금해하는 모든 사람이 누구나 언제든지 방문해 아버지를 찾아뵐 수 있는 것이다. 미술관을 지으면서 우리가 갖고 있던 아버지의 기억이나 관련된 모든 자료를 이곳에 오롯이 기증했다. 아버지의 소지품이나 기록물, 스케치나 그림 등 미술관을 찾는 모든 사람이 아버지에 대한 기억을 더 많이 공유할 수 있도록 다른 사람들의 것들까지 양해를 구해 기증을 받거나 매입해 채워 넣었다. 그러니 이 미술관은 아버지를 기억하는 모든 사람의 노력으로 만들어진 것이나 다름없다.

두 번째로 기뻤던 것은 아버지의 이름을 딴 미술상이 제정된 것이다. 박수근미술상은 강원도 양구군과 박수근미술관이 주최를 맡아 동아일보, 강원일보 등과 함께 2016년 첫 수상자를 배출했다. 1회 수상자인 황재형 작가를 시작으로 2회 김진열 작가, 3회 이재삼 작가와 함께 2019년 도예가인 박미화 작가가 여성으로서는 처음으로 박수근미술상의 4회 수상자가 되었다. 아버지의 뜻을 기리고자 하는 많은 작가들에게 아버지의 위상을 높이면서 자신의 재능을 드러낼 기회를 줄 수 있게 되어 얼마나 뜻깊은지 모른다. 이렇게 다양한 작가들이 아버지의 이름으로 수상의 영광을 안고 실력을 인정받으며 끝없이 예술세계를 펼쳐나갈 수 있다는 사실이 참 뿌듯하다. 박수근미술상이 이들 작가들과 함께 앞으로도 꾸준히 권위 있는 상으로 발전해 갈 수 있기를 간절히 소망해본다.

아버지의 그림이 주목을 받으며 좋은 일만 있었던 것은 아니다. 아버지의 그림 값이 천정부지로 오르자 위작 해프닝도 수없이 벌어졌다. 한 번은 고서학회 회장이라는 사람이 우리에게 접근해서는 아버지의 그림이 몇 장 있다며 사진을 보내 만나자는 연락을 취해왔다. 아무리 보아도 아버지의 그림이 아닌지라 무슨 이런 사기꾼이 있나 싶어 자리를 떴는데, 사건은 계속 깊이 진행되어 우리가 직접 법정에서 증언해야 하는 상황으로까지 이어졌다. 상대가 진품이라고 주장하면 우리는 위작이라는 근거를 대는, 답답하고 지지부진한 법적 공방이 오래토록 이어졌다. 공방이 길어질수록 점점 더 판결은 우리 쪽으로 유리해져 가는데, 상대는 집요하게 우리를 재반박하며 재판에 이기려고 들었다. 나는 이 사건을 겪으며 변호사라는 사람들에 대한 환상이 다 깨어졌다. 어릴 적 내가 상상하던 법조인들이란 언제나 서부활극의 영웅들처럼 정의와 진리를 추구하는 사람들이었는데, 이 사람들은 자신들의 주장에 모순이 있다는 것을 알면서도 정의구현에는 전혀 뜻이 없고, 오로지 이기는 데만 집착하는 것처럼 보였다. 나중에는 변호사를 셋이나 대동해 온갖 근거 없는 주장을 늘어놓으며 이기려는 그 악착함이 쓸쓸하게 느껴지기까지 했다. 그러던 어느 날이었나, 법정이라지만 얼굴을 자주 대면하다 보니 허심탄회하게 말을 섞을 기회도 생겼던 것 같다. 그 중 한 명이 내게 송구한 기색을 드러내며 건넸던 말을 아직 잊을 수 없다. "직업이 이렇다 보니까, 알면서도 이렇게 밖에 할 수 없는 저희도 이해 좀 해주세요." 생전 법원이라곤 갈 일이 없던 내가 법이라는 삭막한 제도의 허탈함을 깨닫는 순간이었다. 법을 다루는 사람은 모두 정의를 외칠 것이라는 순진한 나만의 공식이 깨진 것이었다. 티 없이 맑기만 한 아버지의 그림을 앞에 두고 이런 거짓된 말들이 오가는 것이 그때는 많이 참기 힘들었다. 모두가 아버지처럼, 아버지의 그림처럼 진실된 마음으로 착하게 산다면 이런 일도 없을 테고 모두가 행복한 세상을 누릴 수 있을텐데. 하지만 그 뒤로 여태 세상살이를 해보니 아버지처럼 산다는 것이 쉽지 않은 일이구나, 라는 것을 몸소 깨닫게 되었다.

아버지가 돌아가신 직후 어떻게 알고 오셨는지 누군가 우리 가족들을 대신해서 아버지 그림의 사후 관리를 해주고 싶어 하는 어른이 있었다. 아버지가 유명해지기도 전이니, 그분도 작품의 가치가 이렇게 높아지실 거라고 미리 짐작하고 제안한 것은 아니었을 것이다. 그분은 우리에게 아버지를 위해서 유작전을 개최하는 것을 많이 권유하고 추천하였다. 그래서 아버지의 그 많던 그림들도 전시회를 거치며 비싸지 않은 가격으로 뿔뿔이 흩어져 버렸다. 당시엔 우리도 가장인 아버지가 돌아가시자 경황도 없고 당장 생계를 잇는 일이 곤란하여 뒷일을 생각할 겨를도 없이 그림들을 그렇게 떠나보냈는데, 지금 생각하면 조금 더 신중을 기해 아버지의 그림을 우리가 끝까지 지켜왔더라면 어땠을까 하는 아쉬움이 든다. 개인적으로는 결혼 후 내 몫으로 가져왔던 아버지의 마지막 그림 한 점이 내 손을 떠나면서, 나는 현재 유가족이면서도 아버지의 명성이나 그림으로 인한 어떠한 금전적 이득도 돌아오는 것이 없다.

아버지의 그림들은 주로 해외에서 선호되고 고가인 데다 환금성이 높기로 유명하여 실물이 대중에 드러나는 일이 많지 않다. 현재 아버지의 작품 원본을 가장 많이 소장하고 있는 미술관이 양구 박수근 미술관과 삼성 리움 미술관인데, 개인이 소장한 작품들까지 고려하면 아버지의 그림을 원본으로 만나는 일은 매우 어려운 일이 될 것이다. 그 외 흩어진 다양한 그림들이 해외에 더 있을 것으로 추정되나 성남이를 비롯해 아버지 작품의 가치를 인정하시는 분들의 헌신적인 노력과 열정이 있었음에도 그 작품들을 추적하는 일이 쉽지 않은 실정이다.

아버지가 주목받은 이후로 화가 박수근의 가족들이라는 이유로, 전혀 의도하지 않은 강요도 많이 받았다. 아버지의 그림을 손쉽게 접하고 싶은 사람들은 아버지의 그림을 사용하는 데 있어 저작권을 포기하는 게 어떻겠냐는 요구를 해왔다. 아버지의 그림으로 다양한 상품도 만들고 책도 펴내고 싶다는 것이다. 학교나 기관, 단체 등이 자유롭게 쓸 수 있도록 유가족이 양보해 달라는 것이다. 일부 사람들은 미술관 운영에 필요한 최소한의 비용, 미술관 관람까지도 무료로 누리길 원했다. 그에 반해 우리 가족들은 이 미술관을 건립하기 위해 얼마나 많은 사적인 기억들과 생활, 소지품들을 헌신하듯 기증했는지 모른다. 우리를 사적이윤을 추구하는 사업가로만 보거나 그칠 줄 모르는 무리한 요구들에 맞닥뜨릴 때면 서운함과 허탈감이 밀려왔다. 하지만 솔직한 마음을 표현해 내기도 조심스러운 게 요즘 시대라 아버지의 이름을 걸고 이루어지는 모든 언행과 선택에 매 순간 신중을 기하게 된다.

전문가에 의하면 문화선진국에서는 추급권이라고 해서 대가들의 작품이 매매될 때마다 그 가족들이 그 금액의 2퍼센트~5퍼센트 내외로 유족에게 돌려주는 제도가 시행 중이라고 한다. 그렇게 하면 예술가를 생생하게 증언할 수 있는 가족들의 기본적인 생활도 돕게 되고 작품의 정확한 정보도 보존된다. 그러니까 정부에서 나서서 작품의 유통을 관리하면 작품의 오리지널리티도 훨씬 투명하게 되고 진위문제도 해결될 수 있다는 것이다. 이런 장점 때문에 우리나라 문화계에서도 추급권과 관련된 법안을 만들어달라고 요청하고 있고 정책 포럼도 열리고 있는데, 아직 시행은 안 되고 있다.

내 아버지 화가 박수근의 생애를, 그의 장녀로 태어난 내 경험을 바탕으로 증명하기 위해 시작되었던 내 회고는, 옛 기억들을 소중히 떠올리고 이것을 반복하는 과정을 거치는 동안 뜻밖에 나를 성찰하는 새로운 시간으로 전위되었다. 어린 날들은 왜 이렇게 부끄럽고 미안한 일들로만 가득 차 있는지, 매 순간이 후회를 불러오는데도 그에 대한 결론은 늘 감사로 끝나니 이 모든 시간이 신비롭게만 느껴진다.

누군가가 만약에 나에게 아버지 박수근은 어떤 존재였냐고 묻는다면, 물론 여러 가지 감회가 섞여서 마음이 신산하겠지만 내게 아버지는 '대자연'이었다고 말하려고 한다. 대자연이라는 말이 좀 진부하게 들릴지라도 그 말 말고는 내 아버지를 설명할 수 있는 말이 마땅치 않다. 아버지는 언제나 거기에 그렇게 스스로 계시고자 했던 큰 존재, 큰 울림, 큰 바탕이었다. 내게 삶과 인간을 가르쳐주신 분, 이 세계가 어떻게 이루어져 있는지, 인간은 무엇을 사랑해야 하는지를 몸소 일러주신 분이었다. 그러니 그 가르침은 대자연의 가르침과 정확히 같은 것이라고 할 수 있다. 그 대자연의 품속에서 나도 한 사람의 어른으로 작가로 성장할 수 있었다.

아버지가 돌아가시고 난 후 나도 옛날의 아버지처럼 국전에 출품을 했던 적이 있다. 무심히 지나치던 고갯마루에서 익숙한 아버지의 그림을 풍경으로 만나던 순간이었을 것이다. 눈부신 하늘 아래 소나무가 숲을 이루고 그 아래 펼쳐진 푸른 전원 속에 염소들이 평화롭게 풀을 뜯던 광경이었는데, 순간 얼마나 아버지가 떠올랐는지 나도 모르게 허공에 옛 기억들을 붙들고 그 자리에서 스케치를 했다. 그 작품은 그해 국전에 입선하였고, 나는 이 경험을 아버지가 보내주신 상장처럼 소중한 기억으로 간직하고 있다.

아버지가 그렸던 것은 이렇게 일상 중에 가슴에 와닿았던 따뜻하고 평범한 것들이었다. 깊은 깨달음이나 복잡한 철학이 있는 것도 아니고, 그저 마음의 소리가 안내하는 데로 선을 긋고 빛을 입힌 결과물이었다. 언젠가 아버지의 소지품에서 아버지의 이력 사항이 기재되어 있는 종이 한 장을 발견했다. 또박또박 새겨진 성함과 생년월일, 그 옆 학력란에 '독학'이라는 두 글자가 내 가슴을 깊게 울렸다. 그것은 설움이나 한탄이 아니라, 아버지의 자부심과 긍

履歷書

住所. 서울 東大門區 典農洞 4 ⑦⑦ 番地
23統 5班

朴 壽 根
1914年 2月 21日生

1929年 3月 楊口公立普通學校를 卒業後 美術工夫
(獨學)

1932年 第十一回 朝鮮美術展覽会 出品 (初入選)

1936 ― 1943 第15回. 16 17、18. 19. 20. 21、22回 朝鮮
美術展覽会 出品

1953 第2回 國展 出品 特選

1955 第七回 大韓美術協会 出品 (受賞)

1957 美國 「산프란씨스코」 博物舘 主催
亞細亞 및 西方의 美術展 出品
(ART IN ASIA AND THE WEST)

1958 美國 월드하우스 画廊 主催
韓國 現代 繪画展 出品 ← CONTEMPORARY KOREAN PAINTINGS

1959 朝鮮日報社 主催 第3回 現代作家展
招待 出品

1959 第8回 國展 推薦 作家

1961 日本 國際自由美術展 招待 出品

1962 第11回 國展 審査委員
마니라 國際展 出品

現在 韓國美術協会 会員

박수근이 직접 쓴 이력서, 1962

지였다. 아버지는 오직 홀로 그림을 익히며 화가로서 무엇을 그려야 하는가에 대한 대답도 스스로 찾아내셨다. 내 생애 그렇게 멋진 학력란은 두 번 다시 본 적이 없다.

나는 이 시대의 옛날 사람이고 그 덕분에 누구보다 많은 기억을 갖고 있지만 그것들을 꺼내는 과정은 결코 쉽지 않았다. 어떤 기억들은 너무나 희미하고 어떤 기억들은 사실이 아닌 채로 선명하여 모든 것이 그저 믿고 싶은 대로 기억되고 있었다. 그럼에도 나는 그 시절의 내 아버지를 최대한 정밀하고 섬세한 기억들로 이어 아버지의 완성된 실루엣을 그려냈다. 숲을 벗어나 비로소 산세의 절경을 발견하는 사람처럼, 내가 그린 아버지의 작은 부분들이 화가 박수근이라는 커다란 풍경을 발견하는 일로 이어지길 바란다.

좋은 것을 보거나 기뻐할 일이 생기면 언제나 사랑하는 사람이 생각난다. 요즘 들어 아버지와 매일을 함께 하고 싶은 생각이 간절하다. 기억을 끄집어낸다는 게 오랫동안 가라앉은 눈물과 잠든 그리움을 깨워버렸기 때문이다. 지금 당장 아버지와 함께 내가 가장 좋아하는 곳에서 가장 맛있는 것을 함께 먹으며 행복한 시간을 보내고 싶다. 아버지의 그림을 만나러 양구로 가야겠다. 매번 그랬던 것처럼 아버지는 또 다른 이야기들을 들려주실 것이다.

"제가 그린 아버지의 작은 부분들이
화가 박수근이라는 커다란 풍경을 발견하는
일로 이어지길 바랍니다."